SERRÍN DE CORCHO

Manuel Martínez Miras

INSTITUTO DE ESTUDIOS ALMERIENSES
Colección Letras. Núm. 147

Serrín de corcho

© Textos: Manuel Martínez-Miras
© Edición: Diputación de Almería.
        Área de Cultura, Cine e Identidad Almeriense.
        Instituto de Estudios Almerienses.
        www.iealmerienses.es

ISBN: 978-84-8108-775-8
Dep. Legal: AL 4197-2024
Primera edición: 2025
Maquetación: César Vaquero - SumiGraf.
Diseño e ilustración de portada: Susana G. Almenzar.
                        Servicios Técnicos del IEA
Imprime: Ediciones MIC
Impreso en España.

A mi Padre

Ahora, tu nombre es más que tierra.
Ahora, lloro tu pena y la mía
bajo este lecho
de silencios y suspiros.

Esta novela fue seleccionada, para su edición y publicación, en el marco de la Convocatoria de subvenciones de publicaciones 2024, por la Comisión de Valoración del Instituto de Estudios Almerienses (Diputación Provincial de Almería), el día 22 de julio de 2024.

Caldo de gallina

La madrugada del lunes seis de mayo de 1935, hace casi cuatro años, Miguel se dirigía a la calle del Ancla, cerca de la antigua Puerta del Socorro, bajo la muralla árabe que desciende de la Alcazaba. Solía ir andando al trabajo. Le gustaba atravesar el parque que discurre en paralelo al puerto, detenerse un rato y contemplar los barcos. En el muelle de levante, dos vapores atracados, repletos de barriles de uva de embarque, se disponían a zarpar esa tarde. Se acercó a uno de los tablones de anuncios para ver sus nombres y destinos: el primero, el *Andutz Mendi*, que partiría hacia Liverpool; el segundo, el *Almanzora*, hacia Glasgow.

Antes de iniciar la subida de la cuesta, el olor a madera quemada que provenía del taller de barrilería de su padre le advirtió que las lumbres de los oficiales ya se habían encendido. Aun así, se detuvo delante del salón Katiuska, el Cine Rojo, como lo llamaban en el barrio de Pescadería; miró la cartelera, apoyó su espalda en la tapia, lió un cigarrillo y fumó despacio, pensativo.

—¿Sabe usted?, a los cigarrillos Ideales, que vienen a medio liar, también les llaman en Almería *caldo de gallina*; por el color amarillento del papel —dijo Miguel dirigiéndose a mí con la evidente intención de conversar sobre cualquier nimiedad.

Aquel día, mi hermano y yo vimos dos películas muy graciosas, de *Charlot* y de *El Gordo y el Flaco*. Cuatro perras gordas por cada uno nos costaron las entradas; y pagué yo, que para eso era el mayor.

—¡Mira, Miguel, mira qué andares! —me decía Julio cuando salimos a la calle, riendo a carcajadas, mientras imitaba a Charles Chaplin a la perfección.

—Pronto te veré de actor de comedias. Lo haces exactamente igual que él —comenté sonriendo mientras observaba cierto rubor en su rostro.

Nos habíamos sentado en el patio de butacas, de esas de madera barnizada. Algunos espectadores se llevaban sillas de sus casas porque no había plazas suficientes. El olor a «zotal» era tan penetrante que me producía náuseas, pero lie un cigarrillo, lo encendí y mitigué el hedor. La Ma'Dolores, mi abuela, la madre de mi padre, a la que llamamos así desde que tengo uso de razón, me había comprado una cajetilla de Ideales que me dio a escondidas. Tenía esas cosas.

* * *

Esta conversación —o más bien monólogo— tuvo lugar transcurrida una hora de navegación el día once de marzo de 1939, fecha en la que conocí a Miguel González Berenguel, natural de Almería, de diecinueve años, alto, con un frondoso cabello rubio y ojos azules que me cautivó con la historia que me contó sobre su familia durante unos años que fueron muy duros para mucha gente.

Coincidimos, entre otras cosas, en el gusto por el cine. Se presentó tras liar un cigarro que no llegó a encender.

No tardé demasiado en darme cuenta de que aquel muchacho veía la vida como aquellas películas: en blanco y negro. Parecía costarle comprender que el color no es sino una perspectiva producto de la luz y que los acontecimientos que se suceden a lo largo de la vida han de contemplarse desde distintos puntos de vista, en todas sus formas y gamas posibles. Miguel solo había conocido hasta ese instante —como tantas personas en España— esos antagonismos entre el bien y el mal, el todo y la nada, la riqueza y la pobreza, o el fascismo y el comunismo. Al fin y al cabo, una vida fundamentada en un simple maniqueísmo producto de una incultura tan arraigada que condujo a una guerra sin nombre —o, tal vez, con todos los nombres— y a nuestra huida de esa tierra por no tener ya hueco en ella.

Miguel me recordaba a mí mismo hace unos años. Su denodada aspiración a la libertad, la espontaneidad de sus palabras y de sus gestos, y una inquietud —propia de la juventud— por manifestarse en rebeldía contra todo y contra todos, me hizo interesarme por los motivos que le llevaron a huir de España y embarcarse hacia el exilio. Cuando conocí su historia, le pedí permiso para escribir el relato de su aún corta, pero azarosa vida mientras nos dirigíamos hacia Orán. El muchacho accedió, y estas páginas, en las que la mayoría de las veces es el propio Miguel quien narra los acontecimientos, son el resultado de la historia que me contó.

Hermanos

Mi hermano Julio es transparente. Se puede adivinar su fondo a través de la mirada. Unos ojos penetrantes, negros como una noche sin luna. Sus rasgos muestran cierta simplicidad. Nunca ha tenido cara de niño. Siempre ha parecido mayor. Al menos, así lo veo yo. Tal vez se deba a que fuimos hombres demasiado pronto, a mi rebeldía contra el transcurso del tiempo o quizá esté equivocado y tenga que ver con la admiración que sentía por él, o a un recuerdo infantil que ha prevalecido erróneamente.

De pequeño, Julio era una sombra en la casa: taciturno, silencioso, siempre escondiéndose en cualquier recoveco. En algunas ocasiones no advertíamos que faltaba a la mesa. Mi padre solía decir que ese niño era un pasmado. A veces, como consecuencia de su cortedad, tartamudeaba. Los nervios se apoderaban de él, lo que provocaba alguna torpeza que mi padre solía reprender con un coscorrón y, de vez en cuando, con un tortazo.

Algunas noches se metía en mi cama sin decir palabra. Creo que encontraba en mí un refugio, un protector, una persona en quien podía confiar plenamente.

Julio es más bajo de estatura que yo. Soy mayor que él un año y poco. Ha salido a mi madre, con la tez morena. Mis hermanos mellizos y yo nos parecemos más a mi padre: claros de piel, pelo rubio y ojos azules. Es huesudo y de un pelo negro espeso que corona una cabeza proporcionada, una nariz respingada y un cuello erguido muy ancho. Le cuesta abrochar el primer botón de las camisas, por lo que para salir acostumbra a enseñar pecho.

Un par de años después de proclamarse la República, más de un sábado me lo llevaba al cine. En algunas salas daban doble sesión y salíamos entusiasmados, sobre todo él. A lo largo de la semana siguiente solía comentar escenas y anécdotas de las películas que habíamos visto.

A veces, en la barrilería, durante el descanso para el desayuno o terminado el almuerzo, Julio nos retaba, a mí y a todo el personal.

Recuerdo un día en que, en un principio no comprendía el juego que proponía, pero sus movimientos repetitivos al andar, los gestos con sus manos y las muecas de su cara me hicieron entender que quería que adivinara el título de una película que habíamos visto juntos.

—¡Adivínala, Miguel! —dijo, sin tartamudear, a la vez que abría completamente sus brazos.

Tomó unas virutas de madera que estaban esparcidas por el suelo y las rodeó con su mano derecha. Parecía que había formado una flor. Acercándola a su nariz, con la intención de olerla, se paró un momento y, levantando sus ojos negros, abiertos de par en par, mirándome fijamente, sonrió como sonríen los tontos enamorados en el cine y me la ofreció, pero antes de que mi mano la alcanzara, al igual que en la última escena de la película, pétalo a pétalo, fueron cayendo al piso.

—No sé, Julio, dame más pistas —dije yo.

Acto seguido, Julio tarareó *La Violetera*, del maestro José Padilla.

—¡La sé, la sé! *Luces de ciudad* —respondí con plena certeza.

Sin decir palabra alguna, Julio aplaudió y, tras hacer una reverencia, recorrió el patio imitando la forma de andar del actor.

Transcurrido un tiempo, delante de mi padre, Julio me contó que Chaplin figuraba como autor de la música en los créditos de la película. El Maestro Padilla tuvo conocimiento de que se había apropiado de la música e inició un pleito por plagio contra él. Los tribunales le dieron la razón en 1934. Lo había leído en la prensa.

A mi hermano le apasiona todo lo relacionado con el cine y el teatro, y lo cierto es que la película era maravillosa, pero, como Julio dijo: «Nadie tiene derecho a apropiarse de lo que no es suyo».

Mi padre, a quien parecía irritarle que mi hermano supiera cosas que él desconocía, exclamó con sorna: «¡No te preocupes, «moreno», que nadie te quitará nada porque, con lo torpe que eres, nada tienes ni nada tendrás!».

Julio agachó la cabeza y se dirigió a uno de los almacenes. Lo vi dejarse caer sobre la montaña de serrín, boca abajo, y permanecer así más de un minuto. Desde que era niño solía hacer eso cuando se enfadaba. Su irritación parecía calmarla de esa manera. Miré a mi padre, de reojo, con el resentimiento que produce la humillación y la injusticia. Creo que no lo advirtió porque no hizo comentario alguno. No era de los que se callaban ante cualquier desafío.

No hay cosa que exasperara más a Julio que nuestro padre le llamara «moreno», y no crea usted que no lo hacía a menudo, ya le digo, desde que era pequeño.

El nombre de Julio lo eligió mi madre porque, según ella, así se llamaba un tatarabuelo suyo que llegó a sargento de la guardia civil. Según la Ma'Dolores, Angustias Berenguel Expósito, mi madre, no conoció a sus tatarabuelos ni nada que se le parezca. Su madre era una gitana que salió de la inclusa —de ahí su segundo apellido— y su padre era hijo único de una familia de comerciantes de ultramarinos, propietarios de un negocio en la calle San Jerónimo de Granada. Su tatarabuelo fundó la tienda. Le llamaban Curro *Matapanes*. El abuelo Frasco, que así se llamaba el padre de Angustias, era la cuarta generación que regentaba el negocio. Se enamoró de María, mi otra abuela, que vendía flores a diario junto a la tienda y murió joven —de unas fiebres, nos contó mi madre—, dejando un viudo y una hija que ya había cumplido doce años.

Según la Ma'Dolores, el tal Julio fue un novio payo, vecino de la cuesta Alhacaba, en el Albaicín, con el que, después de que mi padre y mi abuela regresaran a Terque, pueblo del valle del Andarax donde ambos nacieron, se veía a hurtadillas y de quien, al parecer, guardaba buen recuerdo —esto lo decía con retintín.

No tengo ni idea de dónde saca esa información mi abuela, pero, cuando ella lo dice, será verdad. También cuenta que el tal Julio murió a causa de una infección de ladillas siendo muy joven.

Mi abuela nació en Terque, allá por 1885. Su padre había heredado unas tierras en el pueblo y su madre le dejó en herencia una finca en Ohanes, un pueblo, a veintidós kilómetros, que era famoso por los parrales de uva blanca. A esta uva se le llama *de embarque* ya que se transporta a medio mundo en barcos porque tiene una gran resistencia y se mantiene varios meses en buenas condiciones. Se exporta, principalmente, a través del puerto de Almería, a Inglaterra, Alemania, Suecia, Noruega o Dinamarca; incluso a las Américas. De ahí que en los pueblos del Valle del Andarax se cultiven, desde hace años, una gran cantidad de parrales. Se abrieron muchos negocios en relación con la uva; entre ellos, el de los barriles, en los que se transporta la uva. Se fabrican con tablas de madera de roble o de pino. A esas tablas se les llama «duelas». El barril se rellena de serrín de corcho entre el que se depositan los racimos de uvas. Después, un barrilero «tapaor» cierra el barril.

Mi bisabuelo, el padre de la Ma'Dolores, de nombre Gabriel, a quien no conocí porque, según mi abuela, murió, viudo y de pena, mucho antes de que yo naciera, aprendió el oficio de barrilero y trabajó en un taller de Terque, prácticamente, toda su vida.

Así que la Ma'Dolores, hasta que su padre la echó del pueblo, se crió en una casa situada frente al Lavadero, entre parrales y barriles, al lado de un antiguo molino harinero llamado *Del Lugar*, que se transformó en una fábrica de serrín de corcho. Mi padre nos llevaba de vez en cuando. Me gustaba el olor de aquel pueblo.

Total, que lo de «moreno» es una guasa que mi padre le tiene a mi hermano por su tez negruzca. Cuando era más niño, debido a ese ensimismamiento que le hacía cometer continuos errores en sus tareas, lo humillaba y se reía de él, al igual que algunos niños, a los que yo tenía que zurrar para que aprendieran a respetarlo.

He de reconocer que nunca lo ha tratado igual que a mí, lo que siempre he achacado a que yo soy su primogénito y me tiene una especial predilección, pero, aunque en los últimos tiempos había cambiado, es verdad que desde que nació siempre manifestó por Julio un cierto desprecio, como si estuviera molesto permanentemente con él.

A pesar de que es tímido, mi hermano, cuando toma confianza, suele mostrarse como alguien con conocimiento y cultura, incluso con gracia. Es más listo que cualquiera de la familia. Aprendió mucho más que yo porque, después de los cuatro años que estuvimos recibiendo clases particulares de don Manuel, el profesor que contrató mi padre, él continuó viendo al maestro prácticamente a diario y llegaron a tratarse como si fueran familia. Ese hombre lo aficionó a la lectura, a la música y al cine. Julio suele tener un libro bajo la almohada y aprovecha para leer un par de horas cada noche. Casi todas las semanas va comprar alguno al kiosco de la Puerta de Purchena porque allí venden libros usados. Cuando abrieron la Biblioteca Pública, en la primera planta del Instituto de Segunda Enseñanza, que se encuentra en la plaza de Santo Domingo, muy cerca de nuestra casa, mi hermano se acercaba a menudo para sacar en préstamo algún que otro libro que le había recomendado don Manuel.

Otra faceta de la personalidad de mi hermano es un don para imitar a casi cualquiera, incluso a mí. Desde que mi padre lo llevó a trabajar de aprendiz, como a mí, a la barrilería, con diez años, divertía y entretenía a los demás emulando gestos y mohines de los empleados, y voces de la radio. Además, canta que da gusto oírlo. Esta cualidad sí que es apreciada por mi padre, aficionado al flamenco, quien más de una vez animaba a Julio para que se echara algún cante durante el almuerzo. Le pone mucho sentimiento. En más de una ocasión mi padre le pedía el fandango *Fresco y cogido del mar,* que cantaba *La Pompi,* y que decía así:

«El castigo lo estoy llevando, yo te he querido más que a mi mare, el castigo lo estoy llevando, mi mare me dio la vida y tú me la estás quitando».

Al contrario que mi padre, desde que yo tengo uso de razón, mi madre ha protegido a Julio más que, yo diría, a nadie. Recuerdo cómo lo miraba de forma entre lastimera y emocionada. Siempre lo ha apoyado y defendido con vehemencia ante mi padre.

Siendo aún muy niños, con unas duelas y unas púas, yo fabricaba espadas de madera y jugábamos a blandirlas para defender a España. A Julio le gustaba dejarse caer por las jardas de serrín y luchar juntos, como caballeros medievales, imaginando que nos enfrentábamos a los moros, que nos querían arrebatar nuestra tierra. Eso decía mi abuela, quien tiene una especial aversión por todo lo que proceda de más abajo de Gibraltar.

Disfrutábamos con aquellas películas. Era, durante una determinada época, nuestro mayor entretenimiento. El cine despertaba nuestra imaginación y, por qué no decirlo, nos ofrecía una versión distinta de la realidad, transmitiéndonos sentimientos y emociones hasta entonces ocultos en nuestro interior. Teníamos la sensación de soñar despiertos.

—Miguel, ¿no te has dado cuenta de que la gente se ríe cuando alguien tiene un traspiés y se cae o incluso a veces, si se muere? —me preguntó un día mi hermano en una de las sesiones del Salón Hesperia.

—Será porque la mayoría de la gente no aprecia la muerte como algo doloroso —respondí, consciente de que no me faltaba algo de razón.

—O será que la gente desprecia la vida porque vale muy poco —dijo él sorprendiéndome con su frase—. ¿Recuerdas que don Manuel nos decía que los animales conocen la muerte tan solo cuando mueren y, sin embargo, el hombre se aproxima a su muerte con plena conciencia de ella en cada hora de su vida? —preguntó Julio.

—Sí, pero solo los hombres que actúan como animales pierden la conciencia sobre la muerte —respondí.

A pesar de que mi hermano siempre ha sido una criatura solitaria, encerrado en sí mismo y de que éramos muy distintos físicamente, sí que teníamos algo en común: la obstinación por controlar todo lo que giraba a nuestro alrededor, por dar explicación y solución a cualquier problema. Quizá fuera aprendido de nuestro padre, pero tengo que reconocer que —y esto es común a los tres— ese propósito permanente de salirnos con la nuestra nos enseñó a enfrentarnos al mundo y, también, a granjearnos más de un contratiempo.

Como le decía, los dos éramos imaginativos. Creo que tratábamos de evitar la realidad; porque, aunque en mi casa no ha faltado un plato de comida que echarse a la boca, la triste verdad es que la mayoría de la gente pasaba hambre y penurias, así que muchas familias sobrevivían a duras penas.

Con la República, todo parecía que iba a ir a mejor, pero no fue así porque el poder lo ostentaba la clase privilegiada —los burgueses, decía el maestro— y ya procuraban ellos que el pueblo viviera con miedo y escaso dinero. Nadie, o casi nadie, protestaba por temor a perder lo poco que tenían. Porque nos educaron para vivir con temor y, por ello, nos exigían obediencia. En ese pensamiento tiene mucho que ver mi madre, que siempre ha sido católica, apostólica y romana por los cuatro costados. No perdonaba una misa y, siendo yo niño, me obligaba a acompañarla a la iglesia los domingos. Solía decir que los mandamientos son de obligado cumplimiento y que el infierno es la recompensa que obtendrán quienes violen la ley de Dios. De ahí que nos inculcara que debíamos obediencia a todo aquello que suponga un poder superior, al que representa la Iglesia y al que representan quienes dirigen los destinos de los demás e imponen sus reglas. ¿Y sabe usted?, lo que más temen los poderosos es la pérdida del miedo por aquellos a quienes tienen sometidos. Eso también lo aprendí de don Manuel, que de estas cosas, y de tantas otras, sí que sabía. Mi padre, que de tonto no tiene un pelo, solía decir que los poderosos hacen eso: te transmiten el miedo procurando tu ignorancia, así que «cuanto más ignorante, más sumiso».

Hace un tiempo encontré, entre la prensa de la semana que se amontonaba sobre la mesa del despacho de la barrilería, un ejemplar de La Crónica Meridional en el que se expresaba que la obediencia es la subordinación a una voluntad superior y que todos estamos sujetos a ella porque es la base de todas las virtudes, ya que sin obediencia no hay disciplina y no existe el orden necesario sin el que no puede existir una sociedad civilizada. También se decía que la obediencia nos hará moralmente dignos. A mi entender, la obediencia y la sumisión no hacen otra cosa que impedir la libertad.

Creo que de eso se aprovecharon algunos tras iniciarse la sublevación de los militares. No había mucha disciplina entre los socialistas, anarquistas y comunistas. Cada uno hacía lo que quería, sin respeto a normas u órdenes, de ahí que el odio y la sed de venganza, que vivían en las puertas de cada casa, despertaran de su letargo y encontraran el caldo de cultivo adecuado para, sin el más mínimo remordimiento, quitar de en medio a quienes les dio la gana.

Mi madre solía acusarme de ser un rebelde que disfrutaba yendo contra cualquier norma establecida, por eso no sé bien cómo casar eso de ser rebelde y obediente a la vez —usted ya me comprende— porque, a mi parecer, no se puede ser libre sin ser rebelde. Siempre he entendido que la rebeldía implica desobediencia a lo establecido.

Al final, lo que aprendí de todo esto es que la palabra libertad no existe más que para quien detenta el poder. Los demás somos, simplemente, estúpidos borregos que nos dirigen a pastar donde ellos quieren.

Por eso, estoy convencido de que el único poder que Julio y yo atesorábamos, y que nadie podía arrebatarnos, era la imaginación.

Barrileros

Todavía era de noche, sobre las cinco y media, un poco antes del alba. De pronto, comenzó a escucharse el repicar de los martillos de los barrileros. En el tajo, «aviaores», «dolaores», «tapaores» y barrileros; todos estarían ya con sus tareas al despertar la mañana, y Miguel llegaba tarde.

Subió corriendo la pequeña cuesta y abrió el portón. La primera imagen que vio fue la de su padre con la «segura» en la mano izquierda, hacia donde dirigió la vista. Así que no pudo esquivar el tortazo que le propinó en el lado izquierdo de la cara. Según me cuenta, parecía que le había golpeado una machota, de tal forma que lo arrojó contra el mismo portón, cayendo al suelo.

—Buenos días —balbuceó Miguel levantándose.

Jacinto, uno de los cuatro oficiales, sentado en el banco de labrar los arcos, respondió con un «buenas». De espaldas, Paco, otro oficial, afilaba su raspilla en la amoladera mientras su aprendiz —un joven gitano de nombre Trinidad— echaba agua a la vez que hacía girar la cigüeña. Ninguno de ellos saludó, el resto de empleados tampoco.

Su padre, Rafael, el «Maestro», como así lo llamaban sus empleados cuando estaban en la faena —don Rafael fuera de ella—, se había forjado una buena reputación en la ciudad y mantenía relaciones con gente de postín; en realidad con gente de toda clase. Con las rentas que le proporcionaban los parrales del pueblo, que tenía arrendados, compró varias casas en Almería y las mantenía alquiladas. Con eso, y con los beneficios que obtenía de la barrilería, consiguió forjar un sólido negocio que le permitía a él y a toda la familia vivir sin estrecheces. Era respetado por todo el mundo por su serio carácter y, por otras cosas, también temido; un hombre alto para la media, fornido, de pelo rubio y ojos azules, además de una voz tan profunda que parecía provenir del infierno. En aquellos momentos, a Miguel le pareció casi un gigante. Su aspecto siempre rezumaba un extraordinario vigor y su penetrante mirada parecía dominar cuanto se pusiera a su alcance, una mirada de la que era complicado sustraerse y que le confería mayor fuerza y aún más autoridad.

De repente, con la voz grave y potente que ese hombre de casi un metro ochenta y cinco tenía, dijo:

—¿No habéis oído al muchacho?, ¿habéis perdido la educación?

Todos, al unísono, dieron los buenos días.

En ese momento Miguel interrumpió su relato para dar un mordisco a un trozo de pan y un chorizo que había sacado de la talega que colgaba de su hombro. Me ofreció cortésmente, pero rehusé dándole las gracias. El olor del embutido provocó que varios de los soldados que nos acompañaban en aquella bodega dirigieran sus miradas hacia nosotros. No se dio por aludido y, a la vez que masticaba, reanudó su historia.

* * *

Yo tenía diez años cuando mi padre, sacudiendo su encallecida mano derecha sobre mi hombro izquierdo, me despertó, a las cuatro de la madrugada, diciendo:

—Levántate, que no vas a la escuela, hoy empiezas a trabajar en la barrilería, que me hace falta un aprendiz.

Dejé la escuela, pero que conste que sé mucho más que leer, escribir y las cuatro reglas. Un par de semanas después de entrar a trabajar en el taller, mi padre contrató a don Manuel quien, después de terminar la jornada, nos impartía clases a Julio y a mí. De él aprendimos muchas cosas, entre otras, además de Matemáticas, Gramática y Geografía —me sé todas las capitales de Europa y los ríos de España, dónde nacen y dónde desembocan—, mucha Historia. El hombre sabía más de España que cualquier persona que conozca y, sobre todo, de política.

Algo parecido le ocurrió a mi padre. Por lo que me contó mi abuela, cuando regresaron de Granada a Terque, con dieciséis años, entró a trabajar en un taller de barrilería. Contrató al maestro del pueblo, don Francisco, amigo de la Ma'Dolores desde niños. Él fue quien, después de la faena, cuatro días a la semana le impartió clases, enseñándole gran parte de lo que sabe. Mi abuela insistió en que después del trabajo tenía que estudiar, porque —y esto es un dicho habitual en ella— la educación es progreso y el saber conduce al poder.

El taller de barrilería de mi padre era un inmueble de unos quinientos metros cuadrados incluyendo los tres almacenes anejos donde se guardaban los barriles, duelas y jardas de serrín.

Se accedía normalmente por un portón que permitía la entrada de un camión y de cualquier carro. A la derecha, había una balsa —casi todos los empleados la llamaban «tina»— de unos dos metros de ancho por casi tres de largo, que se utilizaba para sumergir los arcos, las varas de adelfa, y ablandarlos con el fin de facilitar a los oficiales la tarea de ceñir el barril. Despedía un olor pestilente y, siendo yo un niño, me producía un terrorífico pavor acercarme a ella. Mi madre me advertía, un día tras otro, que tuviera cuidado de no caerme al agua porque moriría enseguida.

Cada barrilero tenía su fuego para templar los barriles en medio del patio. A la derecha se situaba el porche, donde se realizaba la mayor parte de la faena y los oficiales disponían de un armario con sus herramientas y su ropa de faena. Al fondo estaba la piedra de amolar en la que se afilaban las herramientas, que tenían que estar siempre listas para su uso.

El primero de los puestos de barrilero era el de mi padre, con dos armarios que dejaba bajo llaves que colgaban de una cadena que siempre llevaba al cuello. En uno de ellos guardaba sus herramientas y, en el otro, más grande, la ropa de faena y una radio que él mismo se encargaba de poner y quitar a su antojo.

A la izquierda del portón, justo al lado de la pila, había una habitación que lo mismo servía de letrina como de cuarto de aseo y, a continuación, el despacho: una pequeña estancia, que antaño debió estar encalada, donde tan solo había una mesa de madera oscura con tres cajones a uno de los lados —el de en medio siempre cerrado— y una estantería de color nogal llena de archivadores, libros de cuentas y albaranes. Me gustaba sentarme en el sillón giratorio de madera y dar vueltas sobre mí mismo. El mobiliario lo completaba una mesita, pegada a la pared, sobre la que se encontraba la máquina de escribir Hispano Olivetti M40 y dos sillas de enea. En una de aquellas paredes colgaba una fotografía de la Virgen de las Angustias.

Ese lunes, seis de mayo de 1935, para almorzar, la Ma'Dolores nos había preparado conejo al ajillo y unas tortillas de patatas. A mi padre, además, le había añadido un buen trozo de queso que comió él solo. No era costumbre ofrecer viandas al resto de los empleados, que aquel día eran siete sin contarnos a mi padre, a mi hermano y a mí, porque cada uno llevaba su comida. Le sobró un pedazo y mientras lo guardaba en su talega me dijo:

—Miguel, la abuela ha olvidado echar fruta, ve corriendo a la plaza de Pavía y compra un kilo de naranjas; en el primer cajón del escritorio hay monedas, llévate dos pesetas.

En la plaza de Pavía, a diario, se organizaba un improvisado mercadillo. Llegaban vendedores ambulantes, muchos de la vega, con sus mercancías: frutas, hortalizas, verduras y otras tantas; extendían, cada uno, una jarapa, sacaban balanza y pesas, y vendían sus productos. Pascual era uno de esos vendedores. Solía traer la mejor fruta del mercadillo. Con frecuencia, mi padre se acercaba a comprarle plátanos de Canarias y caquis para mi madre y la Ma'Dolores. A ambas les chiflaban.

No tardé más de cinco minutos en regresar. Desde lejos vi un vehículo aparcado junto a la puerta —un Peugeot 301 con matrícula de Granada— y a tres hombres enchaquetados. Uno de ellos, con pinta de extranjero, vestido con traje gris y sombrero *borsalino* de color negro, hacía un gesto a los otros para que esperaran fuera mientras entraba en el taller. Al aproximarme, miré a uno de los hombres que apoyaba su pie derecho en la fachada y fumaba un cigarro. Saludé con un «buenos días» que fue respondido con un levantamiento simultáneo de sus cejas derechas. Me miraron, de arriba abajo, con ese aire de superioridad que parece otorgar una americana. Entré tras el extranjero y permanecí junto al portón de entrada. Se quitó el sombrero; su pelo rubio se asemejaba al mío. Se dirigió hacia mi padre a la vez que este se levantaba de su banqueta. Parecían conocerse. Se dieron la mano. Sus rostros no reflejaban precisamente alegría.

—Buenos días Rafael, ¿cómo estás? —dijo el hombre, en castellano, con un acento que no identifiqué.

—Buenos días Hans, bien —respondió mi padre a la vez que levantaba brevemente su mano derecha indicándole que se dirigieran al despacho.

Cerraron la puerta. Miré a Julio y a Jacinto preguntando con un gesto quiénes eran y qué querían. Se encogieron de hombros. Los demás continuaron comiendo como si nada de aquello fuera con ellos.

Julio se me acercó y susurró a mi oído:

—Parece alemán, es posible que sea de la Compañía Meyer.

Tras más de media hora, se abrió la puerta del despacho. El alemán, que era de la misma estatura de mi padre, pero parecía unos años mayor, le tendió su mano derecha y, apoyando la izquierda sobre su hombro, dijo:

—A mediados de agosto llegarán dos camiones. Tenlo todo preparado para entonces.

De pronto, dirigió sus ojos hacia mí. Me observó detenidamente y preguntó:

—¿Es tu hijo?

—Sí, el mayor, Miguel —respondió, y no voy a negar que con cierto orgullo.

El hombre, extendió su mano derecha y la apoyó sobre mi hombro izquierdo, diciendo:

—Es un placer conocerte, Miguel; no se puede negar que eres hijo de tu padre. Vamos a hacer negocios juntos, así que nos veremos más a menudo.

No respondí, no supe qué decir. No se dirigió a Julio ni a ningún otro de los empleados. Se dio la vuelta y, ajustándose el sombrero sobre su cabeza, se marchó.

Miré a mi padre. Me devolvió la mirada. Noté que algo no iba bien. Aquel hombre no me dio buena espina. Había algo en él que no sé explicarlo, pero infundía temor.

Con semblante serio, el maestro se dirigió a todos y nos comunicó que la empresa parralera alemana Zimmermann nos encargaba cinco mil barriles que tenían que estar listos para mediados de agosto. En ese momento me di cuenta de que Jacinto y él cruzaban una mirada de complicidad que me pareció más una advertencia que otra cosa.

No era la primera vez que el apellido Zimmermann se pronunciaba en la barrilería. Los Zimmermann poseían parrales en varios pueblos del valle del Andarax, entre ellos en Terque donde, como ya le dije, mi padre también era dueño de unas tierras y mi abuela aún mantenía la casa de mis bisabuelos. Nunca, hasta ahora, habían hecho negocios con mi padre.

Aquella tarde se habían marchado todos menos Jacinto, Julio, mi padre y yo.

—¡Jacinto! —escuché a mi padre decir desde el despacho.

Julio estaba aseándose en la letrina y yo me había quedado apilando duelas de madera en el porche. Mi oído es fino y pude oír a mi padre decir:

—Entra y siéntate, ¿quién sabe lo de Alhama? —preguntó repentinamente.

Se hizo el silencio. Mientras, me asomé y miré hacia el despacho. Ninguno de los dos podía verme. Jacinto se había sentado en una de las sillas de enea, de espaldas a la puerta. Vi cómo giraba su cuello hacia mi padre y me dio la impresión de que en su rostro se reflejaba sorpresa ante la inesperada pregunta.

—Tú, mi mujer y yo, nadie más —respondió vacilante y tuteándole.

—Pues alguien más se ha enterado —dijo mi padre con recelo.

—De eso hace ya mucho tiempo, Rafael, nadie podrá relacionarte con lo ocurrido, todo quedó en un accidente.

—Jacinto, tú sabes que la venganza no tiene edad, da igual el tiempo que haya transcurrido, y el delito aún no ha prescrito. Lo saben los Zimmermann.

—Ya entiendo —dijo Jacinto— por eso ha venido en tu busca, ¿querrá algo a cambio de su silencio, me equivoco?

—No te equivocas, y no me va a quedar más remedio que hacer lo que me pide. Mi familia está en peligro y puede que la tuya también. Así que tengo que contarte lo que pretende Hans Zimmermann porque necesito que me ayudes.

De repente, vi la cara de mi padre asomar por el quicio de la puerta. Se había dado cuenta de que los espiaba. Con serenidad me dijo:

—Dile a tu hermano que se vaya a casa. Cierra el portón cuando él salga y ven al despacho, tengo que hablar contigo.

Julio no puso demasiados reparos a marcharse sin mí porque iba a clase con don Manuel. No obstante, antes de salir del taller me atestó a preguntas:

—¿Qué pasa?, ¿por qué no puedo quedarme?, ¿qué trama el alemán ese?, ¿por qué tanto secreto?

—No tengo ni idea, hermano. Creo que Padre me lo va a contar; dice que me necesita y no sé para qué.

Se marchó balbuceando a la vez que giraba su cabeza de izquierda a derecha con aire de preocupación. En vez de un niño parecía un viejo mostrando su falta de entendimiento e intuyendo el inicio de un problema.

Cuando cerré el portón, el sol de poniente encandiló mis ojos, hacía calor esa tarde; en ese momento pensé en Trinidad, en el brillo de su piel aquella mañana mientras se desprendía de su camisa para vestirse con la ropa de faena. De inmediato recuperé la consciencia y me dirigí al despacho.

Me pareció oír que mi padre volvía a hablar de un suceso que tuvo lugar en Alhama hace años, pero al verme, enseguida interrumpió la conversación y me pidió que me sentara.

—Miguel, Hans Zimmermann me ha propuesto un negocio fuera de lo habitual. Le debo un favor y necesita cinco mil barriles para final de agosto. Tienen que llevar un doble fondo cada uno, lleno de serrín de corcho de grano medio, y tú te vas a encargar de fabricar ese doble fondo. Esos barriles se llenarán de uva en Terque con toda normalidad y saldrán del puerto para Alemania a principios de septiembre.

Por un momento me quedé pensativo, mirando sus ojos que pacientemente esperaban una respuesta por mi parte. Respondí con una pregunta:

—¿Qué va a esconder en el doble fondo?

—No me lo ha dicho —respondió mi padre—. Jacinto y yo creemos que podría ser mercancía peligrosa, tal vez explosivos. El alemán ha insistido en que sea bien seguro, un compartimento donde se pueda depositar un paquete de un kilogramo aproximadamente, para no llamar la atención en el peso cuando los barriles sean manejados por los estibadores del puerto.

Atiende a lo que tienes que hacer: si la circunferencia de un barril, en su parte más ancha, es de un metro y catorce centímetros, debemos garantizar un doble fondo de quince centímetros de altura por barril. Lo haremos mediante una tapa que debe tener un perímetro de noventa y nueve centímetros. Te encargarás de colocar la mercancía, llenarla de serrín y ceñir el barril con púas sin cabeza para que no llamen la atención en el exterior.

—¿Explosivos?, ¿no será muy arriesgado?, podrían detonarse con la manipulación de los barriles al rodar por los tinglados del puerto —dije aplicando la lógica que don Manuel nos había enseñado—; debe ser otra cosa.

—Sea lo que sea —interrumpió mi padre— tenemos que guardar discreción absoluta y ocultar a los empleados, y a todo el mundo, que estamos trabajando en ello. Jacinto, tú y yo nos quedaremos tres horas más por las tardes hasta tenerlas todas preparadas. No lo haremos aquí, sino en el almacén de la calle Socorro. Mañana prepararé las herramientas que necesitamos y las trasladaré allí. Como has oído al alemán, el cargamento llegara a mediados de agosto; vendrán en paquetes de un kilo dentro de doscientas cincuenta cajas de madera disimuladas entre una partida de duelas de pino, al menos eso me ha dicho. Ni que decir tiene que nadie, absolutamente nadie, puede enterarse de esto, sobre todo tu madre y la abuela.

—¿Y qué pasa con Julio?, él no es tonto y se dará cuenta de que nos traemos algo entre manos —pregunté dejando traslucir una certeza casi absoluta—. Lo conozco y sé que sabe guardar un secreto, y puede ser útil rellenando los barriles de serrín antes de colocar la tapa falsa.

—Es un niño todavía y no debe intervenir en esto. Les diremos, a tu madre, a la abuela y a él, que hay faena intensa porque nos han contratado cinco mil barriles más para septiembre y que nos encargaremos Jacinto, tú y yo después de la jornada ordinaria, para ahorrar costes.

El miércoles siguiente a la visita del alemán, El Juani, padre de Trinidad, se presentó en la barrilería. Dejó su carro, tirado por su mula *Paquita*, en la puerta. Los empleados se habían marchado, incluido su hijo. Solamente quedábamos mi padre, mi hermano Julio y yo, que recogía mis herramientas mientras él lavaba sus manos y brazos en la pila. Mi padre estaba en el despacho rellenando albaranes para la entrega de barriles del día siguiente.

El Juani, de pelo abundante y entrado en canas, vestía con la prestancia y gallardía de buen gitano. Su traje azul con chaleco gris, de buen corte; un cuidado bigote *walrus*, sombrero de paja blanco, estilo *trilby*, y una medalla de oro que se vislumbraba tras la camisa, inspiraban el necesario e indubitado respeto. Venía solo.

—Don Rafael, ¿da usted su permiso? —preguntó.

Mi padre salió del despacho, lo observó detenidamente, de arriba abajo, y respondió:

—Sí, Juani, pasa.

Me miró durante un instante moviendo su cabeza hacia arriba, en señal de saludo. Aquellas pupilas, casi transparentes, poseían un brillo especial; el que mi abuela relacionaba con la inteligencia cuando miraba a alguien fijamente a los ojos.

Me llamó la atención que mi padre no lo invitara a pasar al despacho y se dirigiera directamente a la lumbre, aún encendida. El Juani lo siguió.

Mi padre me miró. Fue una de esas miradas sin mueca alguna en su rostro. Yo miro igual cuando se trata de advertir un posible peligro. Me senté junto a la amoladora. Julio terminó de lavarse y tomó asiento a mi izquierda.

Abrió su armario, el de la radio, y sacó una bota de vino. Quitó el tapón y la subió al cielo hasta que comenzó a salir un chorro de vino manchego que yo le había comprado en la Bodega de Tonda. Extendió el brazo y la ofreció al gitano quien, presuroso, dio un trago, finalizando con una especie de exhalación a la que siguió un eructo.

—Tú dirás, Juani —dijo mi padre.

—Ayer estuve en la barrilería de Domingo Lastra con la excusa de conseguir polvo de serrín para alimentar el fuego de la casa. Como usted me dijo, eché un vistazo al recinto y fisgoneé lo que pude; había allí lo menos veinte empleados trabajando a destajo. Cuando entré en uno de los almacenes a recoger el serrín, pude ver que se apilaban docenas de barriles hasta el techo.

—¿Sabes quién era el comprador?

—Sí, me lo dijo el hijo de mi sobrino Guillermo, que les lleva las varas de adelfa en su carro y se enteró por uno de los oficiales: la Compañía Parralera de Ohanes, la de los alemanes, los Meyer. Según parece, le habían hecho un pedido de seis mil barriles para antes de las fiestas de la Patrona y trabajan veinte horas diarias para atender la demanda.

Los Meyer, Herman y Norbert, habían comprado mercancía a mi padre con frecuencia hasta que dejaron de hacerlo porque en una partida de mil trescientos barriles, que fueron a Bremen, la uva de doscientos de ellos se había podrido como consecuencia de que el serrín estaba húmedo.

Herman Meyer, el gerente de la empresa, estaba casado con, Jenell, la hermana pequeña de Hans Zimmermann, a la que mi padre conoció cuando vivía en Terque. Les juró y perjuró que los barriles salieron del taller en perfectas condiciones y siempre sospechó que alguien había saboteado aquella partida. Estaba seguro de que fue Domingo Lastra quien, de algún modo, regó aquellos barriles.

Un tiempo después, por mediación de Hans Zimmermann, los Meyer volvieron a ser clientes de mi padre e hicieron negocios con él hasta que empezó la guerra.

—Pues haces lo que hablamos. Recuerda que no haya nada ni nadie y ten cuidado —dijo mi padre bajando la voz.

—Lo que usted diga don Rafael. Así se hará —dijo El Juani.

Acto seguido, mi padre, diciéndole que esperara un momento, se fue hacia el despacho y, al regresar, entregó al gitano un fajo de billetes —unas cien pesetas, calculé—, metió su mano en el bolsillo trasero del pantalón, sacó un par de billetes más y alargándoselos, dijo:

—A menudo tu hijo viene sin comida al trabajo y para trabajar hay que comer. No puede ser que coma lo que buenamente le quieran dar el resto de empleados. Así que toma este dinero y dile a la Reme que le prepare a diario una capacha con suficiente comida para un hombre.

—Lleva usted razón don Rafael —dijo El Juani—, somos muchos de familia y mi mujer no puede estar pendiente de todo. Pero no se preocupe que yo, en cuanto llegue a mi casa resuelvo el entuerto como es debido y verá cómo no se le olvida.

Dudé de las palabras del gitano, pero lo cierto es que a los dos días, a media mañana, la Reme, madre de Trinidad, apareció en la barrilería con una canastilla de mimbre en la mano izquierda y, diciendo un «buenos días» por lo bajini, se la entregó a su hijo. Su ojo derecho, casi cerrado, y un pómulo inflamado se dejaban entrever tras el pañuelo negro con el que cubría su cabeza.

—Don Rafael, ¿hay algo por ahí que me pueda llevar en el carro? —preguntó El Juani.

Mi padre miró hacia su derecha, donde había amontonados varios flejes y un buen número de duelas inservibles.

—Llévate eso —dijo señalando el montón— y llena de serrín la capacha que llevas en el carro, te vendrá bien para la lumbre.

—Gracias, don Rafael, no sé qué haría yo sin usted. ¡Ah!, se me olvidaba. He estado esta mañana en la casa de la calle Alcalde Muñoz y, Manolita, la inquilina, me ha dicho que le diga que no había cobrado los arreglos de costura y que su marido seguía parado, que le hiciera el favor de pasar la semana próxima a cobrar.

—Pásate la semana que viene, pero no la aprietes.

—Lo que usted diga, don Rafael, así se hará.

A continuación, El Juani se dirigió hacia el portón, abrió las dos hojas, tomó el ramal de la mula y la metió en el patio. Después de llenar la espuerta de serrín, recogió el montón y lo cargó. Dio las gracias de nuevo y, tras cerrar el portón, se marchó.

En aquel momento no entendí lo que mi padre le había ordenado, pero tampoco dio tiempo a preguntar nada porque, colocándose la chaqueta, salió a toda prisa ordenándome que me encargara de cerrar.

* * *

Miguel es expresivo y locuaz. Narra cualquier acontecimiento acompañándolo de los más mínimos detalles. Lo observo, se saca de su bolsillo un montoncito de lo que me parece ser serrín de corcho. No me explica qué hacía ahí. De pronto, ha interrumpido su relato. Mira en su talega, cruzada sobre su hombro izquierdo, encuentra lo que busca: un lápiz de color verde. Me lo entrega diciendo que es un regalo y que ese lápiz tiene una historia que quiere compartir conmigo. Mantiene un par de minutos de silencio.

El mar está en calma. Amanece. La proa de este barco, llamado sin demasiado acierto *Quita penas*, como si fuera el vértice de nuestros destinos, apunta hacia un horizonte alineado con algunas nubes de color rosáceo. Una de ellas se asemeja a una flecha que parece querer asesinar al cielo. Miguel se echa mano al hombro izquierdo. Una mueca de sus labios me hace entender que aún siente dolor. Mientras lía uno de sus cigarros me cuenta, con esos giros cronológicos con los que suele explicarse, otro capítulo de su vida.

Trinidad

T rinidad se incorporó al trabajo unos días después de Reyes del año treinta cinco. Mi padre me encargó que le enseñara las faenas propias de un aprendiz. Su padre —su «papa», como él decía, al que todo el mundo conocía como El Juani— vivía, junto con toda su familia, en La Chanca, quizá el barrio más pobre de Almería, y mantenía tratos con don Rafael —como así llamaba a mi padre— porque este le encargaba algunos recados, entre ellos, el cobro de los alquileres retrasados. Le había pedido que le diera trabajo a su Trinidad, el mayor de sus hijos, porque necesitaba juntar dinero.

El muchacho era unos meses mayor que yo, aunque de la misma estatura. Desde que entró a trabajar en la barrilería he de confesar que sentí algo que se removía dentro de mí al contemplarlo.

Una mañana de abril, durante los diez minutos del desayuno, le pregunté por qué le habían puesto un nombre de mujer.

—No es un nombre de mujer, es de hombre —dijo el gitano— pero mi papa dice que me lo pusieron para que no me reclutaran. Por eso, al asentarme cuando nací, me llamó Trinidad.

No lo creí, pero unos días más tarde mi padre me confirmó que era frecuente, entre los gitanos, que al registrar a sus recién nacidos varones les dieran nombres de mujer, como Trinidad o Consuelo, con el objetivo de intentar librarse de que los llamaran a filas.

Allí estaba, con su camisa blanca arremangada hasta los codos. Varios botones desabrochados permitían ver su pecho apenas sin vello. El resto de su vestimenta, como la de casi todos los empleados, consistía en unos pantalones de pana grises, también arremangados, unas alpargatas raídas, un pañuelo azul anudado al cuello y una boina de color negro. Era guapo a rabiar. No se lo puede usted imaginar.

Aquella mañana sonaba en la radio *Triniá*, interpretada por Miguel de Molina. Paco, el más guasón de los oficiales, comenzó a cantarla mirándolo fijamente a la cara, con una media sonrisa en sus labios llena de picardía: «algo tu vida envenena, ¿qué tienes en la mirá? que no me pareces buena, Triniá, mi Trini, ¡ay... mi Triniá!».

Mientras Paco cantaba, Trinidad le lanzaba una enfurecida mirada, de esas que casi matan. Acto seguido, el gitano me miró esbozando una pequeña sonrisa.

Parece que estoy viéndolo ahora mismo mientras abro mi armario de madera y comienzo a cambiarme para vestirme con la ropa de faena. Disimuladamente, Trinidad está pendiente de mí. Me mira, de reojo, queriendo no ser visto, yo también lo observo. Me gusta su tez, morena y brillante, que encandila como el sol cuando lo observas directamente.

No puedo olvidarme de él, mi corazón no quiere, mi mente tampoco. Mi primer amor, al que nadie podrá sustituir, a quien le debo haberme hecho sentir esto que llevo dentro y que pocos pueden entender.

¡Escríbalo señor García, por favor, escríbalo! Anote en su libreta que soy yo, Miguel González Berenguel; y que me he ido de España, perseguido, por no ser ni pensar como ellos.

A las pocas semanas de que Trinidad entrara a trabajar en el taller, durante un cálido viernes, cerca de las ocho de la mañana, llegaron tres carros con sesenta jardas de serrín que procedían del molino de corcho de Alboloduy.

Mi padre me ordenó que, con ayuda de dos aprendices, descargara el serrín en el enorme almacén en el que se apilaban los barriles ya terminados y un montón de sacos junto a una de las esquinas. Pagó la mercancía a uno de los conductores, en efectivo, y les dio una propina para que se tomaran una copa de aguardiente en la plaza de Pavía mientras que descargábamos el serrín y devolvíamos las jardas vacías.

Me ayudaron Trinidad y Cosme, un niño de unos once años. Su padre había muerto de pulmonía. Mi abuela compraba higos chumbos a su madre, que se instalaba todas las mañana a las puertas de la plaza de abastos con su cubo y su navaja, si no la echaban los guardias. Le había pedido que hablara con mi padre para que el niño entrara en la barrilería para aprender el oficio; él no solía negar los deseos de la Ma'Dolores. Cosme llevaba solo unos meses trabajando; el chico se esforzaba y parecía espabilado.

Trinidad y yo nos cargamos, cada uno, una jarda a las espaldas. Cosme lo intentó, pero no podía, no tanto por el peso como por su gran volumen. Eran sacos grandes, de unas siete fanegas, y para un niño de su edad era demasiado; así que Trinidad se apresuraba y volvía de inmediato para ayudar al chaval.

Fuimos apilando las jardas en tres columnas, unas sobre otras. Cuando colocamos todas, Trinidad y yo nos subimos hasta la última, que estaría a unos tres metros de altura. En ese momento no habría más de un palmo de distancia entre él y yo, uno frente al otro. Trinidad extendió su mano derecha, asió mi cuello y, con fuerza, me atrajo hasta él besándome momentáneamente en los labios y sonriendo a continuación. Yo, perplejo, no reaccioné inmediatamente. Mi corazón comenzó a latir desacompasado y sentí que algo se estremecía dentro de mí. Él se agachó y empezó a descoser las guitas con las que venían atadas las jardas y a soltar el serrín de corcho en el suelo del almacén. En ese momento me incliné hacia él y guié mis labios hacia los suyos devolviéndole su beso. Me apartó con su mano derecha, delicadamente y con una nueva sonrisa en su boca. Dirigiendo su vista a las jardas me indicó que comenzara a quitar los cordeles. El trabajo era entretenido y Cosme, que estaba abajo, no advirtió que el serrín iba a caer sobre su cabeza, de manera que quedó enterrado por completo mientras Trinidad y yo nos reíamos. Seguimos descargando varios sacos más y el montón de serrín ya se elevaba más de dos metros.

Miré a Trinidad y él a mí. El niño no salía. Lo llamábamos a gritos y no daba señales de vida. Trinidad subió el pañuelo que llevaba anudado al cuello y, tapando su boca y su nariz, no lo pensó dos veces y se arrojó a la montaña de serrín; y yo tras él.

Transcurrieron unos segundos, que me parecieron eternos, cuando pude tocar una de sus piernas, inmóvil, y sentir cómo Trinidad lo había agarrado del brazo derecho. La lógica nos decía que si habíamos saltado desde la esquina derecha del almacén deberíamos encontrar la salida si nos dirigíamos hacia nuestra izquierda; y, sin poder ver nada, arrastramos el cuerpo de Cosme hasta el exterior. No respiraba y estaba amoratado. Trinidad gritó:

—¡Maestro, Maestro!

Mi padre acudió de inmediato. Vio a Cosme tendido sobre el suelo de piedra, me miró con esa colérica mirada que le es tan propia y se acercó a él. Rápidamente le abrió la boca y metió sus dedos hasta la garganta sacándole un puñado de serrín. A continuación, con ambas manos separó los labios del niño. Tomando aliento, acercó su boca a la de Cosme y sopló como nunca había visto soplar a nadie. No respondió. De nuevo inspiró profundamente y volvió a pegar su boca a la del chiquillo insuflando una gran cantidad de aire, aún con más fuerza. De inmediato, de la nariz del chico comenzaron a salir trozos de serrín, junto con mocos, a la vez que recobraba el aliento.

—¡Traed agua! —ordenó mi padre.

Trinidad fue a por el botijo que tenía en el porche y se lo entregó. Mi padre recostó al chaval hacia el lado derecho, le echó agua por la cara y le dio a beber.

El niño lo miró, incrédulo y, a la vez, agradecido, y se echó a llorar abrazándose a él. Mi padre lo rodeó con sus brazos. Yo estaba situado frente a Cosme, de rodillas en el suelo, y no pude evitar que una lágrima se derramara por mi rostro.

Trinidad, a mi lado, apoyó su mano derecha sobre mi hombro izquierdo y, acercándose a mi oído, dijo:

—Ya ha pasado, ya ha pasado.

Trinidad y yo llevamos a Cosme a la Casa de Socorro para que lo exploraran y tras un par de horas el chico ya volvía con nosotros, corriendo, hacia la barrilería.

Aquella semana, mi padre me descontó cinco pesetas de la paga por no mantener la debida diligencia en el trabajo. Eso dijo. No rechisté.

* * *

Miguel ha apoyado su codo izquierdo sobre la maleta de color marrón que, según me cuenta, contiene sus pocas pertenencias. Observo el borde deshilachado de la manga de su chaqueta azul, de buen porte, y su camisa blanca desabotonada hasta el pecho. Por el semblante de su cara me parece vislumbrar que un dolor le roe el corazón.

Me cuenta que el domingo siguiente se levantó temprano. Julio aún dormía. Se vistió, deprisa, con una camisa blanca y un pantalón azul, y salió de su casa en dirección a la playa de las Almadrabillas.

Unas barracas de pescadores, blancas e impolutas, diseminadas, embadurnadas de cal, parecían posarse sobre la arena, como la gaviota que, a no más de veinte metros, detenía su vuelo y picoteaba la tierra, escarbando en busca de algo comestible. A su lado, dos barcas pintadas de blanco, una con tres franjas de colores chillones: rojo, amarillo y malva; la otra con dos cenefas: azul y naranja. Ambas esperaban pacientemente salir a la mar. Sus nombres: Rosita y Martirio.

El relente no impidió que se descalzara y se sentara junto a la orilla para contemplar cómo, por levante, el sol iluminaba un mar cuya serenidad contrastaba con los acelerados latidos de su corazón. Escuchaba el suave romper de las olas mañaneras y, cerrando los ojos, se dejó llevar por la cadencia del vaivén del agua. En su cabeza sonaba una melodía, la de los besos, el de Trinidad y el suyo, en el almacén de la barrilería. Se tumbó boca arriba y contempló aquellas suaves nubes que asemejaban bolas de algodón y, de nuevo, cerró los ojos para adentrarse en un ligero sueño lleno de deseo. Dijo no saber cuánto tiempo había transcurrido. Fue entonces cuando sus párpados titilaron al oír un rumor a su lado. Era Trinidad quien, sentado, lo observaba en silencio. Este se inclinó sobre Miguel y, acercando su boca al oído, rozándolo levemente, susurró una palabra de cariño. Una amplia sonrisa curvó sus labios a la vez que se incorporaba apoyando sus codos sobre la arena. Aunque ganas no le faltaron, según me contó, no se atrevió a besarlo porque, a menos de cincuenta metros, en la orilla, un hombre, de mediana edad, a quien había visto en alguna ocasión en aquella playa, lanzaba el sedal de su caña de pescar.

—¿Has venido?, no te esperaba —dijo Miguel aún con una ancha sonrisa en su boca.

—Me pediste que lo hiciera y aquí estoy —respondió Trinidad—, he tenido que acompañar a mi papa a un negocio que se trae entre manos y ya ves, se me ha hecho tarde.

Miguel se sacó la camisa, sin desabrochar los botones, la dejó sobre la arena, junto con la cartera, la pitillera y la yesca, y se levantó dirigiendo sus pasos hacia la orilla a la vez que se deshacía de sus zapatos. Tomando una piedra con su mano derecha, dijo:

—¡Mira!

Con más habilidad que energía, Miguel lanzó la piedra sobre el sereno mar. Logró que rebotara cuatro veces antes de hundirse en el agua.

Trinidad también se descalzó, se quitó la camiseta blanca, zurcida en su manga izquierda, dejó sobre dos piedras una cajetilla de tabaco, la yesca y la navaja que le había regalado su padre y se apresuró a acercarse a su amigo; tomando otra piedra, la lanzó con todas sus fuerzas, esta rebotó en el mar en tan solo en tres ocasiones.

Miguel se burló de él diciéndole que le faltaba nervio en el brazo y que había perdido, por lo que le correspondía un premio.

—¿Qué premio quieres? —preguntó Trinidad.

—Te lo puedes imaginar, ¿no? —respondió Miguel entre risas.

—Yo no tengo imaginación, a mí me gusta más tocar que imaginar. Pero si seguimos un rato verás cómo te gano.

Y así fue. Transcurridos unos minutos, Trinidad consiguió que una piedra rebotara cinco veces en el mar antes de hundirse; fue entonces cuando se abrazó a su amigo, de forma espontánea, sin pensarlo. De pronto, Miguel, a la vez que sus labios dibujaban una malévola sonrisa, lo empujó hacia la orilla. Trinidad, trastabillándose, cayó de espaldas en el agua sumergiéndose por completo. Miguel reía a carcajadas.

—¡Me cago en tu...!, ¡el corazón eches por un colmillo!, ¡ahora mismo pedirás perdón! —gritó Trinidad incorporándose y saliendo del agua no sin una maliciosa sonrisa.

Miguel no quiso disculparse y continuó riendo.

—¡Te vas a enterar! —dijo Trinidad agarrándolo por la cintura con sus brazos a la vez que lo elevaba en peso, daba unos cuantos pasos y, adentrándose en el mar, lo soltaba.

El agua estaba fría. De repente, una nube cubrió la playa apagando la luz del sol. Comenzó a lloviznar. El pescador recogió sus cosas y se marchó con celeridad mientras los muchachos salían del agua. Ambos tiritaban, se pegaban palmadas en los hombros y en los brazos. Tomaron sus zapatos, la ropa, y el resto de sus cosas, y corrieron a cobijarse bajo la techumbre de una de las casas de pescadores que parecía abandonada. En ese instante sus ojos se encontraron, se hizo el silencio. La lluvia cesó dejando paso a un abrazo que duró lo suficiente para sentir, ambos, que su deseo se encendía. Aquello duró solo unos segundos porque las voces de dos hombres, que se dirigían hacia una de las barcas, interrumpieron bruscamente el momento.

Empapados, con sus torsos desnudos, se sentaron sobre los restos de un tabique, Miguel lió dos cigarros, los encendió y entregó uno a su amigo.

—¿Por qué llevas navaja? —preguntó estrujando el bajo de la pernera izquierda del pantalón a la vez que sujetaba el cigarro con sus labios.

—Por si es necesaria. Hay mucho hijo de puta por ahí suelto que nos la tiene jurada, a mi familia y a mí —respondió Trinidad echándose la camiseta al cuello a modo de estola.

—¿No habrás apuñalado a nadie, no?

—No, pero la he enseñado en un par de ocasiones, abierta impone —respondió el gitano abriéndola y mostrándosela.

—Los gitanos sois muy de afrentas, ¿no? —preguntó Miguel.

—Los gitanos somos de nuestras leyes, y sí que hubo una afrenta no hará ni seis meses. Mi papa y Juan Maya hablaron de casarme con su hija, Carmen. Una noche, mi primo Antonio la vio con un payo acurrucándose en el parque. Se lo contó a mi papa y, ni corto ni perezoso, se fue a por el Maya y le dijo que rompía lo hablado por ese motivo. Juan se ofendió por poner en duda la honradez de su hija. De las palabras pasaron a los hechos, llegando a sacar sus navajas. No pasó nada grave porque se cruzaron dos gitanos mayores y la cosa quedó así, aunque Juan Maya le juró por sus muertos que le haría pagar el agravio. Pero no hablemos de eso —añadió Trinidad cambiando de tema—, cuéntame sobre ti y enséñame cosas de las que aprendes de ese maestro.

—Está bien, gitano, mejor no pensar en que te quieren casar, ¿qué crees tú que hay tras el horizonte que se ve a lo lejos? —preguntó Miguel, dirigiendo sus ojos hacia el mar.

—Pues que ahí se acaba el mundo, ¿no?

—No, ahí no se acaba el mundo; la tierra es redonda, nuestra vista no es capaz de percibirlo, de ahí que parezca que todo termina allí, en el horizonte. Don Manuel, el maestro, dice que todos creamos un horizonte íntimo y personal, un lugar en el que pensamos que se encuentran nuestros deseos y donde los veremos cumplidos, pero los más inteligentes saben que no es allí donde está lo que anhelamos porque el horizonte no tiene fin y nunca lo alcanzaremos, pero es bueno que lo intentemos porque en el camino que vamos a recorrer es donde encontraremos el verdadero sentido de la vida. Así que lo que la vista nos permite alcanzar, aunque parezca otra cosa, no tiene límite y más allá, en línea recta, llegaríamos a África, que es un continente enorme.

—¡Sabes mucho, payo! —exclamó Trinidad, sonriendo y en voz alta, empujando con su mano izquierda el hombro derecho de Miguel—, tal vez podrías enseñarme más cosas cuando tengas tiempo.

—Lo primero que deberías aprender es a leer y escribir, ¿sabes escribir tu nombre?

—A duras penas.

—Pues entonces, cuando tú quieras te enseño y podrás conocer por ti mismo lo que contienen los libros y aprender lo que desees. El conocimiento, como dice mi maestro, te hará mejor persona y te permitirá progresar en la vida.

Al día siguiente, Miguel compró una libreta y un lápiz de color azul marino. Los guardó en la talega y, antes de que Trinidad se marchara, se los entregó sin que nadie lo advirtiera.

Según Miguel, el ofrecimiento quedó en nada. Ninguno de los dos cumplió aquel compromiso. Al cabo de un tiempo, en una de las visitas que El Juani hizo a la barrilería para dar cuenta de algunos recados que le había encargado su padre, sacó del bolsillo interior izquierdo de su chaqueta el mismo lápiz azul.

Aquella noche, una vez en la cama, Miguel comentó con Julio que Trinidad siempre llevaba con él una navaja y, ni corto ni perezoso, a los dos días, le regaló una. Dijo haberla comprado a un gitano, por tres pesetas. Una navaja con empuñadura blanca, de nácar, que medía más de un palmo. Se le ocurrió pasar la hoja por la sábana. Inmediatamente se abrió una raja en la tela de la que brotaron varios trozos de lana. Dijo que la Ma'Dolores lo iba a matar.

La cara del muchacho reflejaba que se sintió decepcionado, aunque también me pareció que lo llevaba con la resignación que produce lo imprevisible, lo que no está en nuestras manos. Quiso ser Pigmalión, pero Trinidad no era, ni mucho menos, Galatea.

Miguel interrumpió su relato y, excusándose, se dirigió a la popa del barco. Aún quedaban horas para el amanecer.

Tras diez minutos de aquella noche, que se me hizo interminable, una vez que Miguel bajó a la bodega a dormir un rato, regresaba a mi mente la imagen de aquella casa abandonada en la que me encerraron durante unas horas. El pestilente aliento de aquel hombre ruge en mi cerebro. He preferido bajar también a la bodega. Lo he encontrado despierto, con su maleta abierta. La ha cerrado de inmediato y me ha sorprendido que fuera tan celoso de su intimidad. Acto seguido, Miguel me ha contado algo sobre el final de su niñez y el comienzo de una adolescencia que es necesario recoger en las siguientes líneas.

Hombres

El sábado 29 de septiembre de 1934, mi hermano Julio cumplía doce años y, además, festejábamos mi santo. El día anterior, mi padre invitó a todos los empleados a una moraga de pescado que le compró a Giles —quien nos suministró todo lo que pudo durante la guerra y con el que mi padre tenía bastante confianza— y les comunicó que al día siguiente no se abriría el taller.

Mi madre, que era de celebrar las onomásticas de toda la familia, por devoción y apego a la Iglesia, pidió a mi padre que, después de salir de misa —a la que a Julio y a mí nos llevó casi a la fuerza—, los acompañáramos a la terraza del Hotel Simón para tomar un aperitivo, como ellos tenían por costumbre. La Ma'Dolores se quedó en casa ultimando el almuerzo con Resu, la chacha que ayudaba en las tareas de la casa y cuidaba de los mellizos.

Yo protesté porque no quería salir a pasear en pantalones cortos, y menos con la estatura que ya había alcanzado. A mis, casi, quince años ya me sentía mayor para vestir de largo y algunos niños de mi edad se reían de mí al ver mis piernas blancas y desnudas. Mi madre no era de esa opinión. Creo que las madres tardan en darse cuenta de que sus hijos se han convertido en hombres, si es que llegan a darse cuenta; tal vez sea por ese deseo de que la infancia de sus hijos perdure en el tiempo y nieguen la evidencia de que crearon un ser humano como los demás.

Ella se empeñó en que usaría pantalones cortos hasta que cumpliera los dieciséis porque los que iba abandonando les vendrían bien a Julio. «¡Para hacer barriles sí soy un hombre, para salir a la calle hecho un fantoche todavía soy un niño!» —le dije mientras bajábamos las escaleras de nuestra casa y salíamos al portal. Ella no respondió.

Don Ángel, el párroco de la Iglesia de San Pedro, conocía a toda mi familia. De hecho, fue él quien celebró el matrimonio de mis padres, quien nos bautizo a los cuatro hermanos y nos dio la primera comunión a Julio y a mí. Nos sentamos en la quinta fila, yo a la derecha de mi madre y Julio a mi lado.

Comenzó la misa con un canto del coro, en latín claro está; el sacerdote y dos monaguillos, que le superaban en altura en más de quince centímetros, recorrieron el pasillo central desde la entrada principal. Todo el mundo inclinaba la cabeza a su paso; yo, sin embargo, no pude resistir mirar aquellos ojos achinados del cura que vagaban por el recinto como si esperara la venida de la inspiración o tal vez del Espíritu Santo. Me fijé en sus mejillas, regordetas y coloradas; no levantaba más de dos palmos de la mesa del altar y disimulaba su calva con varios pelos largos peinados hacia la derecha. La casulla le venía grande y sus dedos apenas asomaban por las mangas. Mi hermano se había sentado y movía ambos pies de atrás hacia delante. Mi madre, que se había cubierto los hombros con un chal de color negro y tapado la cara con un velo del mismo tono, rodeando mi espalda, le dio un coscorrón con su mano derecha que interrumpió el silencio del templo. Julio se puso inmediatamente en pie. En ese momento, don Ángel, de espaldas a los fieles, mientras abría un gran libro en la mesa del altar, giró su cuello y clavó su mirada en Julio. La expresión de su cara era más propia de alguien que estaba irritado consigo mismo que por cualquier otro motivo.

No habría transcurrido más de la mitad del ceremonial, cuando don Ángel, tras un prolongado y sepulcral silencio de más de un minuto, se giró hacia los fieles. No tardó en decir:

—Aunque la Iglesia respeta y acata el poder establecido, yo, queridos hermanos, os vaticino que esta República es el preludio de días apocalípticos. La Iglesia no puede perder la batalla contra la fe, no puede cejar en el empeño de cooperar en la paz y en la prosperidad de todos los hombres, pero solo de aquellos que abracen a Dios en el seno de su Santa Madre Iglesia. Nos hemos de guardar de los falsos creyentes y de los perversos patriotas que no son sino escoria a la que Jesucristo no sentará a su diestra porque, entre otras cosas, se niegan a recibir los santos sacramentos.

—¡Amén! —oí decir a mi madre mientras mi hermano Julio me pellizcaba el brazo izquierdo.

—El atentado, no solo jurídico sino también religioso, de la Constitución republicana para con la Iglesia Católica —prosiguió en un tono más enérgico, pero con el monótono soniquete que emplean los curas— merece la reprobación de todas las personas de fe. Con la supresión de los presupuestos para el culto quieren dirigir hacia la extinción a nuestra Iglesia con objeto de hacer prevalecer el ateísmo y la barbarie. Los fieles debéis saber que los sacerdotes nada en absoluto perciben del Estado. Por eso, hermanos, Dios os pide un mayor esfuerzo en vuestra caridad para que esta Iglesia de Dios, a la que pertenecéis, permanezca inmaculada e intacta.

Cuando salíamos del templo mi madre giró su disgustada cara hacia mí y en voz alta dijo:

—Quince pesetas de limosna le entrego a don Ángel todos los meses. Por mí no lo dirá, que a saber cuánto dan las beatas esas que se sientan en las primeras filas.

De repente, me vino a la memoria un comentario que nos hizo nuestro maestro al respecto y dije:

—Don Manuel nos enseñó que en la Biblia se dice que cuando tú des limosna, no sepa tu izquierda lo que hace tu derecha. Según el maestro, lo que significa esa frase es que si ayudas a alguien no lo publiques ni lo anuncies a los cuatro vientos sino que lo guardes para ti, porque pregonarlo es de hipócritas.

—¡Sí, lo dice en el capítulo sexto del Evangelio de San Mateo! —añadió Julio, orgulloso de su excelente memoria.

Mi madre nos miró enfurecida y, sin mediar palabra, nos abofeteó, primero a Julio, con su mano derecha, y después, a mí, con la izquierda.

—¡Mamá!, ¿por qué me pegas? —pregunté sorprendido por su reacción.

—¿Y a mí? —agregó Julio con un pequeño sollozo.

—A ti —dijo dirigiendo sus ojos a los míos— porque eres un enterado; y a ti —añadió acercando su cara a la de Julio— porque eres un sabiondo. Y además, porque yo no soy una hipócrita que va contando por ahí lo que doy o no doy a la Iglesia. Y se acabó. No hay más que hablar. Vamos a buscar a vuestro padre. ¡En qué mala hora os metió a dar clase con ese rojo!, ¡es otro «piojo revivío»! —respondió con un grado de enojo que desapareció en cuanto vio a mi padre.

El Hotel Simón era un establecimiento propiedad de don Rodolfo Lussnigg, un empresario austriaco que había sido director de algunos hoteles en varias ciudades de España y del extranjero, y que abrió en el Paseo porque su mujer —María Teresa Arjona, nacida en Almería— lo había convencido. Fue don Rodolfo —como así lo llamaban mis padres— quien, con el fin de fomentar el turismo, inventó la denominación de *Costa del Sol* para identificar las costas de varias provincias mediterráneas, entre ellas, Almería. También acuñó un lema que se hizo muy famoso que decía: «Almería, donde el sol pasa el invierno». Era el hotel con más renombre de la ciudad y por allí pasaron multitud de personas ilustres. Mi padre también se había hospedado varias veces cuando visitaba a mi madre antes de casarse con ella, de ahí la amistad que había entablado con don Rodolfo. Precisamente, cuando llegamos a la terraza, mi padre y él estaban sentados. Don Rodolfo, con La Crónica Meridional abierta sobre la mesa, en un castellano, casi perfecto, decía a mi padre:

—Alemania se ha negado a participar en el Pacto Oriental que promueven Francia y la Unión Soviética. Es un tratado de cooperación propuesto a Inglaterra, Checoslovaquia, Estonia y Letonia que pretende la ayuda mutua regional. Los franceses y los soviéticos querían comprometer a Alemania para que se incorporase y ahora, después de varios meses, contesta con una negativa mientras que haya países que discutan la igualdad de derechos de los germanos en la cuestión de armamento.

—¿Y eso que quiere decir? —dijo mi padre.

—Pues que Hitler quiere tener soldados, cañones, bombas, fusiles, aviones, barcos; en fin, material de guerra. Después del Tratado de Versalles, Alemania tenía prohibido, entre otras cosas, prácticamente, tener ejército, artillería y aviación; y no podían fabricar ni usar armamento pesado. Además, los vencedores de la Gran Guerra se apropiaron de toda su flota. Ahora que un nacionalista como Hitler ha tomado el poder, una de sus estrategias es alimentar el militarismo. Ese hombre no me gusta, va a ser la perdición de Alemania y, para colmo, es austriaco como yo —explicó el señor Lussnigg—. Entre esos fascistas y lo revuelto que está este país, no sé qué va a pasar.

Presté atención a aquella conversación —Julio también—. Don Manuel nos había hablado del Tratado de Versalles por el que Alemania, tras perder la Gran Guerra, tenía prohibido armarse. Sabíamos que Italia y Alemania estaban gobernadas por partidos fascistas: Italia por Mussolini y Alemania por Hitler.

El hombre, ensimismado, no había advertido nuestra presencia y, en ese momento, al darse cuenta, se levantó de inmediato diciendo:

—Buenos días Angustias y familia. Les ruego que me perdonen, pero hablábamos de política y ya sabe usted, cuando los hombres iniciamos una conversación sobre esa materia no le vemos el fin. Bienvenidos, tomen asiento, ahora mismo les envío un camarero.

Mi madre saludó con una sonrisa. Nos sentamos. Un hombre de la edad de mi padre, es decir, de unos treinta y cinco años, vestido con camisa y chaqueta blanca —algo estrechas—, y una pajarita de color negro, dirigiéndose a él como don Rafael, preguntó qué queríamos tomar.

—Un botellín de cerveza para mí y otro para mi hijo mayor —respondió con cierto desprecio. Mi madre lo miró como diciendo: «¿quién te ha dado permiso para que el niño beba cerveza?», pero no dijo nada. Ella y Julio pidieron limonada.

El hombre retiró las copas de vino que los dos hombres habían consumido. A los cinco minutos regresó con las bebidas y de nuevo se marchó. Mi padre, en lo que me pareció un exceso de familiaridad, llamó en voz alta al camarero «chico», —cosa que por el gesto de la cara del hombre no le hizo ninguna gracia— y le pidió que nos trajera un plato de gambas rebozadas y unos boquerones fritos. Transcurridos unos diez minutos el camarero sirvió los dos platos depositándolos sobre la mesa.

—¡Trae unos palillos para pinchar, chico! —expresó mi padre, de mala gana, una vez que el camarero había recorrido unos metros.

—Ahora mismo don Rafael —dijo el hombre con excesivo servilismo, girando su cabeza y manifestando, con un extraño gesto de su cara, que comenzaba a atribularse.

—¡Déjalo en paz, Rafael! —exclamó mi madre una vez que el camarero se había marchado—. No tienes remedio, ¿es que no puedes olvidar aquello?, lo pasado, pasado está.

Julio y yo, sentados uno frente al otro, nos miramos preguntándonos por el misterio que rodeaba al camarero. Mi madre advirtió nuestra inquietud que resolvió diciendo:

—Nada, niños, que ese hombre, estando yo soltera, me dijo una grosería y para qué se me ocurrió contárselo a vuestro padre.

—¡Fue algo más, y tú le reíste la gracia! —exclamó mi padre.

—Se trató de un simple piropo que me hizo reír. Déjalo estar, que te estás poniendo tonto con ese hombre y lo estás dejando en ridículo —añadió mi madre, esta vez en un tono sereno y cordial.

En ese momento surgió la voz de Julio que, sin querer, añadió más leña al fuego diciendo:

—¿Pero qué te dijo mamá, que te iba a hacer qué?

La mirada de mi padre a Julio fue de esas que fulminan como un rayo. Sin pestañear le dio un sopapo en el cogote a la vez que decía:

—¡Tú, «moreno», a callar, que no tienes vela en este entierro!

Así quedó la anécdota. Terminamos la consumición; mi padre pagó dejando al hombre —que luego supe que se llamaba Braulio— una generosa propina de tres pesetas y nos marchamos.

A la altura del edificio de Correos se detuvo a saludar al Director del Banco Español de Crédito, don Remigio, a quien yo conocía porque en alguna ocasión había acompañado a mi padre a su despacho para realizar algunas gestiones. El hombre saludó a toda la familia y le preguntó cómo iban los negocios. Mi madre, al advertir que los dos hombres tendrían para un rato de conversación, se excusó diciendo que mientras ellos se ponían al día nosotros íbamos para casa porque se acercaba la hora de almorzar.

—¿Qué te dijo el camarero? —preguntó Julio cuando nos habíamos separado de mi padre unos metros, sabiendo que mi madre sentía unas ganas tremendas de soltarlo.

—Me dijo: «Adiós, corazón de melón, te espero en la cama sin pantalón».

Los tres nos echamos a reír a carcajadas. Creo que mi padre nos escuchó porque giró la cabeza hacia nosotros en ese momento.

Cuando entrábamos en nuestra calle, la calle Trajano, un hombre vestido con traje gris, corbata azul, peinado con raya hacia la derecha y con un elegante bigote *chevron*, caminaba en sentido contrario al nuestro. Miraba persistentemente a mi madre. Al llegar a nuestra altura, el hombre, inclinando su cabeza hacia ella, dijo:

—¡Eres la mujer más guapa de Almería!

Mi madre no respondió, tan solo bajó los ojos e hizo como que no lo había oído. Julio, cuando ya lo habíamos sobrepasado unos metros, preguntó quién era ese hombre.

—Domingo Lastra —respondí yo. Ese con el que nuestro padre anda a la gresca desde hace años.

—Tened cuidado con él, y con toda su familia, no son buena gente —añadió mi madre cuando nos acercábamos al portal de nuestra casa.

Y sí es cierto, señor García, mi madre es una mujer muy guapa, y muy lista. Tiene ascendencia gitana, morena, de grandes ojos negros y rasgados, con un cuerpo tan proporcionado que cualquier trapo con el que se vista le queda clavado. Ese día se había peinado con la raya en medio, el pelo corto y ondulado, a mitad de las orejas. Estrenaba un vestido entallado de color malva con pico de encaje blanco, falda plisada bajo las rodillas y unos preciosos zapatos blancos atados a los tobillos. Se había colgado al cuello un collar de perlas mallorquinas y, en sus orejas, unos pendientes a juego que mi padre le había regalado por su aniversario y comprado en la «Joyería Regent». Estaba preciosa y no era extraño que los hombres la miraran a su paso.

Junto al portal, sentada sobre una silla de enea, Taíta, la inquilina de mi padre desde hacía años, zurcía unos calcetines. A su lado, en un taburete, Rosa, su hija, de la edad de Julio, bordaba una pasamanería en un pequeño mantel. Al encontrarse frente a frente, mi hermano esquivó la mirada de la niña, como si se avergonzara de su propia presencia. Ella, descarada y seductora, giró su cuello y levantó la vista. Sus ojos negros, oscuros e inmensos, vivos y expresivos, acompañados de un gesto de incertidumbre, como si esperara alguna respuesta o tal vez un simple saludo, se clavaron en mí. No devolví la mirada. Ni mi hermano ni yo saludamos, no por falta de educación sino por costumbre. Era habitual que Taíta estuviera junto al portal durante buena parte del día ya que el piso, el bajo de la casa de mis padres, no era excesivamente grande y dábamos por supuesto ese saludo las veces que salíamos y entrábamos. A Julio le gustaba aquella niña, a la que conocía desde que eran unos críos y jugaban juntos. Era vivaz y alegre, guapa, con un cuerpo lleno de curvas. Creo que siempre vio en Julio a un compañero de juegos, nada más, sin embargo, conmigo era otra cosa. Ahora, a Rosa le habían crecido las tetas y se estaba convirtiendo en una mujer que se me insinuaba, sin decir palabra alguna —ni falta que hacía— cada vez que coincidíamos. Julio, al pasar a su altura, disimuladamente, observó la camisa entreabierta que dejaba intuir dos pechos incipientes. No quitó la vista hasta que abrí la puerta de nuestra casa y tiré de su brazo derecho para que entrara.

Mi madre se detuvo un momento para preguntar a Taíta por Diego, su marido, al que hacía unos días habían despedido del puerto junto con más de cien trabajadores. Pude escuchar su corta conversación mientras Julio y yo subíamos las escaleras.

—Pues ya se puede usted imaginar, doña Angustias, un desastre. Por ahí está, con los sindicalistas, presionando para que los readmitan. Como no se solucione no vamos a tener qué echarnos a la boca, y el alquiler hay que pagarlo —dijo levantándose de la silla con rostro compungido.

—Por el alquiler no tenéis que preocuparos, eso es lo menos importante —expresó mi madre con sinceridad.

—Gracias, doña Angustias, es usted un ángel y le debemos mucho.

Mi abuela había preparado la comida: unas migas con boquerones fritos, morcilla, torreznos y pimientos. A Julio le chiflaban las migas y podía comérselas tanto en el almuerzo como en la cena.

Los mellizos salieron a nuestro encuentro. Vicente se abalanzó sobre mis piernas, apretándolas con sus brazos, Enrique hizo lo mismo con Julio. Mi madre exclamó dirigiéndose a ambos:

—¡Pero bueno! ¿es que no vais a dar un beso a vuestra madre?, pues os quedaréis sin los caramelos que os he traído.

Los dos se soltaron inmediatamente y levantaron sus brazos para que mi madre los besara, cosa que hizo; seguidamente sacó dos pequeñas cajas de su bolso y entregó una a cada uno. Eran caramelos de naranja que había comprado en la confitería La Dulce Alianza.

En ese momento llegó mi padre. Sonrió a los dos pequeños besándolos en la frente, al igual que a la Ma'Dolores. Acostumbraba a besar a mi abuela tanto cuando salía como cuando regresaba a casa. Siempre ha sido huraño y poco amigo de expresar sentimientos, pero en lo que a su madre se refería actuaba de otra forma.

Mi abuela se acercó a Julio, lo abrazó y dándole un beso en la mejilla izquierda dijo:

—Feliz cumpleaños, Julico. Te he hecho unas migas que te vas a chupar los dedos. Además, tengo algo para ti. La Ma'Dolores se acercó a la alacena del comedor y abrió el cajón inferior izquierdo del cual sacó un pequeño paquete. Se lo entregó a mi hermano diciendo:

—Creo que este regalo lo vas a disfrutar. Don Francisco, ya sabes, el maestro de Terque, lo compró en Madrid porque yo le encargué un regalo especial para un niño a quien le gusta leer y el mundo de la farándula. Me dijo que el teatro te iba a gustar mucho, el autor es de Granada.

Mientras abría presurosamente el paquete, mi hermano mantenía los ojos completamente abiertos, sin pestañear. De inmediato leyó el título: *Así que pasen cinco años*.

Julio, emocionado, pasaba páginas del libro, escogió una de ellas al azar y leyó en voz alta:

«Yo he luchado toda mi vida por encender una luz en los sitios más oscuros. Y cuando la gente ha ido a retorcer el cuello de la paloma, yo he sujetado la mano y la he ayudado a volar».

Se dirigió a la Ma'Dolores con una sonrisa con la que parecía transmitirle su felicidad y la abrazó diciendo:

—Gracias abuela, seguro que me va a gustar mucho.

Días después, mientras Julio apilaba duelas de madera en el porche del taller le escuchaba canturrear: «El Sueño va sobre el Tiempo flotando como un velero. Nadie puede abrir semillas en el corazón del Sueño».

Le pregunté:

—¿Qué cantas?, esa copla no la he oído en la radio.

—No es una copla, es del libro que me regaló la Ma'Dolores. ¿Sabes que don Manuel ya lo había leído?

—No lo entiendo, ¿qué significa eso de que nadie puede abrir semillas en el corazón del sueño? —pregunté desde mi tremenda ignorancia.

—Pues no lo sé exactamente, pero es bonito, ¿verdad?

No respondí, me encogí de hombros, no supe qué decir; yo, de poesía y de teatro poco o nada conocía.

Resurrección se excusó pidiendo permiso a mi madre para ausentarse porque su padre estaba internado en el Hospital Provincial; una pleura dijo que sufría. Así que, una vez que terminamos de comer, mi madre se apresuró a recoger la mesa y, sin decir nada, tomó camino escaleras arriba, hacia su habitación. Mi padre, sentado en su sillón orejero, tomaba un café; la miró de reojo, como a hurtadillas. Me pareció que ella contoneaba sus caderas tras pisar cada peldaño. El cabeza de familia no tardó más de tres segundos en dar el último sorbo, levantarse y salir escaleras arriba.

Después de comer, Julio y yo nos sentamos en la salita de la radio. La estancia estaba presidida por dos grandes sillones de color azul imperial y la hamaca de la Ma'Dolores. En una vitrina de madera de caoba se contenía una cristalería que mi madre siempre dijo que era de Murano, una isla de Venecia según los mapas de don Manuel. La habitación giraba alrededor de una radio Atwater Kent, de nogal, con la que todos nos entreteníamos a diario. Julio la encendió. Sonaba música de Bach —según dijo—y comenzó a leer el libro que le había regalado la abuela. Yo echaba un vistazo a La Crónica Meridional, que mi padre, como siempre, había comprado esa mañana. Los mellizos jugaban en el suelo con un tren de madera. Sentada en su hamaca, la Ma'Dolores entornaba sus ojos haciendo un paréntesis en la realidad, abstrayéndose en un aparente sueño sin dejar de balancearse moviendo su cuerpo hacia delante y hacia atrás.

No habrían transcurrido más de tres cuartos de hora cuando mi madre bajó las escaleras. Vestía su bata blanca con flores malvas que mi padre le había comprado cuando fueron a Granada por su décimo aniversario de boda. Se adivinaba que no llevaba nada debajo y el pronunciado escote permitía ver, casi al completo, su pecho izquierdo.

Mi abuela levantó su ceja derecha, entreabrió el ojo y la miró de tal manera que pareciera que no vestía ni la bata. Frunció el ceño. Creo que mi madre se dio cuenta de aquella mirada porque, inmediatamente, cerró su escote con ambas manos y anudó el cinturón de la bata con energía. Se dirigió a los mellizos, que jugaban a los petos, y preguntó:

—¿Merendamos?

Nadie contestó. La Ma'Dolores se levantó como si hubieran tocado a rebato y se dirigió a la cocina. En menos de un minuto, ella, tan dispuesta, puso a calentar una olla de chocolate que había preparado por la mañana y colocó un bizcocho sobre la mesa. Un aroma a cacao, vainilla y canela impregnó el comedor. Julio me miró esbozando una sonrisa de repentino placer.

Mi madre llamó a toda la familia para que acudiéramos a la mesa. Los pequeños fueron los primeros en sentarse. En ese momento mi padre bajaba las escaleras, despeinado y somnoliento.

Casi dos meses antes, en La Crónica Meridional, había leído algunos anuncios de ventas de novelas de autores célebres. Uno de ellos me llamó la atención porque don Manuel lo había mencionado en alguna ocasión: Alejandro Dumas. Se vendían lotes completos de sus obras, entre ellas: *El Conde de Montecristo, La mano del Muerto, El hijo del presidiario* y otros tantos que ahora mismo no recuerdo. Me pareció buena idea regalar a Julio el lote completo de quince tomos. El precio era de siete pesetas con cincuenta céntimos y los gastos, contra reembolso, de ocho con cincuenta. Así que convencí a mi madre para hacer un pedido a la Mutual Librera de Barcelona. Ella accedió y al cabo de un mes y unos días recogimos el paquete en las oficinas del edificio de Correos.

—Dale el regalo a tu hermano —dijo mi madre dirigiéndose a mí y mostrando su amplia sonrisa y esos dientes blancos que siempre he envidiado.

Julio me miró. No dije nada, tan solo sorbí un poco de chocolate, tomé un trozo de bizcocho y, con él en la boca, subí hasta la habitación de la Ma'Dolores, donde había guardado el paquete.

Observé el brillo de los ojos de Julio al contemplar los libros cuando abrió su regalo, un brillo distinto al habitual, como si se hubiera encendido una lámpara en sus pupilas.

—¡Gracias!, ¡gracias! —repitió mi hermano abrazándose a mi madre y a mi abuela, y, después, a mí.

—Que sepas que el dinero lo puse yo. —dijo mi padre con media sonrisa en sus labios a la vez que Julio besaba su mejilla derecha dándole las gracias.

De pronto, mi abuela abrió el cajón superior derecho del aparador y sacó una caja. Dirigiéndose a mí, dijo:

—Toma, Miguelico, es un regalo de tu madre y mío, por tu santo.

No me esperaba regalo alguno, pero cuando abrí la caja fue una auténtica sorpresa: unos pantalones azules, y eran largos. Grité de alegría y no se me ocurrió otra cosa que cambiarme allí mismo. Me quedaban perfectos.

—¿Estoy guapo? —pregunté a todos.

—Te hacen mayor —respondió la Ma'Dolores—, te falta una chaqueta.

Le parecerá una tontería, señor García, pero en ese momento me sentí, además de feliz, un hombre.

Dinero y poder

Por lo que parece, el amor que Miguel profesa a su familia —por su sangre como ha dicho en varias ocasiones— es lo que más le duele de dejar España. Siempre he pensado que ese vínculo, el de la sangre, no hace a la familia sino que es, más bien, la lealtad entre parientes la que nos hace sentirnos más cerca de unos que de otros. No obstante, aunque yo no estoy de acuerdo, hay quien cree que entre padres e hijos, abuelos y nietos, así como entre hermanos, las relaciones filiales son más un deber que un querer. El linaje nos obliga a todos, según opinión de mi padre.

Tras esbozar una leve sonrisa, Miguel me cuenta otro pasaje de su historia que me trae el recuerdo de mi familia en aquella época en que nos reuníamos en la Huerta, recuerdo con el que lo narrado por Miguel guarda cierta semejanza.

* * *

A mi padre le gustaba rodearse de toda su familia los domingos a la hora del almuerzo. Aquel día, dos años antes de iniciarse la guerra, esperábamos, sentados a la mesa, mi madre, la Ma'Dolores, Julio, los mellizos —que ya han cumplido ocho años— y yo. Mi padre no permitía, prácticamente, que se hablara durante la comida. Además, como ya le he dicho, era parco en palabras. A mi madre, repetidas veces, le oí decir a algunas conocidas, una frase muy suya: «mi marido habla lo justo, pero de lo demás va sobrado». Sin embargo, mi padre, aquel día, soltó por su boca una teoría sobre el poder que, supuse, había oído a alguno de los amigachos de buena cuna con los que frecuentemente se relacionaba.

Apareció ante nosotros radiante, bien vestido, con su traje de color gris marengo, camisa blanca, corbata azul, y unas copas de más. Se quitó la chaqueta, la colgó en el respaldo de su silla y, tras hacer una mueca con sus labios, que parecía dibujar una leve sonrisa, nos dio un beso a cada uno, incluida mi madre. Se sentó a la mesa, nos miró, uno a uno, con aire triunfal e, inmediatamente, comenzó una larga disertación en la que intentó demostrar que el mundo pertenece a los seres predestinados, es decir, a aquellas personas dotadas de una inteligencia y de un alma superior, que tienen la obligación de ser guía de los demás y de exigirles, a cambio, obediencia.

Mi madre lanzó un suspiro, de esos de conformidad inevitable con las circunstancias.

—Se va a enfriar la comida y es tarde —añadió, resignada.

Mi padre la miró como un lobo escudriña a su presa; con un gesto de desprecio y un fuerte golpe en la mesa con su mano derecha, sentenció:

—¡Aquí se come cuando yo diga!

Y girándose hacia mí y mis hermanos, bajando el tono de su voz, continuó su discurso diciendo algo así como:

—Aprended lo que os voy a decir: en esta vida, primero hay que tener dinero; cuando tienes dinero, tienes poder; y cuando tienes poder, tienes lo que quieras.

No hubo más palabras a continuación que las de la Ma'Dolores, quien repartió el pan; un bollo a cada uno, como era habitual, diciendo en cada entrega:

—¡Por Jesucristo!

Así que di buena cuenta de los gurullos con conejo que tan buenos hacía mi abuela. ¡Qué arte, señor García, qué arte tenía mi abuela para todo!

Evidentemente, aquel día no me atreví a contradecir a mi padre. No habría cambiado de opinión, y menos en su estado.

Cuando mis padres subieron a su acostumbrada siesta, Julio se levantó de su asiento y tomó la chaqueta de mi padre, que aún permanecía colgada en el respaldo de su silla. Sin decir nada se la puso, despacio, con lentitud exagerada, y, deambulando alrededor de la mesa, emuló la escena que acabo de contar. Imitando su voz y con el mismo soniquete que había empleado mi padre, dijo:

—Aprended lo que os voy a decir: en esta vida, primero hay que tener dinero; cuando tienes dinero, tienes poder; y, cuando tienes poder, tienes lo que quieras.

Acto seguido, metió su mano en el bolsillo interior izquierdo de la chaqueta y sacó la cartera. La abrió y tomó un billete de cinco pesetas, nos lo enseñó y, guiñándonos su ojo izquierdo, lo metió en el bolsillo de su pantalón.

Todos reímos a carcajadas, incluso la Ma'Dolores, quien exclamó:

—¡Julico, como se dé cuenta tu padre, te va a «majar» a palos!

Julio respondió abriendo los brazos y cantando una coplilla que decía algo así como: «qué malo es el dinero, qué malo es el dinero, que no me alcanza para decirte que tú eres lo que quiero». Y todos volvimos a reír.

Dos días después, supimos que en el sorteo de la Lotería Nacional, resultó premiado el número 11.462, un segundo premio que había sido vendido en Almería por la Administración número cuatro y por el vendedor conocido por *El Flauta*, quien dijo que, salvo a un asentador de la Alhóndiga que le compraba habitualmente, no recordaba a las demás personas a quienes le había vendido participaciones. Mi padre fue uno de los agraciados, diez mil pesetas le tocaron. Lo sé porque, un mes después, me lo contó Julio. Había visto en el libro de cuentas una anotación en los ingresos por esa cantidad y en el concepto aparecían las letras «L.N.» que, era fácil de suponer, se referían a Lotería Nacional. Lo cierto es que no contó nada a la familia, aunque supongo que mi madre y mi abuela sí estaban enteradas porque esa semana, la primera estrenó una pulsera de oro con una esmeralda y la Ma'Dolores estrenó una camisa negra, de seda, muy elegante.

Mi hermano ha aprendido bien el oficio, pero sé que no le gusta. Su torpeza de niño la transformó en una gran habilidad para casi todo. En realidad, vale tanto para un roto como para un descosido. Yo creo que podría haber llegado a ser alguien importante. Como le dije, no estudió porque él siempre ha creído que mi padre no lo habría dejado. Lo cierto es que nunca se lo preguntó. Según Julio, no permitiría que él estudiara y yo, su hijo mayor, no lo hubiera hecho. Así que se conformó con lo que había. Era necesario ayudar al mantenimiento de una familia que seguía creciendo. De todas formas, mi padre sabía que Julio se había pagado clases particulares para formarse por su cuenta y se lo reconoció. De hecho, desde hace un tiempo, mi hermano ayuda a mi padre a revisar las cuentas del negocio y se encarga de albaranes, facturas y otros documentos, así como a contabilizarlos. Ahora, quien mejor conoce todo lo relativo al negocio es él.

La inteligencia de Julio le ha llevado a tener más de un problema, pero tengo que reconocer que en algunos aspectos, como le decía, y así opina mi padre, no es tan hábil, por no saber guardar los tiempos, es decir, por no mantener la suficiente paciencia cuando realiza cualquier cosa que la requiera.

Me siento culpable por haber dejado tanto a su cargo. Pero voy al grano con algo que le quiero contar y que deseo que escriba.

* * *

Miguel hace un paréntesis en su relato. Lo que me cuenta a continuación lo hace en presente, como si quisiera revivir este episodio de su vida. Se trata de un hecho que le demostró que, como solía decir la Ma'Dolores, según me relata, las apariencias engañan. Aquel suceso, por lo visto, hizo mella en él. Lo narra con parsimonia, minuciosamente, y, todavía, con pesadumbre.

* * *

Son las cinco y cuarto de una mañana de octubre que huele a hojas secas. El viento de poniente sopla liviano, de momento. Me ha llamado la atención que en el puerto, junto al parque, hubiera concentrados dos grupos de guardias de asalto y, al menos, veinte guardias civiles. Por lo que parece, el ambiente está caldeado; ha habido una revuelta en casi toda España —un intento de golpe de estado, según algunos periódicos, que ha sido promovido por una facción de los socialistas, junto con sindicalistas, comunistas y anarquistas—. En Asturias el ejército ha matado a más de mil personas; eso me ha contado Diego, el vecino, al salir de mi casa. Acabo de entrar en la barrilería. Mi padre llegará más tarde porque anda de negocios para quedarse con un piso al lado del Gobierno Civil. Había quedado con el dueño en el Café Colón. Todavía no han llegado los empleados.

Julio, con apenas trece años, como siempre, se ha levantado antes que yo. Mi padre le había encargado que abriera el taller y está afilando la segura del maestro en la rueda de molar, para evitar cualquier reproche posterior. La amoladera tiene un sonido peculiar cuando gira, recuerda al ruido de las bisagras de una puerta sin engrasar. Dejo de oírlo. Ahora intuyo que Julio está cortando una duela de madera; supongo que está probando el filo. La «segura» es una herramienta, con apariencia de hacha, provista de una hoja de hierro muy afilada, con un mango de unos ochenta centímetros; dispone de una apertura en la hoja para que el barrilero pueda asirla y solo se afila la cara derecha de la hoja. Se utiliza normalmente para cortar las duelas de los fondos del barril.

Voy a mi armario y saco la ropa de faena. Comienzo a cambiarme. Me calzo la alpargata del pie derecho. Cuando me estoy calzando la alpargata del pie izquierdo oigo un chasquido. Miro hacia Julio. No se queja, no emite sonido alguno a pesar de que tiene colgando la mitad del dedo meñique de la mano derecha. La sangre chorrea sobre el piso e impregna de rojo las virutas que había soltado la duela que probaba a cortar. Los ojos de Julio vagan por el recinto hasta dejarlos en blanco. Acto seguido, mi hermano cae al suelo, ha perdido el conocimiento. Me acerco corriendo, aún medio descalzo, y exclamo:

—¡Julio!, ¿qué has hecho?, ¡dime algo!, ¡Julio!

Lo zarandeo por los hombros, le doy cachetadas en los mofletes. De pronto me doy cuenta que la sangre sale a borbotones por lo que queda de su dedo. Su camisa blanca también se está empapando de sangre. La descubro con mis dedos desplazándola hasta su pecho. Al caer se ha clavado la faca que llevaba en el fajín y sangra abundantemente. La hoja ha penetrado unos seis o siete centímetros por debajo de sus costillas.

—¡Te he dicho mil veces que no te metieras la faca en el fajín! —le grito.

En ese momento se abre el portón. Mi padre aparece vestido de calle. En breves segundos se da cuenta de lo que ocurre y urgentemente corre hacia nosotros. Se agacha ante mi hermano, lo mueve levemente.

—¡Trae el botijo y trapos limpios inmediatamente! —me ordena.

Voy a mi armario, saco dos camisas limpias y agarro el botijo. Mi padre se quita la chaqueta y la coloca bajo el cuello de Julio. Toma una de las camisas y la hace jirones. Echa agua sobre el resto del dedo y lo anuda con fuerza para evitar la hemorragia. La faca sigue clavada unos centímetros por debajo de su costado derecho.

—¡Hay una venda en mi armario, tráemela! —me ordena sacando de su cuello la cadena donde cuelga las llaves de sus armarios.

—¿En cuál? —pregunto.

—En el de la radio, arriba a la derecha.

Voy corriendo al armario, lo abro. Efectivamente, arriba, a la derecha, encuentro la venda enrollada. Vuelvo hacia ellos. Se la acerco. Me advierte que va a sacar la faca y que saldrá más sangre. Me pide que tome el botijo, eche agua sobre la herida y que, de inmediato, la presione con la camisa.

—¡Aprieta con todas tus fuerzas, que se nos desangra! —me grita mientras acerca su mano izquierda a la faca.

Mi padre la saca con un rápido movimiento que pudiera parecer indoloro, no es así. Julio abre los ojos e intenta incorporarse. Lo retengo, lo vuelvo a tumbar sobre el suelo. Hago lo que mi padre ha dicho. Él echa agua sobre la herida, la tapona con un jirón e, inmediatamente, toma la venda y comienza a enrollarla a su alrededor. La aprieta con fuerza y rodea su espalda con ella.

Se oye abrir el portón. Jacinto y Paco advierten lo que ocurre y se acercan corriendo.

—¡Voy a llevarlo al Hospital! —dice mi padre.

A continuación se dirige a Julio. Aún mantiene los ojos abiertos de par en par.

—Esto te va a doler —le dice con entereza.

Inclinándose sobre mi hermano extiende sus enormes brazos y lo eleva hasta su pecho. Julio rodea su cuello con sus manos a la vez que un quejido sale de su boca y una mueca de sus labios refleja un intenso dolor.

—¡Vámonos! —me dice.

—¡Maestro, déjenos ayudarlo, que entre todos resultará más fácil! —exclama Paco acercándose a nosotros.

Mi padre no responde. Mientras cruza el umbral del portón se gira, los mira y dice:

—¡Empezad la faena!

Desde la calle del Ancla hasta el Paseo de San Luis, o Paseo Gaspar Núñez, como pasó a llamarse cuando se proclamó la República, habrá unos seis o siete minutos andando. Mi padre anda a toda prisa. No sé de dónde saca esa fuerza, pero incluso con Julio en sus brazos es capaz de mantener mi paso.

—¡Corre al hospital y avisa, Miguel! —me grita para que me adelante al acercarnos a la esquina de la calle de La Reina, que también cambió la República por el de calle Mariana Pineda.

Cuando llega mi padre con Julio en brazos ya esperan en la puerta un camillero y una enfermera.

Entre los tres tumban a mi hermano en la camilla. Se hace un repentino silencio. Inesperadamente, mi padre se inclina acercando su cara al rostro de mi hermano, posa su mano izquierda sobre su mejilla derecha y lo besa en la frente. Le oigo decir al oído:

—No te me mueras, «moreno».

Me aproximo a mi hermano. Tomo su mano, la izquierda, la aprieto con fuerza mirándolo atentamente a los ojos. Creo que sus labios intentan expresar una sonrisa.

Mi padre levanta la cabeza, me mira. Me parece ver cómo una lágrima zigzaguea por su mejilla derecha.

—Ve corriendo y avisa a tu madre, pero procura no soliviantarla. Dile que tu hermano está bien, herido, pero bien —me ordena girando su cuello y dirigiendo su mirada hacia el final del Paseo.

Mientras corro como una gacela por el Paseo de San Luis —Paseo de Gaspar Núñez, quiero decir—, al girar a la izquierda por la calle Real, que la República llamó del General Riego, de pronto, tropiezo con un matrimonio que baja la calle, vacilo un instante luchando por recobrar el equilibrio, casi tiro al suelo a la mujer; finalmente, me caigo y mi rodilla izquierda se araña con el empedrado; me levanto de inmediato, me doy cuenta de que me falta una alpargata, pero no paro de correr, corro en un íntimo silencio. Comienzo a llorar sin poder evitarlo. Después de tres calles doblo la esquina a la derecha, a mi calle, la calle Trajano. A cien metros está mi casa. Mis lágrimas aumentan a medida que alargo las zancadas. Me siento responsable de lo ocurrido. Si hubiera estado pendiente de lo que hacía mi hermano esto no habría pasado. ¿Y si se muere?, ¿cómo vivir con eso? Las lágrimas no cesan.

Llego a mi casa. Mi abuela y mi madre están en la cocina. Me preguntan qué pasa. Les explico brevemente. Mi madre comienza a gritar, a decir que la culpa es de mi padre, que se lo tiene advertido, que no se puede llevar a los niños a un trabajo tan peligroso. Mi abuela calla, me observa, se acerca a mí y me abraza. Le echo mis brazos alrededor de su cuello y mi desconsuelo se convierte en un charco de lágrimas sobre su hombro. Mi madre se calza los zapatos de calle y se coloca un chal negro por encima de los hombros.

—¡Vámonos! —me dice frunciendo su ceño.

* * *

Un marinero de la tripulación nos ha interrumpido para advertirnos que está amaneciendo y que tenemos que bajar a la bodega. Nos ponemos en pie. Ha comenzado a soplar un recio viento de levante que no nos permite mantener el equilibrio, aun así bajamos agarrándonos donde podemos. Le digo a Miguel que me tiene que contar lo que ocurrió después. El muchacho, con gesto serio, asiente con la cabeza.

En este momento me vienen a la memoria las clases de Filosofía en la Universidad de Granada con el catedrático, don Indalecio, un hombre de pelo canoso, bajito, con bigote inglés, siempre vestido con camisa celeste, pajarita morada y una americana blanca. Le gustaba promover la participación del alumnado para conseguir de nosotros lo que él llamaba el «desarrollo crítico de nuestras conciencias». Propuso un debate sobre la apariencia y la realidad. No hubo total acuerdo. Desde Aristóteles, Parménides o Platón, pasando por Kant y Hegel, los posicionamientos al respecto eran dispares. Al final, yo me pronunciaba por una perspectiva aristotélica en la que una apariencia puede ser verdadera o falsa según la perspectiva de quien la perciba y realice un juicio intelectual sobre la misma. Así que creo que solo podemos ser juzgados en lo que parecemos, no en lo que somos. Estoy convencido de que es en lo aparente donde enjuiciamos a los demás habitualmente y no en la realidad. Tal vez a Miguel, como a mí, como a cualquiera, nos confundan las perspectivas, de ahí que las apariencias las creamos falsas o verdaderas dependiendo de la realidad de quien juzgue cada caso.

Los españoles estamos acostumbrados a las conjeturas, que son más amigas de la patraña que de la certeza y, como consecuencia de nuestra ignorancia, somos muy dados a simplificar cualquier cosa, tal vez por una ingenuidad cultural y una sobre-dimensionada herencia histórica basada en alardes imperialistas que nos han llevado a creer que en cada uno de nosotros se halla una única verdad, una sola razón, una justicia propia y una única educación, basada en lo que ha de ser, en lo doctrinal, en porque lo digo yo; no existen, o no quieren que existan, otras alternativas. Por eso no somos libres, porque nuestra propia ignorancia nos ha conducido a la soberbia y esta, paradójicamente, a la misma sumisión.

Ahora que la madurez me va alcanzando, de lo que estoy seguro es que la vida no espera, nosotros la hacemos, la imaginamos y la soñamos, pero ella, como un tren que nos dirige a quién sabe dónde, no espera a nadie. Por eso, creo que la libertad en vida es solo una apariencia. De ahí que, como relataba Miguel, solo en nuestra imaginación, y, a mi entender, en el sueño —cuya semilla nadie puede abrir—, podamos sentir la libertad en su plenitud.

Pater familias

Miguel es un hombre al que le gusta escucharse. Suele adornar la historia de su vida con detalles aparentemente superficiales que reflejan una memoria prodigiosa. Su prolijidad parece no tener límites. Lo he respetado y no quiero introducir demasiados matices en su relato.

Ahora que estoy solo, bueno, solo no, con treinta y seis personas más en la bodega de este barco donde ya me he acostumbrado al nauseabundo olor —el *Quita penas* es un pesquero cuya bodega han limpiado, pero el hedor a pescado podrido aún permanece—, aprovecho para anotar algunas observaciones en la libreta.

No nos permiten subir a cubierta hasta que anochece, para no ser vistos por los aviones. El barco navega sin luces y la luna ha huido, como yo, como Miguel, como toda esta gente. El mar parece estar tranquilo porque el lápiz se mantiene en equilibrio sobre los renglones de estas hojas en las que narro las vicisitudes de este muchacho al que creo que, como a tanta gente, la vida le ha sido injusta.

* * *

A principios de 1934, Jacinto entró a trabajar con nosotros. Vivía en Los Molinos, una barriada que está lejos del taller. Procedía de Alhama, un pueblo del valle del Andarax donde nació y trabajaba en una barrilería. El taller cerró y se vino a Almería a buscar suerte. Mi padre conocía a su anterior maestro porque había trabajado para él un tiempo antes de instalarse en Almería. Trajo consigo una carta de recomendación. Recuerdo que yo estaba presente aquel día y me llamó la atención que, cuando mi padre terminó de leer la carta, la arrojara a la lumbre y simplemente dijera:

—Mañana empiezas.

El comportamiento de ambos me pareció extraño, como si ocultaran algo. No sé por qué, pero en aquel momento pensé que se conocían y que disimularon esa circunstancia.

Por su aspecto no parecía un barrilero: delgado, de estatura media, moreno y de pelo castaño peinado con la raya al lado izquierdo, era de la edad de mi padre y usaba gafas redondas a través de las que se podían ver unos ojos terrosos muy pequeños. Cada día acudía al trabajo con un ejemplar de un periódico —casi siempre El Diario de Almería— del que leía a los compañeros las noticias más reseñables antes de iniciar la faena. Dijo ser de izquierdas —como debía ser, según él— y era miembro del partido socialista. Pronto demostró que no era un empleado más. En pocos días consiguió el reconocimiento tanto de mi padre como del resto del personal. Era buen compañero y no permitía que otro quedase atrás en la faena, echando una mano a quien fuera necesario aunque el trabajo fuera a destajo de cada uno. Cuando Trinidad entró a trabajar en el taller, durante un tiempo, no llevaba comida para el almuerzo, de manera que Jacinto, aunque el muchacho intentaba rechazarla argumentando que no tenía hambre, compartía con él parte de la suya.

Se convirtió en la mano derecha de mi padre, cosa que no hizo gracia a Paco, el oficial más antiguo de la Barrilería, que era el único a quien Jacinto no le llenaba el ojo y, en más de ocasión, en voz baja, oí llamarle «lamepollas».

Una madrugada de mediados de julio de 1935 en que mi padre ya había salido de casa rumbo al trabajo, mi madre se dio cuenta de que había olvidado la cartera en su mesita de noche. Yo acostumbraba a salir de casa más tarde que él, así que me la entregó diciéndome que fuera a La Barraquilla, porque seguro que estaría allí e iba sin dinero. Así lo hice. Al llegar, mi padre estaba en compañía de Jacinto y un amigo de este, un tal Constantino.

Me pidió un café con leche y continuaron la conversación. El tal Constantino era un oficial barrilero a quien Domingo Lastra había despedido junto con dos trabajadores afiliados a la C.N.T. Él pertenecía al Partido Comunista y, según deduje, quería hablar con mi padre para saber si podía ayudarlos.

Al final de la conversación, accedió a prestarles trescientas pesetas para que salieran adelante durante un tiempo, prometiéndole que si contrataba algún pedido, los llamaría para ayudar en la faena en el taller.

Cuando empezó la guerra, Constantino era, al igual que Jacinto, uno de los jefes del Comité Central Antifascista de Almería. Fue uno de los que se ganó el odio de muchos vecinos por su carácter despótico y vengativo.

—Gracias, Don Rafael. Es un favor que no olvidaremos y que le devolveremos en cuanto podamos —dijo Constantino con una voz que sonaba a chifle.

Pero volviendo a lo de la comida; en realidad Trinidad no la olvidaba sino que entregaba los cuartos que ganaba a su papa y él casi no veía una perrilla. No era capaz de protestarle porque, El Juani, patriarca del clan de Los Barraca, representaba la máxima autoridad entre los gitanos de su familia y se hacía lo que él decía. Su madre tenía que alimentar a diez hijos y ella sí que olvidaba preparar la comida de Trinidad antes de irse al trabajo, cuando había comida, claro está. Trinidad me contó que las más de las veces se trataba de un consciente olvido por no tener qué llevarse a la boca. Lo único que comía antes de ir a trabajar era lo que pillara en la despensa: un mendrugo de pan del día anterior; con suerte, una pizca de tocino o, pocas veces, un arenque y un resto de leche de una cabra que su padre había comprado a un pastor de Tabernas. El poco dinero que El Juani le daba a su hijo lo empleaba para comprar algo de tabaco y poco más.

A finales de julio de 1935, dos de los oficiales fueron llamados a filas. Mi padre se vio obligado a contratar a dos de los empleados que Domingo Lastra había despedido, así que cumplió con el favor que había prometido a Constantino. Había que despachar pedidos pendientes y no era fácil encontrar en la ciudad muchos hombres que conocieran bien el oficio. Fue entonces cuando me nombró oficial. Se me daba bien. A mi edad conseguía terminar más barriles a la semana que el resto de los empleados, casi sesenta al día. Sé que estaba orgulloso de mí, aunque no lo dijera. Trabajábamos a destajo y eso suponía que quien más barriles hacía, más dinero ganaba. Antes de la guerra, los barriles se pagaban bien, y al poco tiempo de cobrar como oficial, en mi armario colgaban cinco trajes de diversos colores hechos a medida en la sastrería Herrada, con sus corbatas a juego e idéntico número de camisas, todas blancas. La Ma'Dolores me decía:

—Miguelico, guarda algo para los malos tiempos, que tienes más corbatas que el Presidente de la República.

La noche del viernes 6 de diciembre de 1935, Trinidad y yo fuimos juntos al cine, a la sesión de las diez. En Salón Hesperia vimos *La viuda alegre*. A la salida nos dirigimos hacia la Puerta de Purchena con la intención de tomar algo en Los Claveles, pero nos fue imposible porque el bar estaba atestado de gente y era imposible entrar. Entonces, le propuse ir a una taberna de la calle Granada en la que nos podríamos sentar y hablar tranquilamente. Durante la conversación, en la que sacó el tema de los barriles que fueron a Alemania hacía tres meses, me dijo que, unos días después de que Hans Zimmermann encargara a mi padre los cinco mil barriles, El Juani estuvo hablando con un guardia de asalto. Los vio en la estación de trenes y le pareció extraño. No era su papa muy dado a las relaciones sociales con nadie que representara a la autoridad gubernativa. No le di importancia y seguimos la conversación. Fue entonces cuando se sinceró respecto al trato que El Juani le tenía a la Reme. Trinidad, desde pequeño, estaba acostumbrado a ver cómo su padre, tras sus habituales borracheras, un día sí y otro, también, le daba una paliza por cualquier motivo. Dos noches atrás —me contó—, le paró los pies. Trinidad le puso su navaja en el cuello y le amenazó con que si tocaba una vez más a su madre, la dejaría viuda. Lo contaba con pesar y cierto remordimiento, que no entendí por qué, pero sí que añadió que no lo iba a consentir. Dijo que su padre no fue capaz de replicarle.

Dos días antes, El Diario de Almería había publicado la noticia de la celebración de un mitin de Unión Republicana en el Teatro Cervantes para la mañana del siguiente domingo, día ocho de diciembre, y convencí a Trinidad para que me acompañara. Yo me había afiliado a las Juventudes de Unión Republicana porque don Manuel, al que visitaba de vez en cuando, me había animado. Él consideraba que era el partido menos exaltado y radical de cuantos concurrieron a las últimas elecciones. A mi padre, cuando se enteró por boca de Julio —que como ya le he contado a veces tartamudea y es extremadamente callado, pero en esta ocasión habló demasiado— no le hizo gracia. Ya sabe usted que mi padre es también bastante reservado, pero aquella mañana, durante la faena, me reprendió porque, en su opinión, el ambiente político no estaba en aquellos momentos para señalarse y me podría traer problemas, aunque un minuto después reconoció que toda persona tiene derecho a mantener sus ideas y a defenderlas. Jacinto dio la razón a mi padre interviniendo en aquella conversación. Tanto don Manuel como Jacinto eran de las personas que creían que la República traería el progreso, la igualdad y la fraternidad. Esos eran sus principios y yo los hice míos.

El Teatro Cervantes estaba a reventar. Un gran gentío se quedó en la calle por falta de espacio. Afortunadamente, Trinidad y yo llegamos con el tiempo suficiente, si bien no pudimos sentarnos y oímos todas las intervenciones de pie. En el mitin intervino don Diego Martínez Barrio, quien transmitió la situación de gravedad por la que atravesaba España y la República, y ello se debía a la obra política realizada desde el poder por los partidos de derechas, a la intención de desquite, a un deseo vengativo, creando la indignación y angustia en multitud de hogares españoles con sangre, muertes, centenares de hombres llevados a la emigración, miles de recluidos en presidios, sembrando el rencor y la discordia. Hizo una defensa férrea y serena de la democracia y de la República de izquierdas, de una República que debía salvarse y no envilecerse como estaba ocurriendo en Italia y Alemania. Animaba a los allí presentes a que nos dispusiéramos a cumplir con la obligación que nos había encomendado la Historia ayudando a que la República recobrara de nuevo su estímulo y sustancia para procurar hacer la felicidad del pueblo español. Se llevó más de cinco minutos de continuos y emocionados aplausos.

A la salida nos encontramos con Jacinto, a quien le gustaba saber qué se cocía en otros partidos, según dijo, reconociendo que coincidía con Martínez Barrio en que las próximas elecciones serían las más importantes de la Historia para recobrar una República digna de una sociedad de progreso y expresó, según su opinión, que lo ideal sería que todos los partidos republicanos de izquierdas se unieran para hacer frente a la derecha. Animó a Trinidad a que se afiliara al Partido Socialista o a algún sindicato porque así podría defender sus derechos y los de su raza. Trinidad le respondió:

—Yo no sé nada de política ni de sindicatos. Los gitanos no estamos bien vistos en esos grupos ni en estos sitios. He venido al mitin porque Miguel me lo ha pedido, pero, la verdad es que no me he enterado mucho de lo que hablaba ese hombre.

—Seguro que sí has aprendido algo —expresó Jacinto—. Te habrás dado cuenta de que ese hombre, como todos lo que creemos en el progreso, aspiramos a conseguir una sociedad mejor. Si tú quieres eso, la República es la solución y tendremos que, si fuera necesario, luchar por defender nuestras ideas contra quienes quieren destruirla. Así que piénsatelo, no hay nada malo en desear un mundo mejor.

Trinidad no respondió. Jacinto nos estrechó la mano y se despidió en la puerta del Teatro dirigiéndose rumbo al Paseo de la República. Trinidad y yo decidimos tomar una cerveza en el Bar Núñez, en la calle de Castelar, así que fuimos hacia la calle Conde Ofalia porque me parecía el camino más corto.

Absortos en nuestra conversación y ausentes de lo que nos rodeaba, sin darme cuenta, rodeé la cintura de Trinidad con mi brazo. Al doblar la esquina, sentados en un banco frente al Instituto de Segunda Enseñanza, cuatro jóvenes nos miraban con atención. Inmediatamente solté mi brazo. Al pasar frente a ellos, a unos veinte metros, se escuchó una voz que dijo:

—¡Qué poco os queda, maricones!

Reconocí a uno de esos muchachos. Era uno de los hijos de Domingo Lastra, el más pequeño. Trinidad y yo aceleramos el paso. Nuestras miradas se cruzaron. Percibí el miedo en sus ojos. Supongo que él sintió lo mismo en los míos.

Todo el mundo sabía que entre los estudiantes del Instituto de Segunda Enseñanza había un buen grupo de Falange y pude comprobar, pasado no demasiado tiempo, que efectivamente Samuel Lastra era uno de ellos.

Yo conocía a Samuel Lastra porque una tarde, tendría yo unos nueve años, mi padre me llevó a tomar una horchata de chufa en Los Espumosos. Entramos. Había un hueco al principio de la barra y mi padre pidió las dos bebidas. Al fondo, un niño de mi edad, aunque más corto de estatura, tomaba lo mismo que yo. Moreno, bien vestido, acompañaba a quien supuse que era su padre; un hombre, trajeado impecablemente, del que me llamó la atención que le faltaba un trozo de su oreja izquierda.

Ellos terminaron antes y, para salir de la cafetería, tuvieron que pasar forzosamente por nuestro lado. Al llegar a nuestra altura, el hombre dijo:

—Buenas tardes, que les siente bien.

Mi padre no respondió de inmediato. Antes lo miró a los ojos. Parecía que los suyos se iban a incendiar de un momento a otro. Pero en ese instante me miró, miró al niño y, calmando su ira, dijo:

—Buenas tardes, yo también les deseo lo mismo. Los niños son de la misma edad, ¿no?

—Lo son. Sé que se llevan unos días. Que tengan buena tarde usted y su hijo, Miguel —respondió el hombre.

—Igualmente señor Lastra y Samuel —dijo mi padre.

No sé cómo aquel hombre sabía mi nombre ni cómo mi padre conocía el de aquel niño, pero lo cierto es que cuando pronunció aquel apellido, «Lastra», sí que me resultó familiar porque, como ya le conté, se mencionaba en nuestra casa a menudo.

El jueves siguiente al mitin, El Juani se presentó en la barrilería. Julio se había marchado y mi padre ya se había vestido de calle.

—¿Da su permiso, don Rafael? —preguntó el gitano.

—Sí, Juani —respondió mi padre.

—Le traigo el dinero del mes pasado de las casas de la calle Sagasta —dijo el gitano mientras se lo entregaba.

Mi padre se guardó los billetes en el bolsillo derecho de su pantalón a la vez que le preguntaba por la familia, a lo que El Juani respondió:

—Están bien, de eso le quería hablar, don Rafael, pero preferiría que estuviéramos solos —dijo El Juani sin levantar la vista del suelo.

—Haz como si así lo fuera —dijo mi padre sin pestañear.

Noté la incomodidad del gitano cuando volvió su mirada hacia mí y la regresó hacia mi padre.

—Mire usted don Rafael, ayer vino a verme mi primo Faustino y me contó algo que me preocupa.

—A ver, ¿qué te preocupa?

—El domingo, mi primo, que pasaba por allí, vio a su Miguel con mi Trinidad entrando en un mitin en el Teatro Cervantes. Yo no entiendo de políticas y esas cosas, pero mi hijo tampoco debe entender de esos tejemanejes. Eso es cosa de los payos. Yo sé que son jóvenes y se llevan bien, pero mire usted, los payos con los payos y los gitanos con los gitanos. No quiero un hijo «apayao». Y sobre todo, ahora que la cosa está muy calentita yo no veo bien que mi niño se meta en esas jaranas; la política es para los políticos, no da para comer.

Mi padre, reaccionó respondiéndole con vehemencia y sorprendiéndome.

—Tu hijo es ya un hombre, debe saber lo que le interesa y lo que no. Yo en esos temas privados no me meto. Y la política, que lo sepas tú y todo tu clan, es un mal necesario porque de ella depende tu futuro y el mío. Si no entiendes de eso es porque no quieres. Y para saber qué se cuece hay que informarse. Si quieres tener parné para toda la familia y que ellos se aseguren el día de mañana, lo que decidan esos payos puede mejorar o empeorar las cosas—. ¡Ah! —añadió mi padre— y para que conste, mi hijo lleva sangre gitana en sus venas por parte de madre y tú lo sabes, así que no me torees con eso.

—Mil perdones don Rafael si le he ofendido —dijo El Juani—, pero entienda que los gitanos vivimos aparte de todas esas zarandajas. Es nuestra tradición y nuestra ley. Lo único que yo quiero es que mi Trinidad no se meta en problemas, que bastantes hay ya.

Cuando El Juani se marchó, mi padre, con la severidad propia de quien cree ostentar el poder, dijo:

—No quiero que vuelvas a salir con el gitano.

Transcurridas dos semanas, una noche, Trinidad y yo nos vimos en una taberna del Barrio Alto. La rebeldía es propia de la juventud y nosotros así lo sentíamos, por lo que no dudamos en desobedecer a nuestros progenitores.

Me comentó que pensó en lo que le dijo Jacinto a la salida del Teatro Cervantes y que habló con un primo suyo que trabajaba en el puerto. Le aconsejó que se afiliara a la C.N.T y así lo había hecho esa misma mañana. El argumento que utilizó su primo, y él mismo, era que los anarquistas iban a defender a las minorías; los gitanos necesitaban de gente que los protegiera y que los reconocieran tal como eran.

Cuando salimos de la taberna, fuimos en dirección al centro. En una de las calles, antes de llegar a la rambla, la oscuridad nos cobijó e intenté besar su boca. Trinidad me rechazó por temor a que alguien nos viera.

—¡Miguel, no seas idiota, no podemos hacer eso!, ¿no te da miedo que nos pillen? —exclamó acercando su boca a mi oído a la vez que echaba a andar.

En ese momento, de nuevo, intenté besarlo. Trinidad me apartó con suavidad y, a la vez, con firmeza. Me sentí triste y decepcionado. Mis ganas de abrazarlo eran tan inmensas que me importaba una mierda que nos vieran. Me enfadé, él también conmigo. Se despidió sin decir adiós.

E pluribus unum

Era martes de una calurosa tarde de principios del mes de agosto de 1935, de esas en que la humedad te cala los huesos y te entumece el gaznate. Jacinto y yo apilábamos duelas de madera en el almacén de la calle del Socorro preparándolas para hacer más dobles fondos mientras que, por la mañana, los barriles se fabricaban en la barrilería. Entre mi padre, él y yo, en dos semanas, habíamos hecho unas dos mil tapas y todavía restaban tres mil para terminar el pedido.

Antes de terminar la faena de la mañana, en la barrilería, me llamó la atención que mi padre se dirigiera a Trinidad y le pidiese que esperara un momento. Pude oír cómo la transmitía un recado para su padre:

—Dile que espere a que yo le avise para hacer lo que convenimos, él lo entenderá.

Un mes después supe por qué le había ordenado tal cosa. Después se lo cuento, señor García, que no quiero perder el hilo de la historia que me contó Jacinto.

Esa tarde, mi padre, como todos los martes, se había marchado —a cobrar alquileres, decía—; era su costumbre. Oímos el motor de un automóvil que paraba en la puerta. Hans Zimmermann apareció en el almacén. Entró sin llamar. Con cierto nerviosismo, sin saludar ni quitarse el sombrero, se dirigió hacia mí preguntando por él. Le respondí que no regresaría hasta el día siguiente.

—¿Algún problema? —se atrevió a preguntar Jacinto.

—Supongo que los dos estáis enterados. Sí que hay un problema. Deberían haber llegado dos camiones y tan solo ha aparecido uno de ellos. Uno tomó el trayecto desde Málaga hasta aquí y el otro desde Granada. El de Málaga llegará en unos minutos porque vinimos por esa carretera y lo adelantamos hace ya un buen rato. No sé nada del otro.

—¿La mercancía es peligrosa? —pregunté sin vacilar y con cierto descaro.

—Si te refieres a si son explosivos, la respuesta es que no, pero es valiosa. No pretendáis saber más de lo que os corresponde. Cuanto menos conozcáis del asunto, mejor para todos.

En ese momento, entraron en el almacén los mismos hombres que acompañaban al alemán el primer día en que visitó la barrilería.

—¿Mi padre lo sabe, sabe qué mercancía se transporta? —pregunté queriendo indagar en la clase de negocio delictivo en el que nos había metido.

—No lo sabe —respondió tajantemente a la vez que se quitaba el sombrero y, colocándolo sobre un barril, pasaba por su frente la manga derecha de su chaqueta—. Por la cuenta que le trae procurará cumplir con el contrato tal como acordamos, y parte del acuerdo es no conocer la mercancía que se transporta.

Jacinto y yo nos miramos. Ambos teníamos la certeza de que las amenazas de Zimmermann no eran imaginarias y aún lo eran menos los dos esbirros que le acompañaban, quienes me recordaban a los gánsteres de la película *Hampa dorada*.

—¡Ya vienen! —dijo el más alto de los hombres.

Hans lanzó lo que me pareció un pequeño suspiro a la vez que extraía un pañuelo blanco del bolsillo interior de su americana y se secaba el sudor de la cara. Salimos a la calle y allí estaban, uno tras otro, los dos camiones de grandes dimensiones.

Comenzamos la descarga. No habrían transcurrido más de cinco minutos cuando vi a mi padre, bien arreglado, vestido con una chaqueta azul, camisa blanca y corbata a juego con el pantalón gris, dirigirse hacia nosotros.

El alemán le reprochó su ausencia. Mi padre no se molestó en responder y, mientras se desprendía de la americana y la corbata, colgándolas del pomo del portón, dijo:

—Cuanto antes quitemos de en medio esas cajas y las duelas, menos riesgos correremos.

Es cierto que era una calle deshabitada, no había viviendas ni otros talleres y, por tanto, vecinos que husmearan en el asunto, pero era preferible evitar a los fisgones que pudieran hacer preguntas y darle a la lengua.

Descargamos los camiones con rapidez, ciento veinticinco cajas en cada camión más doscientos kilos de duelas de madera. Según dijo el alemán, un total de cinco toneladas. Jacinto, mi padre, los dos camioneros y yo nos encargamos de la faena. Los dos hombres que acompañaban a Zimmermann permanecieron impasibles en la puerta.

Las cajas, de unos veinte kilos de peso, fabricadas en madera, eran las mismas que utilizaba el ejército para el transporte de munición, aunque no llevaban ningún signo que las identificaran. En más de una ocasión había visto a los soldados descargar mercancía similar al pasar por el Cuartel de la Misericordia.

Tras apilarlas en una de las esquinas del almacén principal —tal como había ordenado mi padre—, colocamos delante de ellas varias columnas de barriles y treinta sacos de serrín.

Terminado el trabajo, los camioneros se marcharon. Antes de eso, Hans les entregó un fajo de billetes a cada uno, seguidamente cerró el portón del almacén y se acercó a nosotros a la vez que pedía un cincel. Yo le pasé el mío. Abrió una de las cajas y extrajo uno de los paquetes de cartón rugoso que llevaba anudado un par de cuerdas. Mostrándonoslo dijo:

—Esta es la mercancía. Tenéis que esconder un solo paquete en el fondo de cada barril, rellenarlo con serrín y colocar la tapa bien fijada. El resto del barril lo completáis con más serrín y lo tapáis provisionalmente. Enviaré varios camiones para llevar los barriles a Terque donde se colocará la uva y se cerrarán definitivamente. Es necesario que uno de vosotros venga al pueblo porque allí no dispongo de ningún hombre de confianza que sepa el oficio. Junto con dos mujeres de mi confianza, se encargarán de la faena.

—Irá mi hijo, él sabe lo que hay que hacer tan bien como Jacinto o como yo —dijo mi padre a la vez que me miraba sin pestañear.

—Me parece bien, si tú confías en él, yo también. Os advierto que no se os ocurra abrir ningún paquete. Debéis ignorar qué se transporta porque si conocéis su contenido os exponéis a un mayor peligro, lo digo en serio —añadió en un tono amenazador.

—Necesito un adelanto de dinero para pagar el material —dijo mi padre.

—Ya lo había pensado, Rafael. Mañana te entregaré cinco mil pesetas, la entrega del resto será el mismo día en que el barco salga del puerto —expresó el alemán con una pequeña mueca de su boca que reflejaba cierto desasosiego.

—A veces la guardia de asalto hace ronda por esta zona; es posible que les llame la atención que haya actividad en el almacén y pregunten —expresó mi padre.

—Pues les respondes que no dispones de suficiente espacio para terminar un encargo en la barrilería de la calle del Ancla. La mercancía estará bien camuflada y no tienen por qué darse cuenta —dijo el alemán con una seguridad pasmosa y, en mi opinión, desmedida—. Los camiones llegarán dentro de diez días a recoger los barriles, así que tenedlo todo preparado para esa fecha —añadió.

—¿Cuándo saldrá el barco? —preguntó mi padre.

—A principios de septiembre; que tu hijo esté preparado una semana antes para ir a Terque a tapar definitivamente los cinco mil barriles.

Zimmermann tomó el sombrero blanco, a juego con su chaqueta, y, colocándolo sobre su cabeza con la mano derecha, se despidió con un «queden con Dios».

Transcurridos unos minutos mi padre me ordenó que cerrara el portón con llave mientras se lavaba las manos y los brazos en la pila. Cuando regresé al almacén había abierto de nuevo la caja de la que el alemán extrajo uno de los paquetes, tomó uno con su mano izquierda y deshizo los dos nudos de las cuerdas con la derecha. Apareció una caja de color blanco que abrió inmediatamente, la colocó sobre un barril y miró su contenido: monedas, flamantes y de brillo resplandeciente. Extrajo una con los dedos de su mano derecha y la miró fijamente, yo me atreví a tomar otra y Jacinto hizo lo mismo. Dimos por hecho que eran de oro. En una de las caras se veía un indio americano ataviado con plumas, la palabra «liberty» en la parte superior y la fecha «1914» en la inferior. En la otra cara figuraba media águila, sobre ella se leía «United States of America» y en la parte de abajo «five dollars». A la derecha del águila se leía «IN GOD WE TRUST», y a su izquierda «E PLURIBUS UNUM».

—Son monedas de oro de cinco dólares de los Estados Unidos —dijo Jacinto—. Hace años vi una fotografía y su explicación en una enciclopedia.

—¿Qué significan esas frases junto al águila? —preguntó mi padre.

—La de la derecha significa «En Dios confiamos», la de la izquierda se traduce como «En muchos, uno», lo que representa a las distintas razas y culturas que componen Estados Unidos. Son lemas americanos que aparecen en sus monedas.

—Supongo que serán de oro, de ahí su valor —interrumpió mi padre—, pero ¿de dónde las ha sacado Hans Zimmermann?

—Seguramente sean robadas, pero ¿a los Estados Unidos? —respondió Jacinto.

—No tiene sentido que aparezcan aquí, en España —dijo mi padre a la vez que introducía la moneda en el bolsillo derecho de su pantalón. Me tengo que ir —dijo súbitamente—, dejadlas en la caja y tú, Miguel, envuelve de nuevo el paquete y coloca la caja tras los barriles —me ordenó mientras se anudaba la corbata y se acomodaba la chaqueta —, seguid con la faena hasta las ocho.

No le pregunté qué pretendía hacer con la moneda ni adónde iba —era martes, como ya le conté—, pero no tuve que esperar demasiado porque al día siguiente me enteré de lo primero personalmente.

Jacinto y yo continuamos con la tarea: yo cortaba las duelas y él las unía. Lo observé detenidamente; su rostro, ensombrecido, reflejaba ausencia o tal vez preocupación, o, quizá, ambas cosas.

—¿En qué piensas, Jacinto? —me atreví a preguntar.

—En la procedencia de las monedas y en que este asunto no es un simple contrabando, es de más enjundia. Esto no tiene que ver con el pasado de tu padre ni con el mío, el alemán nos está utilizando para algo importante.

—¿Entonces, a ti también te tiene cogido por los huevos como a mi padre? —pregunté con más descaro del que pretendía.

Jacinto me miró con cierta rabia en sus ojos, dejó en el suelo las duelas que tenía en las manos y, echando su cabeza hacia atrás en un gesto de disgusto, dijo:

—No seas malvado, Miguel. Tú no sabes prácticamente nada sobre mí ni de mi vida, pero no temo por mí sino por mi mujer, que estuvo un tiempo sirviendo en la finca que los Zimmermann poseían en Alhama.

—Perdona, Jacinto. No quería molestarte. Ha sido mi inquietud por saber el peligro que corréis, bueno, al parecer, que corremos todos. Os oí hablar de ello en el despacho de la barrilería. ¿Qué ocurrió allí para que el alemán tenga a mi padre sujeto de los huevos y a ti también? Él no es fácil de amedrentar y, sin embargo, parece que siente miedo por este asunto. Mi padre y tú ya os conocíais antes de venirte a Almería, ¿verdad?, ¿qué pasó en Alhama, Jacinto?, la Guardia Civil estuvo aquí, preguntando por un suceso que ocurrió en la barrilería donde trabajaba mi padre, cuéntamelo —dije mientras me acercaba a él y posaba mi mano izquierda sobre su hombro derecho.

—¿Qué pasó?, no sé a qué te refieres —respondió sin hacer gran esfuerzo para ser creíble mientras tomaba el martillo con su mano derecha y se disponía a clavar unas púas en la madera—. Tu padre, como yo, siente miedo por su familia, no por él. Ya lo conoces, sabes que en valentía y coraje poca gente le puede competir. Lo que pasó en Alhama lo demuestra con creces. Pero no puedo contártelo, es algo que quedó en el pasado y allí debe estar.

—Ya, pero el pasado ha resucitado y ese pasado asusta a mi padre, y si conozco lo que ocurrió tendré información para ayudar, para hacer lo que tenga que hacer.

Jacinto dejó el martillo sobre un barril, se secó con el antebrazo el sudor de la frente y se acercó a su talega. Sacó una botella de vino, medio llena, y bebió. Me la ofreció alargando el brazo. Tomé un sorbo.

A continuación, sentándose en la banqueta, dando otro trago a la botella y asintiendo con la cabeza comenzó a hablar:

—Sí que nos conocíamos. Entró en el taller donde yo trabajaba en Alhama, en febrero de 1918, el mismo día en que María, mi mujer, cumplía años. Tu padre había aprendido el oficio en la barrilería de la familia Yebra, en Terque, pero le ofrecieron ser oficial en el taller de Alcjo Palma en Alhama y aceptó porque ganaría bastante más. Pretendía juntar dinero y trasladarse a Almería para casarse con tu madre.

Ya desde la primera semana se le atravesó el dueño. Había terminado trescientos cincuenta barriles. Don Alejo, que tenía costumbre de hacer un recibo a cada empleado, le entregó el suyo y en él figuraban descontados quince barriles porque, según el maestro, no eran de calidad. Era frecuente que descontara barriles a los empleados. En el recibo solía apuntarlos resaltando su número, escribiéndolo y subrayándolo con un lápiz de color verde. Cuando entregaba el dinero y el recibo solía decir un «o lo tomas o lo dejas».

Pronto hicimos amistad y, aunque ya sabes que tu padre no es muy hablador, sí que prestaba mucha atención a todo lo que le contaba sobre la economía, los negocios y la política.

—¿Y por qué sabes tanto de esas materias? —pregunté desde mi ignorancia.

—Pues porque yo había estudiado perito mercantil y luego fui profesor, aprobé unas oposiciones y daba clases en la Escuela Elemental de Málaga. La política siempre me ha gustado porque es la herramienta que hay que utilizar para crear una sociedad mejor y por eso me afilié, aún siendo estudiante, al Partido Socialista. Pero echaba de menos mi pueblo, a mis padres y a mi novia, con la que quería formar una familia, así que, como me había criado entre barriles en el taller de la familia Palma, donde trabajó mi padre toda su vida, solicité una excedencia y me volví a Alhama. Cuando regresé, me ofrecí a don Alejo para trabajar haciendo barriles y llevarle las cuentas del negocio; no tardó ni cinco minutos en contratarme. Ganaba más en el taller de barrilería que de profesor. Me casé con María, mi novia. La casa de mis padres, frente a la barrilería de Palma, era muy grande, de tres plantas, con un piso en cada una de ellas, por lo que mi padre nos regaló la casa de la segunda planta cuando nos casamos. Desde las ventanas de mi casa y desde la tercera planta se veía perfectamente el patio del taller y a veces, María se asomaba para observarme durante la faena. En más de una ocasión, al principio de casarnos, me lanzaba al aire algún beso que otro.

Jacinto se animó con la conversación y con el vino. No habían tenido hijos —dijo— porque el gran arquitecto del universo —expresión suya que supuse referida a Dios— no lo había planeado, por lo que se tenían el uno al otro y con eso les bastaba.

—Tu padre —continuó Jacinto— había alquilado una habitación en la Posada de la Morena y más de una vez me había confesado que no estaba a gusto en aquel lugar porque trabajaba allí una mujer, Isabel, de unos cincuenta años, que le acechaba y acosaba. Él, según me dijo, la rechazó en varias ocasiones. Ha engordado un poco, pero en aquella época era un muchacho alto, fuerte, de pelo rubio y ojos azules que llamaba la atención de todas las mozas, y no tan mozas, del pueblo. Así que hablé con mi padre y con María, les propuse alquilar a Rafael el piso de la tercera planta, el más pequeño, y accedieron. Convencí a tu padre y se trasladó a los pocos días. Esto le permitió que tu abuela Dolores pudiera venirse de Terque, de vez en cuando, para cuidar —según ella decía— de su Rafalico.

En definitiva, que desde entonces tu padre y yo hicimos buena amistad.

—¿Y por qué ese secretismo cuando llegaste al taller a pedir trabajo ocultando vuestra amistad?, ¿y la carta que le entregaste, no era de recomendación, verdad?

—Verás, Miguel. Tu padre y yo tenemos un pasado que es preferible mantener reservado.

—No lo entiendo, ¿entonces de quién era y quién escribió aquella carta que quemó mi padre? —pregunté casi exigiendo una respuesta clara a Jacinto.

—No me incumbe a mí contártelo, debe ser él quien te lo aclare. Lo que sí puedo decirte es que esa carta la había escrito un amigo y su contenido, que yo sepa, no vulneraba ninguna ley, muy al contrario, era moralmente intachable —respondió aún más tajante que yo.

—¿Y qué paso con el tal don Alejo? —dejando al margen el tema de la carta y convencido de que Jacinto no me iba a contar nada sobre eso.

Respondiendo a mi pregunta, Jacinto dijo:

—Alejo Palma, además de poseer la barrilería, era propietario de un buen número de parrales y uno de los mayores potentados del pueblo. Todo el mundo conocía su soberbia y su mala hostia cuando bebía; a los empleados los trataba con desprecio, como simples instrumentos a su servicio; un cacique a fin de cuentas. Era de esa clase de gente que se creen el ombligo del mundo y que quienes trabajaban para él eran, más o menos, sus esclavos, por lo que le debían completa obediencia.

Tendría unos cincuenta y pocos años en aquella época, corpulento y entrado en carnes, con pelo plateado, solía vestir en la barrilería con un chaleco negro, camisa blanca y unos pantalones de pana grises. A veces, cuando sonreía, mostraba aquella dentadura, estropeada y ennegrecida, en la que un diente de oro resaltaba en la oscuridad de su boca.

Don Alejo, como le gustaba que lo llamaran, no hacía barriles, vigilaba constantemente los quehaceres de todos los empleados y no permitía un segundo de entretenimiento.

Casi a la par que tu padre, entró a trabajar como aprendiz un niño de diez años, de nombre Miguel, como tú. Don Alejo se lo asignó para que fuera aprendiendo el oficio.

Su madre, Juana, viuda con cinco hijos, era, como mi mujer, sirvienta en la casa que los Zimmermann poseían en el pueblo y fue el padre de Hans quien pidió a don Alejo que el niño entrara de aprendiz en la barrilería.

Miguelillo, como así lo llamábamos, era tímido y enclenque, lo que causaba cierta risa entre el resto de los empleados, quienes solían gastarle bromas a costa de su extremada delgadez, pero se apegó a tu padre y prácticamente solo hablaba con él. Protegió a ese niño, le enseñó a amolar las herramientas, a clasificar las duelas de madera y a elegir las que cuadrasen con el barril, a utilizar la raspilla, incluso le enseñó a escribir su nombre y apellidos, y Miguel aprendía con rapidez.

Una mañana, Don Alejo llegó a la barrilería con unas porras de churros y se metió en su despacho. No era la primera vez que llamaba a Miguel.

—¡Miguelillo, ven aquí! —se oyó decir a don Alejo.

A los dos minutos, el niño salió con un churro en la mano, pero no parecía contento.

Tu padre le preguntó:

—¿No te gustan los churros?

—Sí —dijo Miguel.

—¿Entonces, qué te pasa?

Miguel no respondió, se acercó a mi padre y le susurró al oído:

—Me ha pedido que le diera un beso.

—¿Y se lo has dado?

Miguel asintió con la cabeza.

—¿En la boca? —preguntó tu padre.

El chaval volvió a asentir.

Yo estaba a dos metros de ellos, me había dado cuenta de lo que ocurría y pude ver a tu padre con la machota en la mano dar tres fuertes golpes a un barril. Todos lo miramos, sus ojos llenos de ira se posaron en la puerta del despacho e hizo amago de dirigirse hasta allí, pero me dio tiempo a sujetar su brazo izquierdo con mi mano derecha. Miré a Miguel, estaba asustado.

—Tranquilo Rafael, pero por dios, no montes un escándalo.

Mis palabras surtieron efecto porque, poco a poco, se fue serenando; conseguí que se sentara en la banqueta y recobrara la calma. El niño lo miraba perplejo y sobrecogido. No pronunció palabra alguna.

—¿Qué pasa, hoy no se trabaja en este taller? —vociferó don Alejo asomándose a la puerta de su despacho y dirigiendo su vista hacia nosotros.

No respondimos, tu padre continuó con su tarea y yo con la mía. Nadie hizo comentario alguno.

Aquella tarde, al terminar la faena, todos se habían marchado salvo tu padre, don Alejo y yo.

—¿Os quedáis a dormir aquí? —preguntó el jefe con un vaso de vino en la mano, mientras terminábamos de asearnos, con ese tono de autoridad que algunas personas creen que dios se la ha otorgado.

No respondimos. Tu padre lo miró desafiante, pero no dijo nada, yo tampoco.

—¿A ti qué te pasa?, si no estás a gusto ya sabes dónde tienes la puerta —dijo don Alejo a tu padre.

No respondió.

Al día siguiente, comenzamos la faena, como de costumbre. El niño no apareció por la barrilería. Al rato, su madre entró en el patio apresuradamente; su rostro reflejaba, más que preocupación, desesperación. Dirigiéndose al despacho de don Alejo, oímos cómo preguntaba si sabía algo de su hijo, a lo que el maestro respondió que no lo había visto desde el día anterior.

Don Alejo salió al patio y consultó a los empleados, en voz alta, si alguien había visto a Miguel. Nadie respondió. Juana dijo que lo vio por última vez la tarde del día anterior en que llegó del trabajo, se aseó y se fue a la calle, a jugar con sus amigos.

—He hablado con ellos, y con los vecinos, nadie lo vio —dijo compungida.

—Seguro que aparece en cualquier momento —aseguró el dueño—. Es tímido, pero listo.

Tu padre y yo nos miramos. Creo que los dos pensamos lo mismo en ese momento.

A media mañana, dos guardias civiles entraron en el taller. Hablaron con don Alejo en su despacho. A los pocos minutos, el jefe salió al patio y dijo a voz en grito:

—¡Las fuerzas del orden nos piden colaboración para buscar a Miguelillo en una batida que se va a hacer por todo el pueblo y los alrededores. Todos tenemos que ir en su busca!

Uno de los guardias —un cabo— añadió:

—¡En diez minutos, los vecinos del pueblo están llamados a concentrarse en la Plaza. Allí se darán instrucciones a todo el personal que quiera cooperar!

Inmediatamente detrás de los guardias, todos los empleados nos dirigimos hasta la Plaza. Prácticamente el pueblo al completo estaba allí. El cabo sacó un mapa de una especie de cartera que colgaba de su hombro derecho, dividió el término municipal en sectores y a la gente en cuadrillas de cuatro personas. Tu padre y yo fuimos, junto con dos mujeres, por el sendero de los Barranquillos. Los guardias nos pidieron que recorriéramos el trecho hasta el aljibe de la Cañada de los Molinos y regresáramos por el mismo camino.

Era una buena caminata. Mirábamos a izquierda y a derecha, no había rastro del niño.

Siempre he creído que el destino nos tiene previstas determinadas pruebas a las que enfrentarnos, acontecimientos inesperados que cada cual afronta a su manera, pero que, en todo caso, nos dejarán huella durante toda la vida. Así ocurrió aquella mañana. El presentimiento, el de todo el grupo, nos atenazaba hasta enmudecer, por lo que el camino se hizo prácticamente en silencio.

Descendíamos el Barranco de Los Cazadores, el sendero trazaba una curva, nos detuvimos. Desde aquel lugar, los troncos de los árboles y varios matorrales nos impedían fijar la vista más allá de unos metros. Una de las mujeres se apartó del camino para hacer sus necesidades. No habrían transcurrido más de diez segundos cuando Anita, que así se llamaba, dio un repentino grito. Los tres nos acercamos, miramos hacia los pinares donde ella, sujetando su cabeza con ambas manos, dirigía sus aterrados ojos. Se oyó otro grito, el de la otra mujer, Simona, la panadera del pueblo. Allí estaba, junto a unos arbustos, desnudo de cintura para abajo; Miguel yacía sobre su costado derecho.

Tu padre fue el primero en llegar. Arrodillándose, comprobó que el cuerpo se hallaba sin vida; inmediatamente me aproximé, me miró con los ojos llenos de ira, con el puño de su mano derecha cerrado golpeó varias veces su propia pierna; posé mi mano izquierda sobre su hombro y, poniéndose en pie, se abrazó a mí envuelto en un mar de lágrimas. No podía imaginar que aquel muchacho, alto y fuerte, cuya entereza yo envidiaba, era capaz de alcanzar tal grado de sensibilidad.

Los guardias civiles habían advertido —con una crudeza que me pareció desmedida— que si encontrábamos el cuerpo del niño sin vida, no lo tocáramos y avisáramos inmediatamente.

Observé el cuerpo. Un charco de sangre, ya prácticamente reseca, rodeaba su cabeza; sus nalgas y sus piernas, estaban completamente amoratadas, y un reguero de hormigas, perfectamente coordinadas, invadía los restos de un caramelo junto a su mano izquierda.

Tu padre pidió a las dos mujeres que fueran a avisar a la guardia civil. Echaron a andar inmediatamente.

—Es mejor que vayas tú también, Jacinto —dijo tu padre.

Tuve la impresión de que quería estar a solas con el chaval. Supuse que el cariño que le había tomado le reclamaba un momento de intimidad. Sabía que no iba a rezar por él porque conocía a Rafael González, pero sí que necesitaba de ese momento de recogimiento y reflexión junto al niño.

Antes de ir tras las mujeres, tu padre, que volvió a arrodillarse junto al cadáver, dijo:

—¡Mira, Jacinto!

Me mostraba con su mano derecha un lápiz de color verde. Tengo que reconocer que no me sorprendió que aquel objeto apareciera allí, así que poco o nada había que decir al respecto.

—¡Déjalo donde estaba! —dije, suponiendo que los guardias civiles lo encontrarían y atarían cabos.

Transcurrió más de una hora cuando regresé al barranco. La Guardia Civil no permitió que la gente nos acompañara, salvo, como es lógico, al juez Beltrán, al alcalde, a don Ernesto Salmerón, el médico, y a Roque, el sepulturero, que conducía un carro tirado por una mula.

Tu padre estaba junto al cadáver, de pie, con los ojos completamente hinchados. Uno de los guardias le preguntó si había tocado el cuerpo a lo que respondió negativamente.

Los dos guardias y el médico nos pidieron que nos apartáramos y así lo hicimos. Inspeccionaron toda la zona mientras el médico observaba la cabeza del niño, sus piernas y sus nalgas. El juez ordenó a los guardias que tomaran el caramelo, por si pudiera aportar algún indicio. Tras una media hora, don Ernesto dijo:

—Por mí, ya podemos irnos al pueblo con el cuerpo.

—Nosotros también hemos terminado —dijo el cabo.

—Pues venga, levanten el cadáver y súbanlo al carro —ordeno el juez Beltrán.

Tu padre no permitió que Roque, que hizo ademán de tomar al niño, lo subiera al carro. Fue él quien, tras arrodillarse, con extrema delicadeza, lo cogió en sus brazos y lo depositó sobre una manta, boca arriba. Roque cubrió el cuerpo con otra manta y emprendimos el camino de regreso.

No hallaron objeto alguno junto al cuerpo, ni en los alrededores; el lápiz, tampoco.

No quise preguntarle qué había pasado por su cabeza durante el tiempo que permaneció junto al Miguel. Lo cierto es que no volvió a hablar del tema.

Al día siguiente, los guardias civiles se personaron en el taller. Después de saludar con excesiva pleitesía al dueño, interrogaron a todos los empleados, uno por uno, en el despacho de don Alejo.

A mí me preguntaron qué relación tenía con el niño y, después de responderles, se refirieron a tu padre. El cabo, con doble intención, dijo:

—Rafael tenía un cariño especial por ese niño, ¿no?

—Era su aprendiz y era muy callado. Le enseñó y ayudó en todo lo que pudo. Si lo que quiere usted saber es si Rafael podría haberle hecho daño, la respuesta es, con toda seguridad, que no. Lo trataba más como un padre que otra cosa.

Me preguntaron si había visto a Rafael durante la tarde o noche de autos, a lo que respondí que sí, que habíamos pasado la tarde juntos en mi casa, jugando al «subastao» con don Ernesto, el médico, y que ambos se quedaron a cenar. Subió a su casa a dormir después de las once de la noche; mi mujer podía dar fe de ello, don Ernesto, también.

Con tu padre tardaron un buen rato, casi una hora. No quiso contar demasiado, pero, por lo que parecía, lo habían convertido en su principal sospechoso. Ya se había encargado don Alejo de comentarles que Rafael estaba muy encariñado con el niño.

Las tres semanas siguientes pasaron sin más novedad que la presencia del hijo de don Alejo, Armando se llamaba, que había venido a visitar a la familia. Estudiaba el último año de la carrera de Derecho en Granada.

Fue él quien explicó a todos los empleados que había hablado con la comandancia de la Guardia Civil y que, al parecer, un vecino del pueblo vio, la noche en que asesinaron a Miguelillo, a un forastero merodeando por la plaza.

—¡Mentira podrida! —me susurró tu padre al oído mientras secaba su sudor con un pañuelo blanco que extrajo del fajín.

—Tranquilízate, Rafael. Confiemos en que las autoridades harán su trabajo y se hará justicia —le dije.

—La justicia de estos se compra barata, ¿no sabes que los jueces también piensan con las tripas? No digas tonterías, Jacinto —respondió—, ¿acaso no sabes que ha sido ese cabrón quien se ha encargado de propagar por ahí el infundio de lo del forastero?

No habló más. Terminamos la faena. Nos estábamos lavando en la pila cuando se acercaron don Alejo y su hijo.

—¿Tú quién crees que ha podido matar a niño? —preguntó el maestro descaradamente a tu padre.

Mientras sacudía los dos brazos simultáneamente y salpicaba gotas de agua a diestro y siniestro, tu padre lo miró con desprecio, tanto que me hizo pensar que iba a abalanzarse sobre él, pero simplemente respondió:

—Y yo qué sé. Algún hijo de la gran puta al que su madre no debió parir.

—Eso digo yo, ¿verdad, Jacinto? —me preguntó don Alejo con la entereza con que el lobo mira a las ovejas.

—La Guardia Civil ya está en el rastro de un sospechoso, es lo que me han dicho. El niño falleció como consecuencia de un traumatismo craneoencefálico producto de un golpe contra una piedra, pero antes de ello, el asesinó abusó de él —interrumpió Armando antes de que yo pudiera decir algo.

—Era de suponer —respondí, sin reflexionar mis palabras.

—¿Por qué era de suponer, sabes algo que nosotros desconocemos? —preguntó Armando como si estuviera ante un interrogatorio.

—Yo vi al niño desnudo de cintura para abajo y había un charco de sangre junto a su cabeza; no es difícil imaginar lo que usted ha dicho —maticé, creo que con acierto.

—Fueron Jacinto y Rafael quienes encontraron al niño —dijo don Alejo mirando a su hijo a los ojos y apoyando su mano derecha sobre su hombro izquierdo, aparentando cierta pesadumbre—. Su pobre madre está sufriendo mucho. Un golpe así no se le podrá olvidar en la vida —añadió recalcando que esa misma tarde se había acercado a su casa para darle un poco de consuelo y doscientas pesetas. No iba a consentir que pasara estrecheces con esa racha.

Transcurrieron tres meses y tu padre dejó el taller para instalarse en Almería.

* * *

Uno de los soldados ha interrumpido a Miguel. Se ha dirigido a él para preguntarle por qué no llevaba ropa militar.

—No soy militar, no me reclutaron —respondió.

—Entonces huyes por motivos políticos, ya entiendo. Creo que te conozco —dijo el soldado—. Mi familia vive al lado de la iglesia de San Sebastián. Te he visto en alguna ocasión con uno de la C.N.T., un gitano proletario, de esos que se apuntaron a las milicias y se gastaba una mala hostia con todo lo que oliera a fascismo, ¿qué fue de él?

—Por lo que me dijeron, cayó en Gandesa, en Tarragona —respondió Miguel.

Así quedó la cosa porque otro soldado, un muchacho pecoso, de ojos verdes, llamó la atención del otro ofreciéndole un cuesco de pan y un trozo de queso.

Dos de los niños, no sé por qué, se echaron a llorar y su madre abrazó a uno de ellos; el otro, de unos tres años, salió corriendo hasta tropezarse con Miguel quien lo tomó en sus brazos calmándolo de inmediato.

Amistades

El martes, uno de mayo de mil novecientos treinta cuatro, se celebraba la fiesta del trabajo, día que transcurrió, naturalmente, sin trabajar y, como decía la prensa más reaccionaria: había asueto en las oficinas, paro en los trabajos, cierre del comercio, cierre en los cafés, tristeza y aburrimiento.

Mi padre no abrió el taller y decidió pasar el día en familia, algo poco habitual que mi madre y mi abuela agradecieron.

Julio y yo nos habíamos acercado al quiosco de la Puerta de Purchena a comprar unas novelas. También estaba cerrado. Era mediodía. Un grupo de muchachos, en torno a unos cien, recorría varias calles de la ciudad portando banderas y unos cuantos carteles en los que se leía algo alusivo al hambre y reclamaban subsidios para los parados. La manifestación cruzaba por la avenida de la República. En ese momento la gente se detuvo. Uno de los manifestantes trató de dirigir la palabra a la masa subido a un banco. A lo lejos vieron venir a un ordenanza de telégrafos y, confundiéndolo con un guardia, se inició la desbandada.

Cuando los manifestantes comenzaron a dispersarse a toda velocidad, sin saber por qué, yo también eché a correr, y Julio detrás. Al llegar a la altura de los Almacenes El Águila tropecé con una piedra y caí al suelo, abriéndome una brecha en el labio inferior que tuvieron que suturar en la Casa de Socorro con cuatro puntos.

Mi madre, como no podía ser de otra manera, armó la marimorena gritando y advirtiéndome que no me metiera en líos, ni políticos ni de cualquier otra clase. Intenté justificar mi presencia en la manifestación como una mera casualidad, pero fue en vano.

Mi padre, que había salido a dar un paseo, al entrar en casa se enteró de lo sucedido. Se acercó a mí. Con el austero y agrio tono que empleaba muchas veces, solamente dijo:

—Eso te pasa por imbécil, no sabes quitarte de en medio cuando debes hacerlo.

Me habría gustado un poco más de comprensión por su parte. Hasta donde me alcanzaba la memoria nunca había recibido de mi padre un explícito reconocimiento en nada de lo que hacía. Creo que basaba la educación de sus hijos en simple exigencia. Intentaba entender que su severidad se dirigía, principalmente, a que aprendiéramos a discernir el bien del mal, como si él no cometiera errores y se hallara en posesión de la verdad, o de lo que es justo y lo que no, fingiendo hacerlo por nuestro bien.

Los pequeños revoloteaban alrededor de Resu, que cortaba unos trozos de queso y chorizo en la cocina. La mujer trabajaba en mi casa casi desde que nací. Fue mi padre quien quiso que mi madre y la Ma'Dolores no tuvieran que dedicarse a las tareas más duras del hogar y les propuso que buscaran a alguien que las ayudara. Así que mi madre preguntó a varias conocidas y, de entre tres candidatas que le propusieron, eligió a Resurrección, la menos agraciada —para no despertar los sentidos de mi padre, dijo mi abuela—. Morena, robusta, de grandes pechos, con restos de viruela en su cara y cuello que incrementaban su fealdad, Resu cuidó de nosotros, casi, desde que nací. Eso sí, a cariñosa no le ganaba nadie, tanto que Julio, a quien más ternura y caricias le profesaba, la trataba con tal grado de confianza que solía decirle, hasta no hace mucho, que le diera un poco de «tetica» a la vez que le tocaba los senos con sus manos. Lo cierto es que Julio era muy llorón cuando nació y, aunque a mi madre no le gustaba, en más de una ocasión la sorprendió con mi hermano enganchado a alguno de sus pezones; eso calmaba su llanto, según decía ella. Resurrección se quedó para vestir santos o, más bien, para cuidar de nosotros y de su padre, viudo, durante muchos años.

Antes de comer, mi padre, mi madre y yo nos sentamos alrededor de la larga mesa ovalada del comedor. Poco después, Julio bajó las escaleras y se sentó a mi lado. Mi abuela apareció con un tazón de leche templada y unas galletas de canela diciéndome que con eso se me pasaría el soponcio; «las penas con pan son menos penas» —dijo intentando rebajar la tensión.

De pronto, se hizo un prolongado silencio en el comedor hasta que se oyó:

—Ha muerto Paulino Ruano —dijo mi madre como pretexto para entablar conversación y cortar aquel minuto de mutismo general—, con cuarenta y seis años, algo del corazón, se quedó en el sitio en plena Puerta de Purchena. Mucho ha tardado.

—¡Vamos, mamá! —dije yo mientras mordía a duras penas una de las galletas.

—¿Qué sabrás tú? —dijo mi padre mientras levantaba las manos de la mesa para permitir que Resurrección le colocara delante el plato de queso y chorizo junto con una botella de vino y dos vasos.

—No hables de lo que no sabes, eso es de necios —añadió la Ma'Dolores—. En este caso, muerto el perro, se acabó la rabia.

—¡Tres contra uno! —dijo Julio en tono jocoso empujando con su codo derecho mi brazo izquierdo.

—¡Tú, te callas! —exclamó mi abuela a la vez que daba un coscorrón en el cogote a mi hermano.

—¿No irás a darle el pésame a su mujer? —preguntó mi padre mirándola a la vez que servía los dos vasos.

—Yo con esa chismosa no tengo nada de qué hablar. El día que me la encuentre en la calle le voy a cruzar la cara.

—Antes sí te tratabas con ella —añadió con un tonillo burlesco mi abuela a quien, de vez en cuando, le gustaba meter cizaña.

—Antes eran otros tiempos —dijo mi madre arrugando el entrecejo.

—¿Qué chismes cuenta? —la interrumpió Julio quien, casi simultáneamente, se ganó otro coscorrón de mi abuela.

—Esa familia no nos quiso bien ni antaño ni ahora. Son unos envidiosos y unos desagradecidos.

—¿Por qué? —pregunté—, ¿acaso no ayudó Paulino Ruano a Padre cuando montó la barrilería?, al menos es lo que habéis contado siempre. Yo me trato con su hijo, Blas, y nos apreciamos; me parece un muchacho honrado y estudioso, pretende estudiar Medicina.

—Pues esa familia no debe significar para nosotros más que un pretérito caduco. ¡Muchas ínfulas tienen esos! —añadió mi abuela con esa palabrería que me pareció más propia de don Manuel que de ella.

Algo se me escapaba. Creía conocer la historia de la familia Ruano y su relación con mis padres, pero, al parecer, me equivocaba. Era cierto que hacía bastante tiempo que no tenían contacto; yo lo achaqué a que compraron una casa con una parcela cerca de la plaza de toros y de ahí su distanciamiento.

Paulino Ruano era comercial de maderas de una empresa malagueña. Cuando mi padre se estableció en Almería disponía del dinero justo para montar el taller de barrilería y ese hombre le fio todo el material para iniciar el negocio: duelas, varas, serrín, herramientas, y le permitió pagarle con facilidad durante varios años.

En ese momento los mellizos se sentaron sobre las piernas de mi padre, quien dio un trozo de queso y de pan a cada uno.

—No es de buenas personas reclamar, al cabo del tiempo, algo que nunca fue suyo —dijo la Ma'Dolores— y menos honrado es intentar abusar de nadie y denunciar en falso.

—¿Intentó abusar de ti, de mamá? —preguntó Julio poniéndose las dos manos en la cabeza.

—Pues lo voy a contar —dijo la Ma'Dolores— para que vosotros dos, que pronto seréis hombres, os deis cuenta de que en la vida hay que respetar a los demás y no vestirnos con un hábito de buen samaritano bajo el que se esconden las sanguijuelas que te sorben la sangre.

En el aire se respiraba el aroma de las galletas y de la ralladura de naranja que mi abuela solía mezclar con azúcar. Me eché otra a la boca, me costaba abrirla pero, aún así, la comí con placer.

La Ma'Dolores se levantó y se dirigió a la cocina. A los pocos segundos regresaba con un vaso en el que se sirvió un chato de vino. Tras beber un sorbo dijo:

—Cuando nos vinimos de Terque, tu padre había juntado dineros para abrir la barrilería, pero no le alcanzaba para los materiales y Ruano le facilitó todo lo necesario, también le permitió pagarlo cómodamente. Le regaló algunas herramientas, sin pedir nada a cambio, y no le cobró el primer envío de madera, pero convinieron que él sería su único proveedor durante, al menos, diez años. Vuestro padre cumplió su palabra. Hicieron amistad, a menudo venían por la casa, los matrimonios salían juntos de paseo y yo le cosía algunos vestidos a su mujer, Catalina, a quien le gustaba presumir y gastar de lo lindo.

Nació su hija, María, que es cuatro años mayor que tú, Miguel, y tu madre fue la madrina; a los dos años nació Blas.

—Ma'Dolores, cuénteles lo de la pulsera, eso sí que fue... —dijo mi madre, ofuscada, interrumpiendo a mi abuela.

—Sí, ahora lo cuento, pero antes tienen que saber que ese hombre y esa mujer no eran carne para un buen guiso.

Paulino Ruano sabía que a vuestro padre le iban bien las cosas y le propuso un negocio, hará unos cuatro años. Se había quedado con la representación de una distribuidora de agua mineral, *Agua de Córdoba* se llamaba, y necesitaba un socio inversor para la adquisición de la mercancía inicial, el pago del alquiler de un almacén, el contrato con un repartidor, así como para costear los anuncios publicitarios en algunos diarios. Le puso los números sobre la mesa y tu padre, sin demasiadas ganas, accedió aportando a la sociedad cinco mil pesetas.

—¡Que volaron! —matizó mi madre abriendo las palmas de sus manos como si algo se le hubiera escapado—. El juego, le gustaban las cartas, esa fue su perdición.

—Sí, volaron —continuó mi abuela— pero no solo eso, hay más.

—¿Perdiste todo el dinero? —pregunté a mi padre con extrañeza porque, como ya le he contado, de tonto no tiene ni un pelo.

Mi madre respondió por él:

—Lo dejó estar. A pesar de ser consciente de que lo engañó, que se había pulido todo lo invertido y que había vendido la mercancía sin repartir ni un solo real de beneficios, aún quedaron más de dos mil pesetas de deuda. Menos mal que don Remigio le avisó de que le iba a sacar hasta las asaduras. Paulino Ruano iba a la ruina, lo habían despedido de la empresa de maderas, y se quería llevar a tu padre con él. Le exigió, además de las dos mil pesetas, que le pagara todo el material que le había anticipado años atrás y los intereses de demora o bien que le devolviera las herramientas y toda la madera que le había entregado.

—¿Y qué hiciste? —pregunté a mi padre mirándolo a los ojos mientras él comía otro trozo de queso con la cabeza agachada y sus pensamientos en otra parte.

—¡Pues decir que no!, ¿qué iba a decir? —respondió mi abuela por él—. Si la honradez se mide por kilos, la de tu padre pesaba más que él mismo. Ruano fue un sinvergüenza y más aún su mujer. La muy hija de puta me acusó de haberle robado una de sus alhajas —una pulsera de oro con una gema granate de la que solía alardear—. Menos mal que don Remigio, que conoce a mucha gente, y siempre ha ayudado a esta familia, se portó como un amigo, hizo averiguaciones y finalmente le informaron que la pulsera se encontraba en la casa de empeños junto con una esclava de oro que tu madre le había regalado a su ahijada para el bautizo. Fue ella misma, Catalina, quien empeñó las joyas.

—¡La muy puta hasta se insinuó a tu padre! —exclamó mi madre a la vez que sus pómulos se enrojecían—, así que no me extraña lo que cuenta la gente, que se acostara con un empresario parralero porque su marido la había apostado a las cartas.

En ese momento mi padre la miró de reojo. Le temblaba la ceja derecha, me pareció que iba a decir algo, pero mantuvo el mismo silencio que había guardado durante toda la conversación.

—¿Y cómo se le insinuó a Padre? —preguntó Julio con ese don de la inoportunidad que le caracteriza.

—¡Ya está bien! —gritó mi padre. No quiero que se hable más de ese tema. Esta familia dejó de tener amistad con los Ruano, así que no quiero que se mencione más a esa gente en esta casa. Y tú, Miguel, si tienes relación con su hijo es cosa tuya, pero lo mejor para todos es que te distancies de él. Un día de estos te la jugará.

Así terminó aquella conversación. No hice caso a mi padre y mantuve mi relación de amistad con Blas durante mucho tiempo. Me caía bien, y yo a él. Era un muchacho mayor que yo un par de años, agradable, bien parecido, moreno, de ojos verdes y complexión atlética. Solía coincidir con él y sus amigos en el Paseo y, fue con él con quien probé el vino por primera vez. En más de una ocasión me llevó a beber unos chatos a La Fontanita o a Los Claveles, donde no nos ponían pegas por la edad. Me contó que, a pesar de las dificultades que su padre había atravesado, la familia salió a flote vendiendo la única finca que les quedaba para pagar las deudas que Paulino Ruano había contraído y se fueron a vivir de alquiler a un piso en el Barrio Alto. Un tiempo después, su padre consiguió una representación de las máquinas de coser Singer en Almería y con eso sobrevivieron. También es cierto que él y su mujer se la tenían jurada a mi familia porque entendían que mi padre no se había portado bien con ellos. Ni Blas ni yo entramos a discutir sobre el asunto porque ambos convenimos que las historias de nuestros mayores no debían impedir nuestra amistad, así que decidimos mantener al margen aquella cuestión.

En ese momento llamaron a la puerta. Abrió mi madre. Taíta, con la cara compungida y con gesto de impaciencia, preguntó por mi padre. Él se asomó a la escalera y preguntó qué ocurría. La vecina le rogó que la acompañara, y yo también, a la calle Real. Diego, su marido, estaba tendido en la calle completamente borracho y no podía levantarse y ella, sola, no era capaz. No era la primera vez. Sus borracheras eran tan habituales, como lo eran las palizas que le propinaba a su mujer. En más de una ocasión mi padre le había llamado la atención, pero hacía caso omiso.

Nos cambiamos de ropa apresuradamente y salimos los tres. Al llegar a la calle Real lo vimos tumbado sobre la acera, recostado del lado derecho y en postura fetal. Cuatro niños le rodeaban y lanzaban piedrecitas mientras se reían.

Al acercarnos le oímos balbucear algo así como que la suerte no era su amiga.

—¡Y la culpa es tuya, puta! —gritó a su mujer mientras mi padre lo incorporaba y apoyaba su espalda sobre la fachada de la casa.

Taíta no respondió más que con un gesto de resignación, primero, y colocando sus brazos en jarra, después. No sé si con aquello quiso decir que le declaraba la guerra, que no podía creer lo que veía o que esperaba que su marido diera un salto y se levantara como si nada.

—¡Ay, don Rafael, qué desgracia más grande tengo! —barboteó Diego agarrándose con su mano izquierda al brazo derecho de mi padre a la vez que yo lo sujetaba por la cintura.

A pesar de que era un hombre delgado y más bajo que yo, su cuerpo pesaba exageradamente. Su ropa apestaba a vino y a vómitos, y su camisa blanca, abierta por completo, dejaba ver un tatuaje en su pecho: un corazón atravesado por un ancla. Su pelo castaño y sus ojos, color avellana, hacían juego. Miró directamente a los míos como si quisiera arrancar algún íntimo secreto y hacerlo público. No tardó en decir:

—¡Tú eres...!

—¡Tú sí que eres!, ¡un borracho, eso es lo que eres, desgraciado!, ¿es que no ves que te estás quitando la vida? —exclamó Taíta interrumpiendo la afirmación de su marido, que quedó en el olvido.

Llevamos a Diego hasta su casa. Aunque esa familia vivía allí desde antes de que yo naciera, nunca había pasado de la puerta. Era pequeña y algo cochambrosa: una cocina estrecha y maloliente, un patinillo de no más de dos metros cuadrados con una puerta que daba a lo que supuse que era el aseo, una salita con dos sillones, tres sillas y una mesa para no más de cuatro personas, y dos dormitorios, uno, supuse que sería de Rosa y, el otro, donde tumbamos a Diego, el de sus padres.

Las paredes, de tono grisáceo a causa de la humedad, rezumaban olor a salitre, aunque eso les pasaba a muchos bajos de la ciudad.

Cuando tumbamos a Diego sobre la cama, inmediatamente irguió su cuerpo a la vez que sujetaba la muñeca izquierda de mi padre y se acercaba a su cara diciendo:

—Don Rafael, tenga usted cuidado con quién se junta, que la «falsería» le ronda y los que hoy son, mañana, no.

Mi padre hizo caso omiso de aquellas palabras; bien sabía él que la confianza es algo que se gana a pulso y que la lealtad es un bien escaso. No era de los que «se les corría el pliegue» —dicho frecuente de la Ma'Dolores— con casi nadie. Sin embargo, lo que aprendí a lo largo de esos años es que si no estás atento a quien te rodea, en un segundo, la vida puede hacerte perder o ganar cualquier cosa.

Decía mi abuela que los niños y los borrachos siempre dicen la verdad, cosa que no sé si será cierta, pero lo que sí sé es que Diego no se equivocó. Transcurrido un tiempo pude comprobarlo.

—La semana que viene vendrá un pintor a encalar las paredes.

Fue la única frase que mi padre pronunció dirigiéndose a Taíta, quien, desde que yo recuerdo y como hizo en ese instante, bajaba la mirada cuando hablaba con él.

En ese momento apareció Rosa. Me miró, avergonzada, a la vez que una mueca de desagrado salía de sus labios.

No hubo más palabras. Subimos a nuestra casa y comimos sin hacer comentario alguno al respecto.

Origen

La languidez de la tarde se adueña de mi pecho en comunión perfecta con el dolor de la cadera y de las piernas, mezclándose, indomables, los recuerdos enterrados en ese horizonte al que me asomo a través de uno de los portillos de la bodega y, sin remedio, sueño que me acurruco en un pecho, en un olor único, mientras el mar parece reflejar rostros adversos, difusos, angostos, divergentes. Y es que las dolencias del corazón, como las del cuerpo, llegan a galope tendido y salen a pie, despacio y sin pausa.

Miguel me ha narrado otro pasaje de su historia, esta vez sobre los orígenes de su familia. Es joven. Aún le quedan muchas aventuras por vivir y la propia vida le demostrará que cualquier cosa es posible.

* * *

Según me contó mi abuela, mi padre tenía unos días cuando se fueron a Granada. Una hermana de mi abuelo, que no tenía hijos, la tía Gloria, los acogió durante unos días y le buscó trabajo sirviendo en la casa de unos «señoricos» de la calle Puentezuelas en la que trabajó hasta que mi bisabuelo murió y regresaron a Terque.

La versión de mi madre era que la Ma'Dolores se fue del pueblo porque había dado a luz a un hijo bastardo. Su padre, viudo, la repudió y, para evitar la vergüenza que suponía para la familia, la envió a Granada, con su hermana. Nunca volvió a hablar con su hija ni ella pisó el pueblo hasta que regresaron cuando murió el abuelo Gabriel, que así se llamaba.

En Granada, después de dejar la casa de la tía Gloria, vivían en la Cuesta de Alhacaba, puerta con puerta con Frasco, dueño de una tienda de ultramarinos en la calle San Jerónimo, que tenía una hija, Angustias, un poco menor que mi padre. Se gustaban y se veían a diario. Según mi madre, ella había cumplido ya catorce años cuando se hicieron novios.

Mi madre era hija única. Recibió una buena educación en el colegio de la Compañía de María. Cuando murió su padre, a los dos años de morir la abuela María, mi madre, Angustias Berenguel Expósito, tenía dieciséis años y heredó el negocio de mi abuelo Frasco y la casa de la cuesta de Alhacaba. La única familia que le quedaba era una prima hermana de mi abuelo que vivía en Almería con su hijo Luis, dos años mayor que ella, que iba para Guardia Civil y llegó a teniente. La prima Candelaria, que así se llamaba, la recogió. El negocio se vendió porque mi madre, huérfana y tan joven, no fue capaz de mantenerlo. La tienda requería muchas horas y mucho esfuerzo, y ella había sido educada para otros menesteres.

Por lo que me contó, cuando mi padre se enteró de su marcha a Almería, le prometió, con lágrimas en los ojos, que iría a por ella lo más pronto posible. Y así lo hizo. Dos años después de regresar a Terque, tras aprender el oficio de barrilero, propuso a mi abuela vender una parte de los terrenos de parrales y establecerse en Almería. Mi abuela accedió. Rafael y Angustias, mis padres, se casaron en abril de 1919; a los nueve meses, nací yo.

Cuando mi madre se fue a Almería, su prima Candelaria vivía en un piso en una calle aledaña a la plaza de abastos. En la majestuosa casa de al lado, de tres plantas, residía la familia Lastra. Uno de los tres hijos de Antonio Lastra, Domingo, cinco años mayor que ella, quedó prendado de la niña y se encaprichó tanto que quiso hacerla su novia.

A mi madre no le gustaba aquel hombre y lo rechazó porque, según dijo, estaba enamorada de Rafael, mi padre, con quien se carteaba a menudo y en varias ocasiones había ido a verla a Almería.

Domingo Lastra era dueño de una de las barrilerías de mayor prestigio de Almería. Todo el mundo sabía, porque era de conocimiento público, que su padre había amasado su fortuna como prestamista de media ciudad. Tenía fama de usurero y de haber extorsionado a muchas familias. Compró varios negocios en relación con la uva de embarque y más de treinta viviendas en el centro de la ciudad que, en un principio, dedicaba al alquiler. Transcurrido un tiempo, montó una empresa dedicada a la compraventa de inmuebles.

Una noche de un sofocante mes de agosto, sobre las doce, durante la primera de las visitas de mi padre, los novios y la prima Candelaria estaban sentados al frescor de la noche. Domingo Lastra llegó a la puerta de su domicilio, borracho, acompañado de dos amigos.

Se acercó a los novios y, dirigiéndose a mi madre, preguntó:

—¿Este es tu chulo?

Según me contó mi madre, mi padre no pronunció palabra alguna. Levantó la vista y la dirigió hacia los ojos de aquel hombre, alto, aunque no tanto como él, con bigote francés, vestía con traje de chaqueta azul marino y una corbata gris. De repente, saltó de la silla como un gato y, abalanzándose sobre él, le propinó dos puñetazos seguidos en la cara. Su nariz comenzó a sangrar inmediatamente, al igual que su ceja derecha. Domingo intentó defenderse con los brazos. Mi padre soltó un rodillazo que fue a parar a las partes íntimas, lo que le hizo caer al suelo. De pronto, los dos acompañantes, no sin recibir previamente varias patadas, consiguieron sujetar a mi padre con fuerza. Domingo Lastra se levantó y comenzó a golpearlo en todo su cuerpo hasta quedar exhausto. Algunos vecinos llamaron a la guardia de asalto, pero, para cuando llegaron, él y sus amigos ya se habían refugiado en su casa. Mi padre no quiso denunciarlos, pero guardó su sed de revancha durante mucho tiempo.

Mi madre le pidió que no intentara vengarse porque no serviría de nada. Esa familia tenía mucho poder y podría acabar en la cárcel.

Cuando mi padre compró la barrilería en la calle del Ancla consiguió arrebatarles un buen contrato con una compañía inglesa. Los Lastra ya habían apalabrado la fabricación de diez mil barriles.

—¿Y cómo lo hizo? —pregunté intrigado.

—Según me contó mi madre —y un tiempo después, mi abuela—, mi padre les rebajó el precio del barril hasta cubrir costes. No obtuvo ganancia alguna en aquel negocio, pero consiguió que Domingo Lastra no fabricara ese pedido. Y la compañía inglesa, ya a un precio razonable, se convirtió, durante muchos años, en uno de los clientes fijos de Rafael González Belmonte.

A los pocos meses de abrir el taller, una noche en la que mi padre tomaba unos vinos en Casa Puga con un representante de una empresa de maderas, advirtió que, al fondo de la barra, Domingo Lastra bebía junto a un amigo. El acompañante de mi padre se despidió de él porque había quedado con otro cliente. Ya a solas, pidió al camarero un último vino y una tapa de jamón de Trevélez. Observó que Domingo Lastra y su amigo se marchaban. Tomó ese último vaso con tranquilidad. Sacó la cartera del bolsillo interior izquierdo de su chaqueta, se palpó el bolsillo exterior derecho y pagó la cuenta.

Mi padre salió de la taberna. Hacía fresco aquella noche. Subió el cuello de su americana, abrochó los botones, juntó las manos llevándolas a sus labios y sopló con objeto de insuflar algo de calor. Acto seguido, las metió en los bolsillos del pantalón y echó a andar. No se veía un alma en la calle Real. A la altura de la calle Arco lo estaban esperando.

—¡Rafael González, cateto hijo de puta!, ¿quién te has creído que eres para venir aquí a quitarle los negocios y las mujeres a la gente de bien?, ¿crees que tienes algún poder? ¡Tú no eres nadie! —exclamó Domingo Lastra con aire bravucón y postinero.

Ya le he dicho que mi padre es hombre de pocas palabras. No tardó más de cinco segundos en agarrar a Domingo Lastra por el cuello con su mano izquierda y empujarlo contra la pared, a la vez que sacaba la navaja con la derecha y le cortaba, de un tajo, media oreja izquierda. El compinche no lo dudó y salió corriendo. El hombre cayó al suelo sujetándose la herida con ambas manos. Algunas gotas de sangre salpicaron sobre la fachada y, otras, chorreaban por su camisa blanca y la chaqueta gris marengo. No se atrevió a hablar. Mi padre sacó un pañuelo blanco del bolsillo izquierdo de su pantalón y limpió aquella navaja. La volvió a guardar en la americana y le lanzó el pañuelo a la cara diciendo:

—Como ves, el mundo no es de los que creen tener poder sino de quienes realmente lo tienen. La próxima vez que te acerques a mí o a mi familia, te mato. A ti y a todas tus generaciones.

No hubo más altercados hasta transcurrido un tiempo, pero ahí se amasó ese odio, esa sed de venganza entre unos y otros que, a fuerza de envidias y rencores, en cualquier lugar de España, nos llevaría a esa guerra. Eso es lo que repetía mi abuela una y otra vez: «el odio amasao». Por eso, ella siempre insistió en que después del trabajo tenía que estudiar porque, según decía: «la educación es progreso, y el saber conduce al poder».

* * *

No consigo dormir. Parece que quedan pocas horas para llegar a puerto. Tengo entumecidas las rodillas y el lápiz muy gastado. Mi madre, maestra desde muy joven, seguramente haría un paralelismo en estas circunstancias. El lápiz representa la vida con la que se escriben todos los acontecimientos que nos suceden, una vida, en principio, larga e impredecible, de manera que, paulatinamente, se va consumiendo —demasiado deprisa, diría ella—; escribiéndose con reglones torcidos a veces, agotándose, también; rompiéndose, en ocasiones, con las dolencias del cuerpo y del alma, pero también renaciendo. Así, nuestro lápiz, de tanto usarlo, llegaría a quedar inservible —como los viejos, añadiría también ella— hasta llegar a su abandono o a su desaparición.

No quiero pensar en su sufrimiento. Me atormenta y me hace sentir un cobarde. Prefiero continuar y narrar una anécdota que Miguel me relataba respecto a sus padres.

* * *

Recuerdo exactamente el día, porque era mi décimo cumpleaños. Yo estrené unos zapatos de color azul y, al domingo siguiente, mi padre me llevó a ver al Athletic Club Almería al campo de Ciudad Jardín. Julio y yo estábamos sentados a la mesa, en la cocina, mientras mi madre preparaba la cena. Él regresó más tarde que de costumbre. Ni siquiera se disculpó por la tardanza. Mi abuela, que cosía con verdadero primor, había ido a casa de Engracia, una de las vecinas de toda la vida, a probarle un vestido.

Aquella noche, a causa del alcohol, se mostró muy cariñoso con mi madre. La besó en los labios, cosa que me causó sorpresa. Nunca antes los había visto besarse en público. Apretaba su culo, atrayéndola hacia él; su mano derecha se posaba sobre su teta izquierda; entretanto, ella sostenía la espumadera con la otra mano mientras un huevo frito se quemaba en el fogón. Sonreía, Julio y yo la veíamos feliz y fue capaz de contagiarnos.

No habría transcurrido más de una semana cuando una fuerte discusión entre ambos, iniciada en el comedor y terminada en su alcoba, hizo que me refugiara en mi habitación. Fue la primera y única vez en que vi a mi padre pegar a mi madre. Recuerdo que la llamó «puta» mientras la abofeteaba y a ella insultarlo repetidas veces, con cierta sorna y un genio endemoniado, llamándolo «cabrón». Ese día odié a mi padre.

Un tiempo después, cuando se inició el levantamiento militar, mi madre comenzó a sufrir crisis nerviosas que se sucedían con demasiada frecuencia. Supuse que la guerra le vino muy grande y que, de alguna manera, provocó que se encerrara en sí misma. Mi padre la llevó a varios médicos, que no dieron con la causa de su melancolía.

Mi madre solía decir que una mujer jamás debía expresar sus verdaderos pensamientos, y bien que los guardaba. En aquella época, ella, que siempre había sido jovial y divertida, parecía un alma en pena deambulando por la casa o acostada en su cama la mayor parte del día. Mi padre y mi abuela la respetaban, y lo más que se atrevían, si no querían que iniciara un griterío que oiría todo el vecindario, era a pedirle que comiera, cosa que muchas veces no conseguían. Adelgazó más de diez kilos, no había dulzura ni complacencia en sus ojos, tan solo manifestaba un deseo animal de hibernarse; sus labios sonreían en escasas ocasiones, prácticamente solo cuando Julio le hacía alguna mueca graciosa, seguida de un par de carantoñas. Ha estado sumida en esa oscuridad hasta hace bien poco. Hará dos meses nos sorprendió a todos dándonos la noticia de que estaba embarazada.

Ella dijo:

—Dios te quita, Dios te da.

Lo siento, señor García, de veras siento no estar con los míos para cuando nazca esa criatura —que lo más probable es que sea niña, según mi abuela—. Si yo no hubiera provocado todo eso, la familia continuaría unida y sería testigo de su venida al mundo.

Maricón

Aquella tarde en que mi hermano cumplía años, no quiso salir conmigo a pasear, prefirió quedarse a leer y disfrutar de sus regalos. Yo decidí estrenar mis pantalones largos y, lógicamente, irme a la calle.

Rosa, sentada a la puerta de la casa, cosiendo, como siempre, permanecía callada, casi inmóvil, atenta a su tarea, como si el mundo dependiera de una puntada de hilo sobre la tela blanca que en ese momento bordaba. A pesar de su descarado carácter, me caía bien; aquella maliciosa sonrisa y sus voluptuosos labios podrían enamorar a cualquiera. No se percató de mi presencia hasta que la saludé con un «buenas tardes» que más bien quería decir: «mírame».

Cuando Rosa me vio con los pantalones largos, la camisa blanca remangada, el pelo peinado hacia atrás, abrillantado con medio limón, y una ancha sonrisa en la cara, sorprendida y de modo afable, dijo:

—¡Vaya, Miguel!, pareces un hombre, y guapo, precisamente estaba pensando en ti, en algo que me dijo mi madre esta mañana.

—Celebro que te guste —dije no sin cierto recelo por lo que su madre hubiera dicho. —Dice que eres maricón, ¿es eso verdad? —preguntó Rosa, levantándose y posando su mano derecha sobre mi pecho impidiéndome salir del portal.

—Tu madre no sabe una mierda de mí —contesté sin poder disimular mi turbación.

—Pues cuando quieras me demuestras que eres un hombre —expresó con picardía mientras me empujaba, de nuevo, portal adentro.

Su mirada penetraba en mis pupilas a la vez que desabrochaba el botón superior de su camisa enseñándome el surco de sus pechos.

—¿Quieres tocarlos? —añadió al mismo tiempo que, deliberada y ostensiblemente, me los mostraba. Tomando mi mano derecha la llevó hasta su teta izquierda. En un gesto de dulzura, sus dedos, índice y corazón, recorrieron la comisura de mis labios.

Reconozco que apretar aquella teta no me produjo sensación de placer alguna; aun así, lo hice.

—¡Viene alguien! —exclamé mientras me separaba de ella unos centímetros.

De pronto, Diego entraba al portal con la frente y la cara ensangrentadas, y la camisa hecha girones. Rosa no pudo reprimir un grito de espanto al contemplar a su padre y exclamar:

—¡Dios mío!, ¿qué te han hecho?

Tras un profundo resuello, apoyando su mano izquierda en el portón, su padre dijo:

—Nos estábamos manifestando en el Paseo de la República, por los despidos. Un grupo de jóvenes afiliados a Falange nos increpó y se lió la de Dios: golpes con sillas, palos y porras; la gente corría despavorida por el Paseo. Acudió la guardia de asalto, dieron varias cargas para separarnos. Detuvieron a tres falangistas y dos de la C.N.T. Un guardia me dio un porrazo en la frente y otro en la cara, me destrozó la camisa intentando retenerme y mira lo que me ha hecho; eso sí, le van a doler los huevos durante una semana por la patada que le propiné. Después de eso, eché a correr.

Taíta salió de su casa. No parecía alterada. Secándose las manos en el mandil blanco, se acercó a su marido y, colocándolas sobre la frente de Diego, observó la herida durante no más de dos segundos.

—No te hacen falta puntos. Anda, entra y lávate, que de esta no me dejas viuda —ordenó, cual sargenta chusquera, en tono despectivo y autoritario—.Y tú —añadió, airada, dirigiendo sus ojos a Rosa e inmediatamente a mí— abróchate la camisa y pasa para adentro que te voy a explicar los pecados capitales, que no te los sabes. A ti hay que atarte en corto.

Taíta era una mujer de unos treinta y pocos años —un poco menor que mi madre— que daba la impresión de hallarse permanente en actitud beligerante. Siempre peinada con un moño, tenía un rostro duro, cerrado, pero su mirada reflejaba una indudable inteligencia. Por lo que cuenta la Ma'Dolores, Diego la dejó embarazada siendo casi una niña y su padre la echó de su casa. Se casaron por lo civil y tuvieron a Rosa. Desde entonces vivieron en el bajo de mi casa, sin relación alguna con la familia de ella. A su marido no le quedaban más parientes que un hermano que emigró a Barcelona y con quien apenas tenía contacto desde que se marchó.

Diego entró primero, después su mujer y, por último, Rosa quien, girándose, sacó su lengua burlándose de mí. Mientras salía a la calle, el sonido de una risa de mujer se escapó por la reja de la ventana y pude oír decir a su madre:

—¡A ver si no va a ser tan maricón como yo creía!

Sonreí a la vez que pensaba que, muchas veces, la primera idea que nos viene a la cabeza es la más acertada.

Me dirigí hacia el Paseo con la esperanza de encontrarme con algún conocido y charlar un rato. Pensé en Blas, el hijo de Paulino Ruano; solía reunirse con sus amigos cerca de la Plaza de Abastos y allí dirigí mis pasos.

El sol proyectaba mi sombra hacia delante de modo que parecía andar persiguiéndola y la imagen dejaba adivinar, en blanco y negro, el vaivén del bajo del pantalón. De camino tarareaba, en voz baja, *María de la O,* una copla que había oído en más de una ocasión en la radio y que cantaba Estrellita Castro.

La extraña sonoridad de mis pasos, el tenue olor a salitre que flotaba en el aire, esa impresión de sentir sobre mis hombros el peso de todo el espacio, me hacía preguntarme por mi porvenir.

Supuse que cualquier joven de mi edad se haría la misma pregunta. No hallé respuesta, no la sabía.

Efectivamente, Blas y dos muchachos charlaban en la esquina del Paseo con la calle Aguilar de Campoo. Al verme, Blas me saludó manifestando su alegría con un entrañable apretón de manos. Acto seguido, me presentó a su amigo y a su primo. A Máximo lo conocía de vista; habíamos coincidido en alguna sesión en el Salón Hesperia y en el Teatro Cervantes. Pedro, el primo de Blas, vivía en Granada; había venido a ver a su tía y pasaba unos días con la familia. Tras estrechar mi mano, mantuvo una persistente mirada sobre mí, como si me analizara.

Blas y yo charlamos un rato, me contó que terminaría el bachiller y estudiaría Medicina. Le apasionaba tanto que su conversación, durante un buen rato, giró en torno al cuerpo humano y a sus enfermedades.

—¡Primo!, ¿nos vas a llevar a alguna taberna a tomar algo? —preguntó Pedro.

Blas, sin pronunciar palabra, echó a andar haciendo un gesto con su cuello para que lo siguiéramos.

Los tres nos dirigimos, Paseo arriba, hasta la Puerta de Purchena; en los bajos de la Casa de las Mariposas, entramos en el bar Los Claveles. Nos dirigimos a la barra y tomamos dos rondas de cerveza, acompañadas de tapas de jibia a la plancha. La última invitación nos la jugamos a los chinos, —a las porras, como se le llama al juego en Almería— y perdió Pedro.

Pedro ya había cumplido los dieciocho. Era de tez morena y pelo castaño, corpulento y varonil, de pupilas color verde claro que recordaban el mar en días de levante. Vestía una camisa blanca arremangada hasta el antebrazo y unos pantalones grises que resaltaban su figura. Pero lo que más me llamó la atención fue su inquietante mirada. Apoyado sobre la barra, de nuevo, me examinaba, como si contemplara el maniquí de un escaparate.

—¿Qué miras? —pregunté sonriendo.

—Pues te miro porque me recuerdas a alguien, te pareces mucho a él. ¿Te gusta el cine?, ¿has visto la película *Del infierno al cielo*? —preguntó.

—Me encanta el cine y sí, he visto esa película.

—Te pareces al protagonista, se llama Charles Farrell. Un actor apuesto, ¿verdad?; la forma de tus labios me recuerda a él.

—Puede que tengas algo de razón —respondí recordando la imagen del actor.

Hablamos un buen rato de cine. Le entusiasmó, como a mí, *El enemigo público*, protagonizada por James Cagney y Jean Harlow. Después hablamos de trabajo, del taller de barrilería de mi padre, de la uva de embarque y del negocio portuario. Estudiaba la carrera de Comercio y estaba interesado en montar una empresa de transporte marítimo cuando terminara los estudios. «Muchos pajaritos tiene este muchacho en la cabeza» —pensé—. Pero quién era yo para cortar las ilusiones y romper los sueños de nadie, así que le animé a que lo hiciera.

Cuando salimos de allí, fuimos, Paseo abajo, hacia el puerto. Dos muchachas caminaban en sentido contrario al nuestro, saludaron a Blas y a Máximo, y, deteniéndose, entablaron con ellos una banal conversación sobre el calor y la humedad.

Mientras ellos —y ellas— flirteaban, Pedro colocó su mano derecha sobre mi hombro izquierdo y, acercando sus labios a mi oído, susurró:

—Las mujeres me aburren, ¿nos vamos, tú y yo?

Asentí con la cabeza e, inmediatamente, Pedro interrumpió a Blas diciendo:

—Primo, Miguel me va a llevar a ver el Cable Inglés, os esperamos allí.

Blas respondió con una sonrisa y un «ahora vamos».

Por el camino me contó que recientemente había roto con su novia, una muchacha, Amelia, de la que reconoció no estar enamorado.

—Aunque es guapa, yo no soportaba la monotonía de sus conversaciones: «mi amiga fulana me ha dicho esto o aquello sobre el vestido rojo que vestirá en el coctel que le ha invitado el ilustre no sé quién, y, mengana se ha comprado un abrigo que es ideal para la ocasión...» —decía Pedro empleando un peculiar soniquete musical al expresarlo acompañando sus frases de todo un repertorio de amanerados gestos con sus manos que me provocaron una tremenda carcajada—. Y lo peor no era eso, Miguel, lo peor era cuando pillaba la perrera constante sobre nuestra futura boda y comenzaba a decir en voz alta, de memoria, la lista de invitados.

De repente, Pedro lanzó, con todo el descaro del mundo, una inesperada pregunta:

—¿A ti no te gustan las mujeres, verdad?

Guardé silencio durante unos segundos, cabizbajo.

—Nunca he estado con una mujer, no lo sé —respondí mirando sus largas pestañas, que parecían querer acercarse a mi cara.

El Cable Inglés es un muelle situado en la playa de las Almadrabillas, un cargadero donde llegan los trenes de mineral procedente de las minas de El Alquife, que se adentra en el mar y donde atracan los barcos para cargar sus bodegas. Al llegar, nos sentamos sobre dos de las piedras que rodeaban los pilares del muelle, uno junto al otro. Había anochecido y no había ni un alma en los alrededores. Lié un cigarro y le ofrecí a Pedro. Rehusó fumar y, finalmente, no lo encendí. No pronunció ni una sola palabra, tan solo dirigió su mano derecha a mi pierna y la apretó con delicadeza. No hice nada por detenerlo. No tardó más de diez segundos en levantarse y arrodillarse ante mí a la vez que desabrochaba los botones de mi pantalón. No podré olvidar aquella sensación al sentir, con los ojos cerrados, aquel vaivén, mientras yo permanecía quieto, inmóvil, hasta que mis ojos se abrieron de par en par con la llegada del placer. Aún no comprendo por qué mi reacción fue de quietud y silencio, supongo que mi juventud y la inexperiencia dejaron paso al simple deseo.

No dio tiempo a más, Blas y Máximo se aproximaban a poco más de cien metros. Pedro se recompuso y yo, tras abrochar la bragueta, esta vez sí, encendí el cigarro.

Estuvimos allí, los cuatro, tendidos sobre la arena, durante una media hora. Los chistes de Máximo me hicieron reír. Habían dado las diez y decidimos marcharnos. Al llegar a la calle Arapiles, me despedí de ellos. No hubo más palabras, tan solo advertí cómo la mano de Pedro apretaba la mía con mayor intensidad que en nuestra presentación, lo que me transmitió la grata sensación de que le gustaba y la alegría de haber encontrado a alguien que sentía como yo.

Fue entonces cuando, en solitario, fui consciente de lo ocurrido; pensé en mi madre, en que se sentiría avergonzada si llegara enterarse, pero pronto me convencí de que aquello me parecía algo natural y que nada pernicioso podía haber en una relación entre dos hombres.

Cuando llegué a mi casa, mis padres y la Ma'Dolores mantenían una conversación sobre la campaña de uva. Mi padre y mi abuela irían la semana siguiente a Terque para revisar las cuentas con Gregorio, el arrendatario de los parrales. Mi madre me observó y preguntó si estaba bien porque, según dijo, tenía la cara enrojecida. Le respondí que sí, que estaba bien. No preguntó dónde ni con quién había estado, tan solo se levantó y dijo:

—Voy a prepararte una tortilla. Llevas una mancha en la bragueta del pantalón, a saber qué has hecho por ahí.

No respondí, pero en ese momento sí que sentí vergüenza y, a la vez, cierto rencor hacia ella. Y es que mi madre era capaz de ver entre tinieblas y transmitirme un sentimiento pecaminoso por cualquier cosa. Comí la tortilla, un tazón de leche y me fui a mi habitación. Julio, tumbado, leía en la cama. Interrumpió la lectura, me miró y dijo:

—Te has manchado el pantalón.

—¡Ya lo sé! —exclamé, indignado, a la vez que observaba su cara de perplejidad ante mi reacción.

Al día siguiente, como de costumbre, desperté más tarde que Julio. Siempre procuro prolongar mi sueño antes de que el ruido matutino provocado por Resurrección me advierta que es hora de ir al trabajo. Esa mañana, el rumor de voces abajo lo encerré conmigo, bajo las sábanas, cubriéndome hasta la cabeza.

Pasé la noche pensando en ese muchacho, en la grata sensación de estar a su lado y en lo que me hizo sentir. De pronto, la puerta de mi habitación se abrió. Mi abuela me recordaba que mi padre se había marchado hacía más de media hora.

—Ya sabía yo que era demasiado hermoso para que durara —dije en voz alta.

—No seas tan pesimista, Miguel, ya habrá tiempo de que lo que quiera que sea te dure.

Me senté en la cama, oí entonces el ruido de una puerta en la planta baja; supuse que era Julio; me levanté, me puse el pantalón —uno limpio, y corto— y una camiseta; silenciosamente, andando descalzo, bajé hasta la primera planta. En la cocina, Resurrección y mi abuela amasaban lo que supuse que serían roscos de anís porque advertí una botella junto con dos vasos sobre la alacena; la Ma'Dolores se lavó las manos en una zafa llena de agua y, tras secarlas con un trapo, me preparó un tazón de café con leche hirviendo junto con un trozo de pan tostado sobre el que extendió azúcar y un buen chorreón de aceite.

Sonó el timbre; Luis, el lechero, como cada mañana, de lunes a sábado, dejaría los cuatro litros que la familia consumía prácticamente a diario. Resurrección bajó a abrir. En ese momento oí su voz diciendo a grito pelado:

—¡Miguel, te buscan!

Bajé rápidamente. Para mi sorpresa, junto al umbral de la puerta estaba Pedro.

—Perdona las horas, Miguel, he venido a despedirme. Me marcho para Granada en un par de horas —dijo con cierto aire de resignación y melancolía.

Salí con él hasta el portal mientras me decía:

—No quería irme sin decirte que ayer me sentí muy bien contigo y me gustaría que nuestra amistad continuara. Volveré en Navidad y espero verte. Si alguna vez tienes la oportunidad de ir por Granada no dudes en comunicármelo antes porque sería fantástico acompañarte durante tu estancia, ¿lo harás?

—Por supuesto, Pedro. Gracias a ti por esos momentos. Tendré en cuenta lo de Granada, aunque será difícil, pero espero verte de nuevo en Navidad —respondí a la vez que tendía mi mano derecha.

Pedro la estrechó y tiró de ella hacia él abrazándome y besando mi mejilla izquierda. Me gustó que aquellos brazos rodearan mi cuello. Acto seguido, se marchó; me asomé a la calle, giró su cabeza un par de veces saludando con su mano derecha levantada.

No volví a verlo. Llegó la Navidad y Pedro no vino a Almería. El mismo día de Nochebuena me encontré con Blas y le pregunté por él. Según me dijo, su primo Pedro se casaba el día de Reyes y estaba preparando la boda.

—¿Con quién se casa? —pregunté.

—Con Amelia, su novia de toda la vida, está embarazada.

* * *

Pedro desapareció de la vida de Miguel con la misma premura con que surgió. Fue su primera experiencia que, por lo que parece, no ha quedado en otra cosa que en un nostálgico recuerdo, pero también en el preludio de su verdadero amor.

Tengo la impresión de que me cuenta fragmentos de su vida alternando la cronología de los hechos de forma deliberada, procurando que los acontecimientos oscilen a su antojo, dejando para el momento que él considera oportuno la resolución de cualquier suceso, aportando a su historia una buena dosis de intriga.

Han pasado doce horas desde que salimos de Adra, me he tomado un pequeño descanso y entornado mis párpados. Creo que soy capaz de recordar cada uno de los golpes que me dieron con una vara de madera en aquel sótano del Gobierno Civil: primero en la cabeza, después en el costado izquierdo, donde repitieron varias veces, turnándose los dos guardias civiles; y, cuando menos lo esperaba, el que más dolió: el que salvajemente me propinó el más fuerte de los dos en mis partes más íntimas. Aún me duele al hacer determinados movimientos.

Los hombres torturan por placer. Ningún otro animal lo hace con sus presas. Hay quien es capaz de disfrutar procurando daño y sufrimiento a los demás. Forma parte de la teoría de la humillación y viene sucediendo en todas las civilizaciones a lo largo de la historia. Según mi madre, el poder que otorga la tiranía, hallarse en una posición predominante sobre otros, genera una sustancia en el cuerpo que produce exaltación y felicidad, y por ende, mucho placer. Debe ser eso.

En aquellos momentos pensé que iba a morir, que me darían el paseíllo, como a tantos otros, pero tuve lo que llaman suerte o baraka, como decía un tal Simón, que me llevó hasta Adra escondido en su camión y que estaba casado con una mora que conoció en Ceuta mientras hacía la guerra de Marruecos. Según él, la mujer solía decirle que tenía esa baraka, esa bendición, esa suerte divina que siempre lo acompañaba y que por eso aceptó casarse con él.

Inclino mi cabeza hacia atrás hasta sentir la fría madera de esta quilla que separa el mar y el aire. Miro a Miguel. Duerme. Debajo de ese semblante, que envuelve más de un misterio, yace una tranquila e inmutable serenidad que quiero creer le hace posible soportar cualquier clase de sufrimiento.

En Dios confiamos

Tras terminar la faena aquella tarde de agosto de 1935 en que la mercancía se hallaba a buen recaudo en el almacén de la calle del Socorro, Jacinto, antes de que mi padre se marchara de nuevo, le preguntó:

—¿No es extraño que un cargamento de oro llegue aquí, a Almería, en el culo de España, para ser transportado a Alemania?

—Más bien al contrario, tiene lógica. La temporada de la uva comienza a principios de septiembre y el continuo trasiego marítimo de barcos repletos de barriles que se envían a medio mundo enmascarará perfectamente cinco toneladas de oro o de lo que sea. Está bien pensado, de esta forma no levantará sospechas —respondió mi padre sorprendiéndome con su deducción.

—¿Y de dónde procede ese oro?, sabemos su destino, pero ¿de dónde ha salido? —pregunté sin tener ni idea de su origen y significado.

—Eso es lo que quiero averiguar. Si vamos a cometer un delito prefiero ser consciente de todo el riesgo que corremos y, para eso, debemos contar con la máxima información posible.

Aquella mañana me advirtió que no hiciera planes para la tarde porque quería que le acompañase a ver al director del Banco Español de Crédito. Así que, cuando terminamos la faena, nos dirigimos a casa, nos aseamos, nos vestimos, él con su traje azul, camisa blanca y la corbata morada que tanto gustaba a mi madre y yo con un pantalón y una camisa blancos. Sabía que hasta las ocho no terminaría su jornada. Serían las siete cuando llegamos al despacho de Don Remigio; un hombre alto, casi tanto como mi padre, menos corpulento que él, huesudo, de edad imprecisa, nariz pronunciada, un poco aguileña, y un espeso pelo de color rojizo. Había sido destinado como director provincial del Banco Español de Crédito en Almería ya hacía más de cinco años. Asturiano de nacimiento, creo que de un pueblo llamado Pravia —que siempre he asociado con las pastillas de jabón y el agua de colonia que mi madre y mi abuela solían comprar—, su refinado acento, junto con la profundidad de su voz, lo hacía inconfundible.

No era la primera vez que entraba en aquel despacho lleno de estanterías con libros de negocios y una mesa de caoba sobre la que se habían depositado un buen número de cartas. Precisamente, cuando entramos el director abría la correspondencia; inmediatamente se levantó de su asiento y estrechó la mano de mi padre, después la mía. El despacho estaba en penumbra, sumido en una suave nebulosa; un cigarro se consumía en un cenicero de plata sobre su escritorio. Nos ofreció asiento en los dos sillones de visita y pregunto a mi padre qué nos traía por allí mientras avanzaba unos pasos, se acomodaba en el sillón del escritorio y daba la última calada al cigarro.

Mi padre sacó la moneda del bolsillo derecho de su chaqueta y la deposito sobre la mesa, a la vista de Don Remigio. Este la tomó con su mano izquierda, la observó detenidamente y en silencio durante más de un minuto. Los gestos de su boca y de sus ojos reflejaban cierta perplejidad: primero el anverso; el reverso, después. Se acariciaba las mejillas con los dedos de la mano derecha y, acto seguido, levantándose, se dirigió a la biblioteca de dónde tomó un libro de grandes dimensiones que llevó hasta la mesa, lo abrió, pasó algunas páginas y leyó un texto junto a un dibujo idéntico al de la moneda. Inmediatamente miró con cara de incredulidad a los ojos de mi padre; creo que captó un leve temblor discernible en sus párpados.

—Es una moneda estadounidense, ¿de dónde la has sacado, Rafael? —preguntó mientras se cogía la barbilla entre los dedos índice y pulgar.

—Un parralero me pagó en efectivo una partida de barriles y me dio esa moneda diciendo que era de oro y que valdría al menos quinientas pesetas —respondió mi padre sin parpadear e intentando restar importancia a ese hecho.

—¿En serio? —volvió a preguntar el director. Esta moneda es de oro puro y parece recién sacada de la fábrica. En este país solo hay un lugar donde pueda encontrarse: el Banco de España.

—Pues no puedo decir otra cosa que no sea eso —justificó mi padre.

—Está bien —dijo don Remigio tras unos segundos de silencio y de forma pausada—. Mañana parto para Madrid, han convocado a todos los directores provinciales de Andalucía. Déjame que averigüe algo más. Me quedo con ella, en préstamo —añadió junto con media sonrisa.

Cuando salimos del Banco pregunté a mi padre por qué le había enseñado la moneda a don Remigio.

—Porque tengo que saber con quién nos las estamos jugando, disponer de información sobre quién está detrás de todo esto y qué pretenden. Ya sabes que la información es poder y cuanto más sepamos de esta trama, más sabremos cómo actuar —respondió mi padre absolutamente convencido de sus palabras—. Lo único que, hasta ahora, podemos dar por seguro es que vamos a hacer contrabando de oro, monedas de oro americanas, y que su destino es Alemania. Me hago muchas preguntas a las que no puedo responder porque me falta información y necesito saber a qué debemos atenernos. ¿Por qué crees que siempre te he dicho que la ignorancia es la desgracia de los pobres?

—¿Y crees qué puedes confiar en él? —pregunté.

—Don Remigio es un hombre honrado y leal, siempre lo ha sido conmigo y sí, confío en él.

—¿De qué conoces al alemán?, te tuteaba y te trataba con cierta confianza —le pregunté aprovechando la ocasión.

—Lo conocí en Terque cuando éramos jóvenes. Es el hijo del dueño de una empresa parralera y de otros negocios en varias provincias de Andalucía; su padre es, también, propietario de un cortijo y de un buen número de parrales, alquiló una casa en el pueblo y sus tres hijos lo visitaban de vez en cuando.

Las agujas del reloj de la iglesia de la Patrona daban las nueve y mi padre sugirió —más bien ordenó— que fuéramos a tomar algo a la bodega El Patio, en la calle Real, a la que, como le dije, la República llamó del General Riego. Le gustaba aquel sitio, además de por sus vinos manchegos, por el ambiente marinero. A veces, alguien se echaba unos cantes y disfrutaba con ello. Yo había ido con él en más de una ocasión. Nunca vi a ninguna mujer allí. Mi padre tomaba un par de vasos de vino de La Mancha y siempre servían una concha de cacahuetes o de garbanzos tostados que a mí me gustaban mucho.

Una jovencita de cabellos cortos y rojizos se dirigía, en sentido contrario al nuestro, hacia la plaza de Santo Domingo, un poco antes de disponernos a doblar la esquina, a la izquierda, hacia la calle Real. Vestía un conjunto de dos piezas —falda ajustada y chaqueta de color rojo— y cimbreaba sus caderas a cada paso. Al llegar a nuestra altura pude observar cómo mi padre y ella se prestaban especial atención cruzando sus miradas. Creo que Rafael González se sentía aventurero en aquel momento.

Una guitarra sonaba en la taberna, podía oírla a lo lejos, un susurro débil pero a la vez nítido. Más intenso era el olor a vino y licor que, calle arriba, llegaba hasta mi nariz.

Entramos. El local estaba repleto de hombres y, por supuesto, de humo. Nos encaminamos hacia la barra, mi padre no me preguntó qué iba a tomar, simplemente pidió dos vinos manchegos y cuando los sirvieron, tras beber el primer sorbo, dijo:

—Si no bebes en exceso, el vino te sentará bien.

No habrían transcurrido más de dos minutos, durante los cuales mi padre mantuvo su mente absorta y yo intentaba discernir, entre el incesante murmullo de las voces, una conversación entre dos pescadores que discutían sobre las bondades de la República, cuando un hombre se acercó a nosotros. Bien vestido, con sombrero negro en su mano derecha y americana color gris plomo, un poco más bajo que él, calvo —lo que me recordaba aquella teoría de la Ma'Dolores sobre los «vicios de la soledad» a que achacaba cualquier calvicie—, de tez blanquecina y, en apariencia, de unos cuarenta años, con un acento que no era andaluz y un timbre de voz que sonaba a chifle, dijo:

—Buenas noches, don Rafael, ¿se acuerda de mí?

A mi padre le cambió la cara en ese momento. Aunque el día en que visitaron la barrilería el hombre no se quitó el sombrero, tanto él como yo lo reconocimos, era uno de los acompañantes del alemán al que no habíamos oído pronunciar palabra y ahora se expresaba en un perfecto castellano.

El hombre metió su mano derecha en el bolsillo interior izquierdo de la chaqueta y sacó un sobre; se lo entregó. Mi padre lo entreabrió y lo cerró inmediatamente, guardándolo también en su chaqueta.

—El señor Zimmermann le presenta sus disculpas. Me ha encargado que le entregue ese sobre y le pregunte cómo va el pedido—dijo el hombre con un aparente tono cordial.

—Dile a tu jefe que los barriles estarán listos en la fecha acordada —respondió mi padre con un tono enérgico que manifestaba su incomodidad por la presencia de aquel individuo. ¿Le ocurre algo grave a Hans Zimmermann? —preguntó.

El hombre, acercando en exceso su cara a la de mi padre, dijo:

—Me han ordenado que permanezca cerca de usted, le estamos vigilando, será mejor que no haga ninguna tontería y se dedique a terminar la misión que se le ha encomendado. Tiene usted unos hijos mellizos maravillosos, ¿no querrá que sufran un accidente?; no nos gustaría que hubiera víctimas inocentes durante la operación —respondió el hombre con aire autoritario—. El señor Zimmermann ha tenido que salir de viaje —añadió.

Sorprendentemente, mi padre reaccionó de manera inesperada y no mostró ante la amenaza otra cosa que indiferencia, así que girándose hacia el camarero, dijo:

—Ramón, sírvele un vino a este amigo, que vamos a celebrar nuestro reencuentro —dijo mi padre dejando escapar una ligera sonrisa dando a entender que se tomaba a broma la amenaza.

El hombre, ceñudo, se dirigió al camarero negando con su mano derecha y, aduciendo que no podía quedarse porque tenía prisa, rechazó la invitación diciendo:

—He venido a entregarle ese sobre y ya he cumplido la orden que me han encomendado. No me está permitido relacionarme de otra manera con usted ni con su familia.

—Está bien —dijo mi padre con cierta ironía— otro día usted y yo tomaremos algo.

Se marchó sin decir adiós y mi padre, pensativo, apoyó su brazo izquierdo sobre la barra y pidió otro vino. En silencio, sin mediar palabra, su cara reflejaba preocupación. Me atreví a preguntarle:

—¿Conocías a ese hombre?

—No, pero por su acento te habrás dado cuenta de que no es andaluz. Por su forma de expresarse, juraría que es militar.

No andaba desencaminado con aquella afirmación.

En ese momento me ordenó que me fuera a casa porque mi madre y la abuela ya habrían preparado la cena. Él volvería un poco más tarde. Así lo hice.

Durante el camino de regreso a casa pensaba en Trinidad. A mi mente acudía una mezcla extraña, inexplicable, de sentimientos. La última noche que salí con él me pareció frágil y tímido; se había cogido a mi brazo izquierdo mientras caminábamos por la orilla de la playa. En aquel momento, un leve cosquilleo recorrió toda mi extremidad y me sentí su protector, como si yo mismo me obligara a cuidar de él y llevarlo por un buen camino. «¡Menuda tontería!» —pensé.

La calle Real estaba concurrida. Varias tabernas y la cercanía del puerto eran el reclamo para que muchos marineros deambularan por allí. Por la acera de enfrente, dos hombres, ambos con chaleco, americanas y sombreros de color blanco, bajaban la calle hacia el puerto. Reconocí al más alto: Anastasio Cayuela. Hacía tiempo que no lo veía, pero estaba igual que siempre, enjuto, guapo y garboso. Era amigo de mi padre desde hacía años. Me giré y pude observar cómo entraban en la Bodega El Patio, lo cual me hizo suponer que mi padre tardaría en regresar esa noche.

Cuando llegué a mi casa, la Ma'Dolores estaba preparando unos callos con garbanzos, patatas y dos huevos fritos. Julio me acompañó. Nos zampamos, cada uno, media barra de pan mojando las yemas y la salsa. Julio, una vez que terminó, partió un trozo de pan y lo llenó de queso en aceite. A veces no tenía fin cuando comía.

—¡Ay Señor, qué espectáculo! A veces creo que este niño es capaz de comerse el corazón de una piedra —dijo mi abuela soltando una carcajada.

Mi madre, sentada en el sillón, hacía lo posible por evitar el bostezo; era toda laxitud en aquellos momentos, hasta que, una hora y media más tarde, llegó mi padre quien, como de costumbre, besó a su madre en la mejilla.

Mi madre, de mala gana, se levantó y, dirigiéndose a la cocina, terminó de freír unas patatas y un par de huevos para el cabeza de familia. Cuando terminó, depositó el plato en la mesa, casi arrojándolo sobre el mantel. Las arrugas de su entrecejo, además del gesto de sus labios, evidenciaban un soberano enfado con su marido. No sé qué habría hecho mi padre, pero lo cierto es que cuando ella volvió a su sillón y entornó sus párpados, mi padre, mientras terminaba de mojar una sopa de pan en el último huevo, con una leve sonrisa, nos susurró a Julio y a mí:

—Hoy toca.

Tanto Julio como yo supusimos que se refería a que mi madre, de vez en cuando, se disgustaba con él por cualquier motivo haciéndolo responsable de su malestar. Supusimos que el motivo del enfado fue el retraso de mi padre, pero, en realidad, ambos nos equivocábamos.

Mi madre se levantó y, dirigiéndose a la cocina, regresó con un plato de fruta: plátanos, naranjas y manzanas.

—Me he encontrado con Tasio —dijo mi padre mientras pelaba una naranja y acercaba su cara a la de mi madre buscando, al menos, una condescendiente mirada de perdón que no encontró.

Ella no se inmutó, lo miró con desdén, como si hubiera cometido un pecado mucho más grave y dijo:

—He visto a Catalina.

Esas fueron sus palabras. Mi padre no preguntó, simplemente cambió de conversación.

—Tasio está bien, te manda recuerdos —dijo esperando una respuesta que no llegó.

Mi madre, furiosa, tomó el plato con energía y se fue hasta la cocina. Oímos el sonido del plato al estrellarse contra el suelo.

Tras comer un plátano cada uno, Julio, mi padre y yo nos sentamos en la sala de la radio a escuchar el parte.

El gobierno de centro-derecha de Lerroux pretendía remontar la crisis económica que sufría el país mediante una reforma fiscal a la que los partidos de izquierda se oponían rotundamente contraatacando con el caso del «Estraperlo», —un caso que traía cola y del que usted habrá oído hablar, señor García—, la famosa ruleta trampa que fue autorizada por el sobrino del jefe del Gobierno y descubierta en el casino de San Sebastián como fraudulenta porque escondía un botón mediante el que la máquina podía pararse al antojo de quien la manejara. Una trama de corrupción de la que Azaña, unos meses después, informó al Presidente de la República y se montó la de dios.

Julio leía el periódico muy concentrado. Le pregunté qué le interesaba tanto. No respondió hasta que, pasados unos minutos me dijo:

—Miguel, ¿me voy a la cama, te vienes?

Asentí mientras me levantaba y Julio a la par mía. Dimos las buenas noches y cuando subíamos las escaleras hacia nuestro dormitorio me comentó en voz baja:

—¿Me vas a llevar al Tiro Nacional, a ver la película Éxtasis, la estrenan la semana que viene y la protagonista sale desnuda, como su madre la trajo al mundo. Se llama Hedy Kiesler. Es una película de un director checoslovaco, un hombre inteligente que ha hecho una bella película para hombres y mujeres inteligentes, según dice el periódico.

No pude evitar una carcajada. Mi hermano era sorprendente, pero, al fin y al cabo, un adolescente que, como a mí, algo le movía por dentro. Me miraba con los ojos abiertos, como platos, esperando una respuesta.

—No te dejarán entrar si no es apta para todos los públicos.

—Tú sacas las entradas y le das al acomodador una peseta de propina y verás cómo no ponen ninguna pega —respondió con total seguridad—. «Poderoso caballero es don Dinero» —añadió.

—Eso lo dijo don Quijote de la Mancha a Sancho Panza, ¿verdad? —dije intentando ser gracioso.

—No, hermano, eso lo dijo Quevedo en un poema —respondió el sabiondo.

No se equivocaba. Unos días después lo llevé a ver la película y nos dejaron entrar, pero me costó no una, sino dos pesetas que hicieran la vista gorda.

Julio salió un poco decepcionado. Dijo que la actriz tenía las tetas pequeñas y que la escena duraba un segundo.

—¡Claro!, estás acostumbrado a las de Resu y, evidentemente, no hay comparación posible —dije mientras me reía de él.

Dos días después, estábamos almorzando cuando El Juani se personó en el taller. No era frecuente que apareciera durante la faena ya que mi padre le tenía dicho que viniera cuando los empleados se hubieran marchado.

—Buenas, don Rafael —saludó el gitano sin mirar a nadie, incluido su hijo—, ¿podemos hablar a solas? —añadió tras hacer una pausa.

Mi padre frunció el ceño, dejó a un lado el plato de raya frita que le había preparado mi abuela y, tras echar un trago de vino, se levantó y, dirigiéndose al gitano, dijo:

—Buenas, Juani, ven al despacho.

Seguí con la vista a ambos durante el trecho que recorrieron desde el puesto de mi padre, cruzando el patio, hasta el despacho, uno delante del otro. El Juani, más bajo, parecía un monaguillo en procesión tras él. Entraron y cerraron la puerta.

—¿Qué se trae tu papa con el maestro? —preguntó Higinio, uno de los oficiales, amigos de Constantino, que entraron a trabajar al poco tiempo de que Domingo Lastra los despidiera.

—El Juani le cobra algunos alquileres a mi padre —respondí yo antes de que Trinidad pudiera intervenir.

—¿No tienes lengua? —preguntó Paco dirigiéndose a Trinidad.
—Ya lo ha dicho Miguel, le cobra los alquileres —respondió Trinidad.

—¿Y tu papa sabe contar el dinero? —preguntó Paco riendo y burlándose de él—, los gitanos no sabéis leer ni escribir, pero de contar parné sabéis una «hartá», ¿no?

Aquella risa me pareció odiosa. Reírse de la ignorancia de alguien es deleznable. Pensé, en ese momento, en agarrar mi faca y cortarle la lengua, pero desistí. En mi fuero interno sentía que mi deber era el que Trinidad esperaba de mí. De pronto, sin pensarlo, tomé la faca y la clavé con fuerza en la duela de madera sobre la que Paco había colocado dos trozos de chorizo.

—¿Vas a seguir con la guasa, Paco? —dije con la misma energía que lo habría hecho mi padre.

Todos se quedaron estupefactos. No conocían esa versión de Miguel González. Nadie se atrevió a pronunciar palabra alguna. Julio me miró fijamente, extrañado y, a la vez, entusiasmado por mi reacción.

Trinidad no hizo gesto alguno, como si no se hubiera dado por aludido.

En ese momento, Jacinto intervino para decir:

—Id terminando, que hay mucha faena. Esta tarde tienen que estar terminados trescientos barriles. Y respetad los asuntos privados del maestro, no son de nuestra incumbencia.

Nadie respondió a Jacinto. Todos sabían que era el hombre de confianza de mi padre y que, en su ausencia, tomaba el mando; así se lo había hecho saber a los empleados hacía tiempo.

El Juani y mi padre salieron del despacho transcurridos quince minutos. Cuando se despedía, le oí decir:

—No se preocupe, don Rafael, estaré atento.

Antes de terminar la jornada, Trinidad se me acercó para comentarme que le parecía extraño que su papa hubiera venido a la hora del almuerzo.

—¿Pasa algo, Miguel?, tu hermano me ha dicho que estáis trabajando por las tardes en el almacén que tiene tu padre en la calle del Socorro, ¿tiene que ver con eso?

Le propuse que quedáramos esa noche para ir al cine y que le contaría lo que sabía. Quedamos un poco antes de las diez, en la puerta del Salón Hesperia; vimos la película *Torero a la fuerza*, una comedia musical con muchas chicas ligeras de ropa.

A la salida, Trinidad ya sabía por su padre el motivo de su inesperada visita durante el almuerzo.

Antes de que yo le contara —solo por encima y sin entrar en detalles— la faena que hacíamos por las tardes en el almacén, Trinidad me dijo:

—Le he sonsacado a mi papa y me ha contado que el maestro le había hecho un encargo poco habitual —confesó con un tono misterioso.

—¿Qué encargo? —pregunté.

—Que siguiera a un hombre, a uno de los que vino con el alemán aquella mañana en que tu padre se comprometió a hacer cinco mil barriles. Mi papa y su primo Antonio se turnaron para vigilarlo. Se hospedó durante tres días en el hotel La Perla.

No me esperaba que mi padre hubiera hecho tal cosa, pero sé bien que a testarudo no le ganaba nadie y que si se empeñaba averiguaría qué tramaba Hans Zimmermann.

Trinidad continuó. Su padre lo siguió cuando salió del hotel y echó a andar Paseo abajo. Había anochecido y las luces aún no se habían encendido, por lo que andaba sumido en la oscuridad.

Giró a la izquierda en la calle Tenor Iribarne, cruzó de acera y se metió en un portal. Un hombre lo esperaba, ¿y sabes quién era?, pues un teniente de la Comandancia de la Guardia Civil, *El Beren* le llamamos los gitanos, vestido de paisano, al que todo mi clan conoce y al quien le tememos más que a una vara verde porque se gasta una mala hostia que no te puedes imaginar. Mi papa pasó de largo y no pudo oír la conversación. Su primo, desde la esquina, vio salir al teniente, en primer lugar, dirigiéndose hacia la calle de las Tiendas. Tras dos minutos, el otro hombre salió dirigiéndose, en sentido contrario, hacia el Paseo.

No me supo decir más, pero sí preguntó:

—¿Esos barriles esconden algo, verdad, Miguel?

No supe qué responder. No quería mentir y asentí con la cabeza.

—Si no quieres decirme qué escondéis lo entenderé, pero si puedo ser de ayuda, no dudes en contar conmigo y con mi silencio —dijo Trinidad pareciéndome completamente sincero.

—Sabes que ni mi padre ni el tuyo aprueban que nos relacionemos, así que mejor dejarlo estar. He prometido no decirlo a nadie. Si te lo contara pondría en peligro a más gente. Lo que sí te pido es que no hables con nadie del tema. Tú, no sabes nada. Todo esto terminará pronto, esos barriles saldrán del puerto para Alemania el 16 de septiembre y todo habrá terminado.

Trinidad no volvió a hablar del asunto, pero sí que, trascurrida una semana, durante el almuerzo, en un momento en que estábamos apartados del grupo, me contó que su padre había visto a ese hombre y a mi padre entrar en la Comandancia de la Guardia Civil, acompañando a Hans Zimmermann.

Revolución

A primeros de octubre de 1934, los periódicos publicaban que se había convocado una huelga general y manifestaciones en todo el territorio nacional, y que se estaban produciendo graves altercados en distintas zonas del país, de manera que el Gobierno había declarado el estado de guerra en toda España.

En Almería, el día seis de ese mes, los obreros del puerto se declararon en huelga y paralizaron las operaciones de carga y descarga de barriles, lo que imposibilitó que zarparan varios barcos. Las fuerzas de asalto y seguridad, así como los carabineros, patrullaban las calles y los edificios públicos en previsión de cualquier signo de violencia. Algunos comerciantes no se atrevieron a abrir sus establecimientos.

Los trabajadores del taller de mi padre no fueron a la huelga y todos acudieron a trabajar con normalidad, salvo Jacinto.

Ese día, la guardia de asalto detuvo a Diego Matarán, el marido de Taíta, por hacer propaganda para el cierre de establecimientos y arrojar una piedra contra la luna de un escaparate en el Paseo. Estábamos almorzando cuando Taíta y Rosa entraron en el taller con los nervios a flor de piel. Sin mirarlo a los ojos, la madre se dirigió a mi padre diciéndole:

—Don Rafael, han detenido a Diego y no sé qué hacer. Vengo a pedirle ayuda porque usted conoce a mucha gente y quizá pueda hacer algo para que lo suelten.

En ese momento no supe por qué, pero mi padre se negó. De hecho, yo sabía que si hubiera acudido al Gobierno Civil, lo habrían recibido porque alguien importante le debía un favor, pero no quiso hacerlo.

—No le pasará nada —respondió a Taíta con ese aire de superioridad que parece otorgar el poder y que sacaba a la luz de vez en cuando—, saldrá pronto. Eso sí, lo juzgarán y es posible que lo condenen, probablemente a una multa.

Acto seguido, se dirigió a su despacho y, tras breves segundos, salió y le entregó a la vecina treinta pesetas.

—Toma, compra a Diego algo de comer y se lo llevas al cuartelillo. Se lo entregas a los guardias. Llévales el doble de todo, ellos lo entenderán.

Rosa me miró con esos grandes ojos que parecían abarcar trescientos sesenta grados de una vez y una leve sonrisa salió de sus labios. Su madre, sin mirar a mi padre, le agradeció el dinero, lo metió entre el canalillo de sus pechos y se marcharon.

Una vez se habían ido, pregunté a mi padre por qué no había querido intervenir para que pusieran en libertad a Diego.

—He sido amable y condescendiente con él muchos años. Está bien practicar la amabilidad con los demás, pero hay que hacerlo con conocimiento, hay que discernir en un determinado momento de nuestras vidas la diferencia entre entregarte a los demás —ayudar al prójimo, como diría tu madre—, y el momento en que se aprovechan de ti. Diego lo ha hecho en muchas ocasiones y no será una tragedia que pase unos días encerrado, menos palizas recibirá su mujer.

No respondí, simplemente le di la razón. No vimos a Diego hasta transcurridos tres días. Mi padre, Julio y yo regresábamos del trabajo. Estaba sentado en la puerta, sereno. Lo habían soltado aquella mañana. Dijo estar esperándolo. Se levantó y lo saludó estrechándole la mano, agradeciéndole el dinero que entregó a su mujer. Sin su típica borrachera parecía aún menos dueño de sí mismo, como si su voluntad no fuera suya. Clavé la mirada en aquel rostro que parecía desdibujado, como ocurre cuando borras algo que has pintado con un lápiz.

Mi padre le advirtió que si seguía metiéndose en problemas podría ir a la cárcel o, tal vez, le ocurriría algo peor. Julio y yo íbamos a entrar en nuestra casa cuando Diego pidió a mi padre que esperara un momento. Entró en su casa, a los cinco segundos salió con un paquete envuelto en tela. Le prometió que no volvería a meterse en líos, pero le suplicó que se lo guardara, que le hiciera ese favor porque no confiaba en nadie más.

Mi padre lo tomó —creo que sabiendo de qué se trataba—. No preguntó en ese momento.

Según le contó Diego, aquel mismo día, sobre las cinco de la tarde, junto con dos compañeros, en la calle Pescadores, dispararon a un camión de guardias de asalto dándose a la fuga. Los agentes contestaron a la agresión. No hubo víctimas, salvo un transeúnte que sufrió una contusión en el pie al arrojarse por el pretil de la Rambla cuando se originó el tiroteo.

En esa misma jornada, un explosivo estalló en los servicios del Café Suizo, pero Diego confesó que no había tenido nada que ver con el atentado.

Unos días más tarde, en la barrilería, antes de comenzar la faena, Jacinto comentaba a mi padre que la huelga promovida por el comité revolucionario socialista, la U.G.T., los comunistas y los anarquistas, solo había arraigado en Asturias. Por orden del gobierno de derechas, el General Franco, desde Madrid, y el General López Ochoa al mando de las tropas regulares y de los legionarios procedentes de Marruecos, sofocaron la revuelta.

—Lo he leído en el diario esta mañana, en La Barraquilla —dijo mi padre—. Ha habido más de mil muertos. Una desgracia —añadió con cierta pesadumbre—. También es cierto que los revolucionarios asturianos, mineros principalmente, habían asesinado a más de treinta curas y dinamitado todo lo que se les puso a su paso.

—Una masacre, Rafael, eso es lo que es, es lo que tiene la lucha por la libertad y la República. Por ahí se oye que en poco tiempo habrá un golpe militar —dijo Jacinto con la irritación propia de alguien a quien han hecho daño a algo suyo y sin referirse a los curas asesinados— y hay que hacer algo para impedirlo.

—Lo sé, he leído cómo está el asunto del gobierno entre izquierdas y derechas; y los militares poco ayudan, más bien, echan leña al fuego —añadió mi padre.

—Esos machitos, patriotas de pacotilla, están deseando poner a la República mirando para Cuenca. Ojalá que les salga el tiro por la culata —concluyó Jacinto elevando su cuello y alzando el tono de su voz.

—Ten cuidado, Jacinto —dijo mi padre—, el exceso de confianza se puede pagar muy caro en estos tiempos.

En ese momento entraron en la barrilería los tres oficiales y los aprendices. Todos dieron los «buenos días».

Paco, en tono guasón y chulesco, se burló de Jacinto diciendo:

—¿Qué, Jacinto, has terminado tu revolución?

—No —respondió Jacinto soltando la rabia que llevaba en su interior—, estoy esperándote para que luches por tus derechos y no lo hagan otros por ti.

—Yo no te he pedido nada, alhameño, ni a ti ni a los tuyos; ya me defiendo yo solo. No necesito la ayuda de esa pandilla de medios hombres, corruptos, que forman parte de los sindicatos y de esos partidos políticos a los que tú guardas tanta consideración —respondió Paco en tono exaltado, reflejando cierto odio en su afirmación.

Aunque Jacinto era un hombre pacífico, su rostro manifestaba un matiz de ira y, aún más, una gran decepción. Sorprendiéndonos a todos, se acercó a pocos centímetros de la cara del oficial y dijo:

—Mira, Paco, hoy día hay que tener un concepto moderno de la vida, del progreso y del futuro, y lo que debes aprender es a conocer tus flaquezas. No tienes ni idea de lo que hablas, eres tan inculto y tan ignorante que pareces un asno en un jardín botánico.

—¡No tienes cojones de decirme eso en la calle, «lamepollas»! —exclamó Paco perdiendo los nervios y acercando su cara a la de Jacinto.

Jacinto y Paco comenzaron un insidioso juego cuyo objetivo consistía en demostrar quién era más hombre, de manera que se acometían mutuamente, uno contra el otro, con sus frentes pegadas la una a la otra, como animales.

De pronto, se escuchó un martillazo sobre un barril a medio terminar que quedó destrozado. Mi padre ponía fin a aquella confrontación diciendo:

—¡A la faena!, ¡se ha terminado esta conversación!

Al terminar la jornada, una vez que todos los empleados, salvo Jacinto, mi padre, Julio y yo, se marcharon, aquel dijo:

—Paco me hace perder los estribos, lo siento de veras.

—Ándate con cuidado —dijo mi padre—, no sea que te veas metido en un problema. Procura abstenerte de expresar tus opiniones a esta gente porque lo utilizarán contra ti, como ya has visto.

Jacinto, con el rostro compungido, tomó aliento y dijo:

—El partido está dividido, lo de la revolución de Asturias lo han llevado a cabo, junto con los anarquistas y la Confederación Nacional del Trabajo, una gran parte de los socialistas y de la Unión General de Trabajadores. Crearon un comité revolucionario integrado por una mayoría extremista que se llamaron a sí mismos «Ejército rojo», en contra de la opinión de muchos de nosotros. Algunos compañeros de Madrid viajaron a Moscú antes de la sublevación y regresaron más bolcheviques que los del partido comunista, que son cuatro gatos, creyéndose la patraña de que la Unión Soviética sería la patria del proletariado mundial. Me han dicho que un buen número de socialistas han solicitado la baja en el partido para afiliarse en el Partido Comunista. Se comenta que durante las revueltas en Oviedo y Gijón, se lanzaban proclamas comunistas a diestro y siniestro donde se gritaba «¡Abajo la República burguesa, vivan los soviets» y «¡Viva la dictadura del proletariado!», y eso por la influencia que los soviéticos quieren imponer en España. Están viendo una rendija para introducir sus ideas en la República y hacen toda la propaganda que pueden.

—Hay muchos que se quieren aprovechar de los extremismos de izquierda y derecha, no solo los bolcheviques. Unos temen que el fascismo, como ha ocurrido en Italia o en Alemania, llegue al poder, otros que conviertan a España en un estado comunista —expresó mi padre—. ¿Y además de lo que has contado, qué te preocupa? —añadió.

Jacinto vaciló un momento por la inesperada pregunta. Él sabía que mi padre era perspicaz, —un «ojo sagaz» solía decir mi abuela— y lo conocía extremadamente bien. Acto seguido, se mostró como siempre lo había hecho ante nosotros, con la humildad propia de un hombre inteligente al que, como a cualquiera, el destino le obligaba a tomar decisiones.

—Me han propuesto para Secretario General del partido en la provincia y no sé si tengo las agallas suficientes para desempeñar ese puesto. Hay cosas que me intentarán hacer tragar desde Madrid y no sé si seré capaz, sobre todo esa tendencia a abrazar el comunismo, que mucha proclama, mucha proclama, pero a lo que no hacen referencia es al hambre que el pueblo está pasando en la antigua Rusia y al hambre que mucha gente pasa aquí, eso no les interesa.

—Ya sabes, Jacinto —dijo mi padre— la decisión es tuya, pero si verdaderamente crees en tus ideas, defiéndelas a capa y espada. Si decides ocupar ese puesto, te conozco y sé que lo harás con honradez, procurando el bien de todo el mundo, sin mirar creencias ni ideologías.

Lo que no sabía mi padre en ese momento es que el futuro pondría a Jacinto entre la espada y la pared en más de una ocasión, y que tendría en sus manos la vida de muchas personas.

Un poco antes de la hora del almuerzo comenzó a llover, lo que preocupó a mi padre porque una partida de dos mil barriles que había vendido a Juan Terriza, un amigo suyo, parralero de Ohanes, se hallaba en el puerto, a la intemperie. Se había comprometido con él en garantizarle que sus barriles, y la uva que contenían, se mantuvieran en las mejores condiciones posibles durante el tiempo que permanecieran en el muelle. La Comisión Ejecutiva de la Cámara Uvera, de la que mi padre era miembro, había tratado el tema en la última sesión. Con las últimas lluvias, algunos lotes de barriles se habían mojado y, aunque el daño era más aparente que real —ya que el agua penetra poco en los barriles—, sí era cierto que los ensuciaba y les daba un aspecto deteriorado, lo que no era bien visto en los mercados de destino, que, por ese motivo, solían bajar el precio en las subastas. Achacaban la responsabilidad a los capataces del muelle que tenían la obligación de vigilar y garantizar la seguridad de la mercancía ya que ellos cobraban por el embarque de esos barriles.

Mi padre, dirigiéndose a mí, dijo:

—Miguel, cámbiate de ropa y ven conmigo al muelle, que tenemos que comprobar el estado de los barriles de Juan Terriza.

Ambos, vestidos de calle y bajo el paraguas de mi padre, salimos del taller y nos dirigimos al muelle de levante

Nos acercamos al tablón de anuncios. Los dos mil barriles saldrían para Southampton en el vapor *Sigrid*, el día veintinueve.

En el muelle, atestado de barriles —calculé que más de veinte mil—, no se veía un alma. De ellos, a cubierto bajo los tinglados, tan solo estarían dos terceras partes. Mi padre se dirigió a la oficina. El capataz encargado del embarque de esa partida era un tal Damián Torres a quien conocía desde hace años. Entramos. Tras una de las mesas, un hombre calvo, con gafas, de unos cincuenta años, con chaleco negro y camisa blanca, realizaba anotaciones en un gran libro de registro. Levantó la vista y saludó simultáneamente con la cabeza y con el lápiz con el que escribía. Al fondo, Damián, de pie, hablaba animadamente con otro de los oficinistas. Al ver a mi padre, de inmediato cesó la conversación y dirigiéndose a nosotros, a la vez que tendía su mano derecha, dijo:

—¡Don Rafael!, cuánto tiempo sin verle, ¿qué le trae por aquí?

—He venido a comprobar el estado de los barriles de Juan Te-rriza y del resto de las partidas que están en el muelle. No puede ser que toda esa mercancía permanezca a la intemperie y bajo la lluvia durante varios días. Si los hubieras colocado ganando es-pacio, para evitar que estén expuestos tanto al sol como a la lluvia o bien hubieras utilizado algunos toldos para cubrirlos, habrías cumplido con tu obligación, pero ya veo que no.

—Perdone usted, don Rafael, no me parece bien que venga us-ted aquí a decirme que no hago bien mi trabajo. A los barriles y a la uva no les pasará nada, el agua no penetrará y llegarán perfec-tamente a sus destinos —respondió el capataz.

—Mira Damián, te lo vuelvo a repetir, es tu obligación mante-ner esos barriles en buen estado y no estás cumpliendo con ella —dijo mi padre elevando la voz.

En ese momento, se abrió la puerta del despacho del fondo de las oficinas. El jefe del servicio de inspección del puerto, Justi-no Vázquez, era conocido de mi padre. Un hombre de aparien-cia intachable, tanto en la rectitud de su conducta como en su semblante, pero —ya lo sabe usted, señor García—las apariencias engañan y, como dice mi abuela, el dinero todo lo puede.

—Buenos días, Rafael, pasa a mi despacho y cuéntame qué te trae por aquí —dijo el hombre con una inusitada templanza.

Mi padre se sentó ante la mesa del Jefe del Servicio, yo perma-necí de pie. Fue claro y conciso. Aquello se arreglaba con dinero, con trescientas pesetas sería suficiente, para los operarios —dijo—, que son quienes tendrán que soportar las inclemencias del tiempo.

Evidentemente ni mi padre ni yo le creímos. Aún así aceptó. Dijo que al día siguiente tendría el dinero sobre su mesa, pero que, inmediatamente, se procediera a cubrir aquellos barriles, a lo que Justino Vázquez accedió. Se levantó de su silla y, abriendo la puerta del despacho, llamó al capataz.

—Llama a cuatro operarios y moved todos los barriles que po-dáis debajo del tinglado, apiladlos estrechando el espacio y aumentad la altura. El resto, si no caben bajo techo, los cubrís con toldos. Hacedlo ya —ordenó con ese sentido de la autoridad que otorga un cargo.

Damián miró a mi padre, una mirada de reproche e irritación que no pudo o no quiso evitar y que no recibió respuesta.

Justino Vázquez tendió la mano a mi padre y nos marchamos. Al día siguiente, mi padre me entregó un sobre diciéndome que me llegara a la oficina y le entregara el dinero en mano. Así lo hice.

Dos días después, Giles, que se había pasado por la barrilería para ofrecer a mi padre unas potas que había pescado, le contó que a Justino Vázquez, la noche anterior, tres individuos lo habían atracado y le habían robado todo lo que llevaba encima. Le habían cortado el lóbulo de su oreja derecha. Los periódicos no publicaron nada al respecto.

—Es lo que tiene no estar bien del oído, hay que saber escuchar a los demás —dijo mi padre con un macabro sentido del humor que no me sorprendió.

Juan Terriza y mi padre se vieron, tras dos semanas, en el Café Español. Con dos ponches de coñac —delante de El Chato, un gitano limpiabotas que asiduamente daba brillo a los zapatos de mi padre—, cerraban otro negocio y el parralero le entregaba cuatrocientas pesetas que dijo le había costado proteger aquellos barriles bajo los tinglados del puerto.

Al día siguiente, tras terminar la jornada, El Juani entró en la barrilería y se dirigió al despacho donde mi padre ultimaba algunas facturas. Tras pedir permiso, entró y, sin sentarse ni pronunciar palabra alguna, sacó de su chaqueta el sobre que yo había entregado a Justino Vázquez. Mi padre lo abrió, sacó cien pesetas y se las dio al gitano.

Yo había permanecido en el umbral de la puerta del despacho y puedo dar fe de ello. Mi padre, mirándome fijamente a los ojos, una vez que El Juani se había marchado, dijo una frase que siempre recordaré: «Como ves, no ganar nada es, a veces, ganarlo todo».

Contactos

El mismo día en que mi padre me encargó que hiciera el doble fondo de los barriles, a finales de mayo de 1935, mi hermano Julio no tardó en preguntarme por el asunto. Así que, esa noche, una vez que nos fuimos a la cama, dijo:

—¿Por qué hacer los barriles en el almacén? No son más que cinco mil; en otras ocasiones ha habido encargos de mayor cantidad. Algo esconde el alemán ese, y vosotros, también.

—Pregúntale a Padre, él te dirá lo mismo que yo. Ha coincidido con varios pedidos y si no trabajamos a doble jornada no se terminarán a tiempo.

—¿Y por qué no ha ofrecido el trabajo por la tarde al resto de empleados?, ¿por qué no me ha pedido que yo también vaya?

Habría parecido muy poco o nada realista el hecho de seguir mintiéndole. No sabía qué responder para esquivar las preguntas que, una y otra vez, Julio era capaz de lanzar una vez razonadas mis respuestas; aún así, continué con la farsa.

—Él sabe que por las tardes asistes a las clases con don Manuel y considera que no tienes edad, todavía, para hacer una doble jornada. Respecto al resto de los empleados, Padre considera que bajarán el ritmo si trabajan dos turnos. También ha dicho que quiere asociarse con no sé quién para comprar un edificio junto al puerto y necesita dinero, por lo que si esos barriles los hacemos nosotros, lo que se obtenga de su venta, prácticamente, se quedará en la familia.

Julio me miró atentamente. Tuve una sensación extraña al observar esos ojos negros y, sobre todo, su quietud. Ya no parecía tan niño.

—Salvo Jacinto, ¿no? —añadió.

—Sí, salvo Jacinto, pero para Padre es como si fuera de la familia. Anda, duérmete, que es muy tarde —respondí girando mi cabeza sobre la almohada.

Julio tapó su cara con la sábana y no dijo nada más.

Mi padre tenía relaciones con los máximos responsables, tanto del Gobierno Civil como de la Cámara Oficial Uvera, conocía al Gobernador y al Secretario, con quienes coincidía de vez en cuando en el *Círculo Mercantil* y a quienes les había arrendado, a cada uno y por cuatro perras, dos de las mejores casas que poseía. Mantenía informado al Secretario del Gobernador acerca de todo lo que se refería a la Cámara Oficial Uvera, de cuya Comisión Ejecutiva él era miembro. Se ganó la amistad y el reconocimiento de las máximas autoridades de Almería —y de toda la Cámara Uvera— porque en septiembre de 1934 hubo una crisis con la exportación de uva a Alemania.

La uva se venía exportando a los puertos de Hamburgo y Bremen con regularidad, pero se recibieron dos telegramas, desde ambas ciudades, en los que venían a decir que habían entrado en vigor nuevas directivas respecto a las divisas y avisaban de que existía la posibilidad de que los parraleros tuvieran dificultades para cobrar la fruta importada.

Por aquel entonces, la crisis económica que asolaba Europa y la escasez de divisas en Alemania produjo el retroceso de la exportación y obligó a suspender las transferencias de pagos de deuda exterior. Alemania estaba falta de divisas, así que Hitler decidió no pagar las importaciones.

En el puerto de Almería se hallaban depositados, pendientes de embarque, más de cincuenta mil barriles cuyo destino eran los puertos alemanes. La Cámara Uvera lo puso en conocimiento del Gobierno Civil y este remitió un telegrama al Ministro de Industria y Comercio solicitando ayuda. ¿Y sabe usted, señor García, quién resolvió el problema?: mi padre. Ya le dije que conocía a mucha gente y, también, a los responsables de las Compañías Parraleras más importantes. Realizó unas gestiones y consiguió que, una semana más tarde, se recibieran otros dos telegramas, de nuevo desde Hamburgo y Bremen, en los que se decía que quedaba garantizado el pago de los cincuenta mil barriles de uva pendientes de embarcar en el puerto de Almería. Fue Hans Zimmermann —y esto no me lo contó mi padre, sino mi abuela— quien utilizó sus contactos para conseguir el compromiso del gobierno alemán de garantizar el pago de aquellos barriles.

Pero vuelvo a aquella época en que fabricamos el doble fondo de los barriles, que he contarle algo importante y no quiero que se me olvide.

Fue por aquellos días cuando, una noche, antes de cenar, llamaron al timbre. En la puerta, un hombre, vestido todo de blanco —pantalones, americana, chaleco y corbata—, se presentó en mi casa. Abrí yo. Un hombre un poco más bajo que yo, enjuto, gafas, redondas, delante de sus grandes ojos verdes, pelo rubio y un lunar en el lado izquierdo de su nariz fueron los rasgos que me llamaron la atención en aquel momento. Se presentó como Ernesto Salmerón y preguntó por mi padre. Inmediatamente, subí los doce escalones que llevaban hasta el rellano de la puerta de entrada y, desde allí, elevando la voz, dije a mi padre:

—¡Padre, preguntan por ti, un tal Ernesto Salmerón!

En tres segundos, mi padre, que estaba oyendo la radio hasta ese momento —se escuchaba la canción *La madre mía*, cantada por Angelillo—, bajaba las escaleras a toda velocidad hasta encontrarse con el hombre. Ambos se fundieron en un efusivo abrazo.

—¿Cómo me alegra verte, Ernesto?, no has cambiado nada —dijo mi padre mostrando una ancha sonrisa y contemplándolo a la vez que lo sujetaba con sus manos por los antebrazos.

—A mí también me alegra verte, Rafael. Han pasado muchos años y ya era hora de que nos encontráramos de nuevo. Ha llovido mucho desde Alhama y no está bien olvidarse de los amigos y aún menos si vengo a esta ciudad después de tanto tiempo. No me habría perdonado irme sin verte antes y tú tampoco lo habrías hecho —respondió su amigo con un tono de voz modulado que me pareció propio de un locutor de la radio.

De pronto, el hombre me miró, sonrió y dijo:

—¿Este es Miguel? —preguntó a la vez que colocaba su mano derecha en mi hombro y sonreía con satisfacción.

—Sí —respondió mi padre. Miguel es el mayor de mis cuatro hijos. Pero, acompáñame, cena con nosotros, mi madre se va a llevar una sorpresa al verte.

Así fue, cuando la Ma'Dolores lo vio, se echó las manos a la cara, a modo de sorpresa, y abriendo los ojos como platos y la boca como una cueva, se acercó a él abrazándolo y diciendo:

—¡Ay, don Ernesto, qué alegría!, esta visita es la que menos podía imaginar. Yo siempre pensé que nunca volvería a verlo.

—Pues ya me ves, Dolores, aquí estoy, haciendo una visita a esta familia a la que llevo en el corazón.

Acto seguido, mi padre le presentó a mi madre, quien había oído hablar de él en multitud de ocasiones, y a mis hermanos, a quienes saludó complacido.

—Don Ernesto es el hombre al que le debo la vida, él me salvó —dijo la Ma'Dolores con determinación.

—No exageres, Dolores. Simplemente, apliqué el medicamento adecuado y te curaste de aquellas fiebres.

—No sea tan modesto, que si usted no llega a viajar a Madrid en busca de aquella medicina que acababa de inventarse, yo no estaría aquí.

No sé cómo lo había olvidado. Fue en ese instante cuando recordé de qué me sonaba ese nombre. Jacinto lo había mencionado cuando me contó lo que ocurrió con Miguel, el aprendiz de mi padre, don Ernesto era médico en Alhama y amigo de ambos.

—Es lo que tienen que hacer los médicos y el resto de las personas: cuidar tanto de sus pacientes como de sus amigos.

Mi madre cubría la mesa con un mantel y colocaba varios vasos, y una botella de vino, mientras mi abuela y el médico conversaban.

—¿Cuántos días te quedas?, ¿dónde te hospedas?, aquí dispongo de una habitación para ti —dijo mi padre mientras llenaba dos vasos con vino manchego de la Bodega de Tonda.

—En el Hotel Simón, allí me hospedo, me marcho mañana. He venido a hablar con don Remigio, el director del Banco Español de Crédito, respecto a un negocio en el que quiere que participe.

Mi abuela fue a la cocina a ayudar a mi madre y, transcurridos unos minutos, varios platos de embutidos y queso, y una canasta de pan, estaban sobre la mesa.

Don Ernesto se quedó a cenar y a la tertulia posterior, que duró hasta las doce de la noche. Era cierto que se profesaban una gran amistad y que, raro en él, mi padre habló más de lo que acostumbraba. El médico, cuatro o cinco años mayor que mi padre, había enviudado hacía un año y sus hijos, dos varones que también estudiaron Medicina, trabajaban en un hospital de Madrid. Él no se quiso ir de Alhama porque los recuerdos le amarraban a aquel pueblo, según dijo.

Don Ernesto pidió a mi padre que lo acompañara hasta el Hotel Simón y así lo hizo. Mi padre se cambió de ropa y, una vez que don Ernesto se despidió de nosotros, ambos se marcharon.

No habría transcurrido más de una hora cuando mi padre regresó. Todos se habían acostado, salvo mi madre, la Ma'Dolores y yo. No parecía contento, su rostro reflejaba cierta turbación y su madre —que para eso las madres son los seres más intuitivos de la tierra— así lo manifestó:

—¿No traía buenas noticias, no?

El silencio fue su respuesta. Se dirigió escaleras arriba sin decir buenas noches. No lo vi hasta el día siguiente.

Miré a mi abuela y a mi madre. Ambas, sentadas en la salita, parecían esperar a que yo me marchara para hacer algún comentario que —intuí— a mí me estaba vetado.

—¿No me lo vais a contar, verdad? —dije consciente de que la respuesta sería negativa.

—Anda, Miguel, vete a la cama —respondió mi madre.

Me fui refunfuñando y, como mi padre, sin dar las buenas noches. Estaba cansado y no quería entablar una discusión que no conduciría a ningún sitio.

Julio leía en su cama. Me miró, sus ojos relampaguearon y sus labios dibujaron una especie de sonrisa que manifestaba cierto orgullo que yo no era capaz de adivinar qué lo motivaba.

—¿Qué te pasa? —pregunté intrigado.

—¿Te has fijado en el anillo que el médico llevaba en el dedo anular de su mano izquierda?

—Pues no, no me he fijado, ¿qué tenía de particular?

—Llevaba un símbolo: una escuadra y un compás, con una «G» mayúscula en el centro.

—¿Y eso qué significa?

—Pues no lo sé, pero lo averiguaré —respondió Julio irguiendo su cabeza.

—Padre ha vuelto y no traía buena cara, ni ha pronunciado palabra alguna. Algo ha pasado con don Ernesto. Cuando la abuela le ha preguntado si las noticias que traía no eran buenas, él no ha respondido y se ha ido a la cama —le expliqué a la vez que me preguntaba qué había ocurrido para que su semblante se hubiera transformado completamente.

—Me apuesto lo que quieras a que tiene que ver con los barriles y el alemán —dijo Julio seguro de sí mismo.

Sobre las olas

E l dieciocho de diciembre de 1935, Julio y yo fuimos a ver *En mi jaca jerezana,* una comedia lírica que se estrenaba en el Teatro Cervantes. Nunca lo había visto tan feliz. Estaba convencido de que quería ser actor y yo lo animaba, aunque le advertí que los cómicos no estaban muy bien pagados y pasaría hambre.

Tras terminar el espectáculo, nos apartamos del gentío y lie un cigarro. Estaba yo pensativo aquella noche. Mientras Julio daba vueltas a mi alrededor tarareando no sé qué copla, en mi cabeza se reunían la pesadumbre y la ansiedad, y yo sabía por qué: Trinidad. Una parte de mí se negaba a aceptar lo que sentía por él. De pronto, alguien interrumpió mis pensamientos.

—¿Dónde te has dejado al novio? —preguntó con guasa Samuel Lastra, acompañado de dos amigos.

—¿Si te digo que en casa de tu puta madre me vas a creer? —contesté con altanería, sin sentirme amedrentado.

No se anduvo con chiquitas el menor de los Lastra e, inmediatamente, me golpeó con su mano derecha en la mandíbula, a lo que respondí con un puñetazo en su estómago. Tres hombres se acercaron para desenmarañar la trifulca. Samuel Lastra se quejaba echándose las manos a sus nalgas manchadas de sangre. Julio le había pinchado con su navaja en el culo. Dirigí la vista hacia mi hermano. Con ojos enrojecidos y mirada desafiante, con su mano izquierda apuntaba el filo de la navaja hacia el falangista. Hasta ese momento no había visto a mi hermano con tal furia ni se me había pasado por la imaginación que tuviera tanto valor. Llevaba mi navaja en el bolsillo derecho del pantalón, pero no me atreví a usarla.

Los hombres nos separaron y los tres muchachos se alejaron no sin proferir por su boca todo tipo de amenazas y advertencias.

—¡Y tú negro pasmado, te vas a enterar, te voy a cortar los huevos! —fue lo último que pude oír.

Ahí se quedó aquel suceso. Julio, que siempre ha parecido un viejo en su forma de hablar y de actuar, sorprendentemente calmado dijo:

—Hermano, es una frivolidad por tu parte pavonearte con ese gitano en los tiempos que corren. No es recomendable que sigas por ese camino. Te lo advierto. Corres el riesgo de tener un altercado con alguien, y más con esos falangistas. Con esas cosas, la gente hoy día debe ser sumamente cautelosa.

Evidentemente, no estaba yo en condiciones en aquel momento de hacer caso a mi hermano porque creía que el amor todo lo puede y que la libertad del ser humano está por encima de cualquier cosa. Ya le dije que Julio era más listo que yo.

Unos días después, a escondidas de mi padre, antes de terminar la jornada, pedí a Trinidad que me acompañara al cine aquella tarde. En el Salón Hesperia vimos *Sobre las Olas*, que trataba de la vida del compositor mexicano Juventino Rosas. Él fue quien compuso un vals cuyo título es el mismo de la película. Eso es lo que Julio me contó. Ya le dije que Julio era un pozo de sabiduría y, en lo que se refiere al cine, lo sabía casi todo.

Sin haberlo premeditado, ambos nos dirigimos a las últimas filas donde todas las butacas estaban vacías. Una vez que las luces se apagaron, me atreví a tomar su mano levemente. Él no la apartó.

A la salida, propuse tomarnos unas copichuelas en La Fontanita. Sabía que allí tampoco nos pondrían problemas con la edad para servirnos alcohol. Tres cervezas cada uno fueron suficientes para sentir tanta euforia que, inmediatamente, se tradujo en miradas llenas de deseo. Casi no hablábamos. Así que le pregunté:

—¿Quieres que vayamos a la playa?

No respondió. Un gesto con su cabeza y una media sonrisa fueron sus signos de asentimiento. Pagué las rondas y salimos del bar. Al atravesar la rambla, Trinidad dijo:

—¡Te echo una carrera!

Y salió como una bala, a toda velocidad, en dirección a la playa de las Almadrabillas.

Exhaustos por el esfuerzo nos dejamos caer sobre la arena, cerca de la orilla. Una noche oscura, sin luna. Tan solo se oía el romper de las olas. Una suave y húmeda brisa no fue obstáculo para sentir el calor que nos embargaba. Miré a nuestro alrededor. Ni una luz. Las parejas de carabineros solían hacer su ronda por las playas desde el río, pasando por la playa de El Zapillo, hasta llegar a la playa de las Almadrabillas. No vi a nadie. Fijé mi atención en Trinidad. Su pelo negro descendía por el rostro cayendo sobre esos ojos de color azabache intenso que enamoraban cuando se fijaban en cualquiera. Sus pupilas irisaban la noche con su reflejo. Acerqué mi boca a la suya, como quien teme y a la vez desea. Trinidad respondió a aquel beso en los labios. Inmediatamente, se mezclaron lenguas y espuma, mojándose, oscilando, siseando, palpitando, deshaciéndose juntas en la oscura profundidad de dos gargantas que parecían guardar, alentar y respirar un mismo aire, una misma y ardiente llama que esperaba refrescarse, como las rosas anhelan el rocío de la mañana.

Trinidad se incorporó un momento y, deshaciéndose de su camisa blanca, la dejó caer sobre la arena. Su pecho se me mostraba desafiante. Se acercó y, desabrochando los botones de mi camisa, paseó levemente sus manos por la superficie de mi piel. Se incorporó. Dejó caer sus pantalones. Me abrazó, nos abrazamos. Suspiré con ese suspiro que sale del alma de quien consigue lo que desea, que siente que no hay nada más, que nada más importa, que no hay más razón para vivir que esa. Me sentía arder, arder como un fuego incandescente persiguiendo la eternidad del instante. Cuando Trinidad acercó su mano a mi sexo, lo hizo con suavidad. Me atreví a hacer lo mismo. Estreché su cuerpo contra el mío, rodeándolo con mis brazos, como si plegara mis alas. Rodamos sobre aquella sábana de arena. Paré para contemplarlo; lo miraba impaciente, deslumbrado con su belleza. El zigzagueo de mis dedos sobre su rostro, mientras cerraba los ojos y una lluvia de sudor recorría sus brazos, llenó mi piel de sensaciones desconocidas, despertando olores y sabores, a mar y a playa. Sentía yo, sentía él, transmitiéndonos jadeos y susurros. De repente, Trinidad, tomando mi cara, mirándome fijamente a los ojos, asiendo mis mejillas con ambas manos, besó repetidas veces mis cejas y mis párpados, y, descendiendo por los senderos que dibujaba con sus labios, los posó sobre el vello, por encima de mi sexo. Su boca desapareció bajo mi vientre, como una presencia ausente; y allí estaba yo, moviendo mis caderas para él cuando el impulso de su lengua conseguía retorcer mi cuerpo apretando su pecho con mis manos, tirando de sus pezones hacia el cielo y elevando mis gemidos hasta el infinito. Me sentí libre, libre de todo.

Él se incorporó dejando caer su cabeza sobre mi hombro izquierdo y su frente pegada a mi cara. Podía oler sus labios, olían a mí y a él. Mis brazos rodeaban su espalda, mis manos acariciaban sus brazos, mi cuerpo, pegado al suyo, temblaba. Elevando sus ojos hasta posarse en los míos, me sonrió. Lo abracé como se abraza a quien te ha creado, como si él me hubiera hecho nacer, y besé su boca con tanta fuerza que tuve la impresión de deshacerlo en mí. Sus labios y los míos continuaban unidos, ansiando un conocimiento mutuo. De pronto, sentí cómo giraba su cuerpo sobre el mío sujetando mi muñeca con su mano derecha, la apretó, y, colocándose en el lugar exacto empujó como quien se aferra al último hálito de vida. Comenzó a mover sus caderas. Sus dientes mordían suavemente mi cuello. Mientras lo hacía, se derritió, se deshizo como mantequilla a fuego lento, primero, y, luego, a llamaradas y entre jadeos, repitiendo mi nombre, a la vez que yo me sentía inundado por él y por mí mismo. Trinidad cayó, exhausto, sobre la arena, con la respiración agitada por el esfuerzo.

Permanecimos allí, tendidos sobre la arena, mirando al cielo, durante un buen rato. El murmullo de las suaves olas parecía cantar para nosotros. Me giré hacia Trinidad, tomé aliento y observé su mandíbula, recia y prominente.

—Trinidad —susurré acercando mi boca al lóbulo de su oreja izquierda—, esto es lo más maravilloso que he vivido nunca, me siento como si flotara sobre nubes de color violeta.

—¿Por qué de color violeta? —preguntó Trinidad, intrigado.

—Cuando era niño solía poner color a lo que no lo tenía: las ideas, los sentimientos y cosas así; era divertido eso de pensar de qué color era el miedo o el dolor, la risa o el llanto. Ese color, el violeta, siempre lo he relacionado con la magia y eso es lo que nos acaba de suceder.

—Tu risa es de color naranja —dijo, interrumpiéndome, mientras describía un círculo alrededor de mis labios con el dedo corazón de su mano derecha—. El dolor es negro, como el mío, como el de todos. Bueno, si duele menos será más gris —añadió.

—La tuya es roja, una sonrisa roja como una rosa.

—¡Anda ya, Miguel!, solo falta que me pinte los labios; menudo par que estamos hechos —dijo Trinidad, en cierto modo, lamentándose.

—¿Sabes?, una vez me pinté con el lápiz de labios de mi madre. No me gustó, me sentía afeminado y yo no me siento mujer, me siento un hombre.

—A quien le gustan los hombres, ¿no? Mi papa llama «desviados» a los maricones. Supongo que lo habrá oído decir a algún payo —dijo Trinidad.

—Don Ángel, el párroco, ha hablado con mi madre. Le ha dicho que lo que tengo es una enfermedad que tiene tratamiento, que el Obispo conoce un centro en Córdoba y que si quiero, puedo ir allí a curarme.

—¿Y vas a ir? —preguntó Trinidad.

—No, no iré a ningún sitio, esto no va de enfermedades ni de desviaciones, esto va de sentires, como dice la Ma'Dolores cuando se refiere al amor y esas cosas.

Trinidad se incorporó y me abrazó con la misma ternura que se abraza a un recién nacido y, besando mi mejilla derecha, dijo:

—Sí, Miguel, esto va de sentires, como dice tu abuela, pero no debe repetirse. Esto va contra toda ley, no es natural. No volverá a suceder. Tú tienes que hacer tu vida y yo la mía. No somos de la misma clase y si alguien se entera, nos van a matar. Tú no sabes cómo son los gitanos para estas cosas.

—Pues lo llevaremos a escondidas, será nuestro secreto y sabremos disimularlo —dije sin pensarlo dos veces.

—Hay más cosas —añadió Trinidad—, cosas que nos impiden continuar con esto.

—¿Qué cosas, Trinidad?, ¿qué cosas?

No respondió. No supe adivinar qué pasó por su mente en ese instante, pero la expresión de su rostro cambió radicalmente. Se puso en pie y comenzó a vestirse. Desde su posición podía ver figura la figura de su amigo al completo, como un gigante que le decía:

—No puede ser. No sigas insistiendo. Cuanto más tiempo estemos juntos será peor. Dejemos que la vida continúe, tú como futuro empresario y yo como el gitano que soy. No es bueno ni para ti ni para mí.

Tras girarse, emprendió camino hacia la rambla. Lo miré mientras me incorporaba con la intención de ir tras él, pero algo me lo impidió; tal vez el respeto a su derecho a la libre elección, a que Trinidad tenía sus razones y a que yo no era quién para imponer las mías, por eso consideré que los temores de mi amigo también los haría míos.

Y sí, señor García, aquello ocurrió como le he contado. Recuerdo que aquella noche soñé que vendría a mí con su pecho abierto de par en par, con la frente alta y me ofrecería una explicación a todo lo que pasó por su cabeza; que iniciaríamos una vida juntos, algo entre él y yo, solo nosotros, sin importar nadie más, fuera quien fuera. Supongo que en eso consiste la esperanza.

* * *

Miguel ha sido capaz de relatar ese íntimo pasaje de su vida sin avergonzarse. Muy al contrario, me ha dado la impresión de que necesitaba contarlo a alguien y se ha desahogado conmigo porque, según él, le inspiro toda la confianza del mundo. Me he permitido la licencia de plasmar, a mi manera, lo sucedido esa noche. Miguel fue un poco más prosaico en su relato.

La embarcación avanza sin apenas balancearse; el monótono sonido del motor apaga el rumor de las pequeñas olas que levanta a su paso y el viento sopla de poniente. La espuma salpica mi rostro cubriéndolo de brillantes gotas que, caprichosamente, discurren sobre mis mejillas. Miguel guarda silencio, yo también. Los dos, solos, en cubierta, contemplamos la oscuridad, como la de un velo negro que separa la vida y la muerte.

Esa misma noche también me contó que cuando regresó a casa, su hermano Julio estaba disgustado con él porque no le había propuesto ir al Salón Hesperia a ver la película. Julio tan solo dijo:

—¿Has preferido ir con el gitano, no?

Miguel prometió que irían a ver *Sobre las olas* el miércoles siguiente. Cumplió su promesa.

El péndulo

Se oía el tictac del péndulo, que oscilaba con lentitud insoportable. Había mirado las agujas durante los minutos de espera, unos veinte. Don Remigio entró en su despacho a la vez que sonaban ocho campanadas en el enorme reloj que, junto a la pared del fondo, presidía la estancia. Introdujo dos dedos de su mano izquierda en el bolsillo del chaleco, sacó su pequeño reloj, sustentado por una larga cadena de oro, y comprobó la hora mientras tomaba asiento en ese sillón que mi intuición decía que debía ser tremendamente cómodo.

Sentados delante de su mesa, esperábamos que el director nos diera noticias respecto a la moneda. Se oían unos tacones en el pasillo. En ese instante, abrió la puerta una mujer regordeta, de unos treinta y pocos años, que preguntó al director si necesitaba alguna cosa porque tenía que marcharse.

—No, Marta, no necesito nada. Muchas gracias—dijo sin mirarla y con un gesto que reflejó cierta rudeza—. Perdonad la espera —expresó dirigiéndose a nosotros—, pero los negocios son lo primero.

—¿Cómo han ido las cosas por Madrid? —preguntó mi padre.

—Pues como la vida política, muy enrarecidos. Los banqueros, ya sabes, hemos de ser cuidadosos con lo que hacemos y decimos, y somos los más preocupados en relación con la situación actual. No es lo mismo prestar dinero a unos que a otros, por lo que no es lo mismo que gobiernen unos que otros, ya me comprendéis, y, por eso, estamos a la expectativa.

Pero bueno, eso no es lo que os ha traído aquí. Tengo noticias sobre la moneda que me entregaste. Ni que decir tiene que todo lo que te voy a contar es confidencial, ¿puedo hablar delante de Miguel?

—Sí, sabe del asunto tanto como yo —respondió mi padre.

—Bien. Dando por sentado que la historia que me contaste no es cierta, y que comprendo tus reservas a decirme la verdad en aquel momento, en Madrid, durante la sesión de reuniones de la mañana pregunté a algunos compañeros sobre el posible origen de la moneda. Todos se extrañaron al verla en mi poder, pero ninguno de ellos supo darme una pista hasta que el Tesorero del Banco, que lo había sido hace años del Banco de España, intervino en la conversación y me pidió examinarla. Dijo que, en su opinión, probablemente, procedería de algún coleccionista que había necesitando desprenderse de ella por razones económicas, lo cual dijo por decir, porque, don Joaquín Luna, el Tesorero, se presentó esa tarde en la habitación del hotel donde me hospedaba. No acudió solo. Le acompañaba un tal Sandoval, quien dijo que era inspector de Policía.

Me pidieron que les contara todo lo que supiera sobre su procedencia y les expliqué que un cliente, el dueño de un taller de barrilería, la había recibido como parte de un pago de una remesa de barriles de uva de embarque. Les di tu nombre, no me quedó otro remedio. También les dije que no disponía de información sobre la persona que te entregó esa moneda. El inspector dijo que enviaría a alguien a verte o se personaría él mismo en Almería.

—¿Y por qué tanto misterio, tan importante es esa moneda? —preguntó mi padre.

—Lo es, bueno, no solo esa moneda, todas las monedas. ¿Conoces a Hans Zimmermann, verdad? —preguntó don Remigio.

—Sí, lo conozco. Su padre era dueño de unas tierras y un Cortijo en Terque.

—Y tienes un negocio con él actualmente, ¿no? —preguntó con un tono que evidenciaba que conocía la respuesta.

—Sí, me ha encargado cinco mil barriles para enviar uva a Alemania —respondió mi padre.

—Hans Zimmermann es un empresario que mantiene una relación de amistad directa con Herman Göring, uno de los fundadores del partido nazi, a quien Hitler ha nombrado, recientemente, ministro de Aviación. Además, Zimmermann es íntimo de Juan March, un multimillonario empresario mallorquín, anticomunista, que financió durante bastante tiempo la dictadura de Primo de Rivera, además de promover y sufragar, en parte, el intento de rebelión del General Sanjurjo.

March fue detenido hace poco más de un año y se fugó de la cárcel de Alcalá de Henares huyendo a París. Mantiene contactos en todo el mundo empresarial, tanto en España como en el extranjero y en concreto con el presidente de la Compañía petrolera de Texas, y sé de buena tinta que se ha comprometido con su propietario, Torkild Rieber, y ¿sabes quién es amigo de Rieber y de March?, imagínatelo.

—Supongo que alguien del ejército, ¿no?

—Efectivamente, el general Franco es íntimo de ese americano y conocido del mallorquín. Después de hablar con March, Franco contactó con Rieber y organizó un encuentro secreto en Melilla, en el mes de enero. Por lo que parece, pidió al americano que intercediera ante el gobierno de su país para que le ayudara a luchar contra el comunismo bolchevique que se pretende instalar en España y que ya se ha manifestado con la revuelta del año pasado que, gracias a Dios, no progresó. Esa sublevación fue promovida por las facciones más afines a la Unión Soviética de socialistas, comunistas, anarquistas y varios sindicatos. A cambio, Franco garantiza a Estados Unidos que podrán establecer en territorio español las bases militares estratégicas que deseen y que la Compañía Petrolera tendrá el monopolio en el suministro de petróleo y sus derivados a perpetuidad, así como prioridad en las relaciones comerciales de todo tipo.

Me han pedido que te transmita, ya sabes quién, la conveniencia de que ese negocio salga adelante y que esos barriles lleguen a Alemania en perfectas condiciones y yo te pido, de acuerdo con el principio de lealtad y la fraternidad que nos une, que cumplas con ello.

Dile a tu amigo Jacinto que se abstenga de intervenir en cualquier otro sentido, me refiero al político, él también está sujeto a los mismos principios que tú y que yo. Esto va más allá de nuestros intereses individuales y de cualquier partido. Es una cuestión de estado, de varios estados, diría yo. Y sabes, como yo, que nuestra lealtad debe ser incuestionable —añadió.

Don Remigio hizo una pausa mientras entregaba la moneda a mi padre.

Sorprendido por el hecho de que conociera todo el asunto al detalle, me preguntaba quién le había pedido que el negocio saliera adelante, y cuál era el interés en que ese oro llegara a Alemania.

—Está bien —dijo mi padre—, Jacinto no será un obstáculo y no voy a poner en duda el interés superior que el asunto implica, pero, al margen de esas cuestiones, ¿qué gana este país con la operación?

—Pues gana un futuro, quizá no el más deseable, pero mejor eso a que España se convierta en un estado satélite de la Unión Soviética. Eso es lo que piensan los americanos y de ahí que hayan accedido a ayudar a Franco y, por ende, a Hitler.

No sé si sabrás que los partidos republicanos de izquierdas pretenden acudir a las próximas elecciones unidos en lo que llaman un Frente Popular y que varios comisarios políticos enviados por Stalin están asesorando a los más extremistas de los partidos de izquierda para implantar una república socialista. Imagínate lo que supondría para la Unión Soviética tener un estado satélite a la entrada de Europa.

Lo único que te recomiendo que hagas es que cumplas ese contrato.

—¿Me tengo que preocupar por el inspector de policía, cómo ha dicho que se llama? —preguntó mi padre.

—Sandoval, Victoriano Sandoval, ese es su nombre, y sí, sí te tienes que preocupar por él.

—¿De alguien más?

—Pues —vaciló un segundo don Remigio— de los republicanos de izquierdas; Sandoval no es solo republicano de izquierdas, sino un hombre clave en la formación de un grupo policial de orientación trotskista.

—¿Un espía ruso, no? —preguntó mi padre.

—Más que un espía, un infiltrado de Rusia en un Gobierno que no las ve venir, no es el único.

—¿Y de quién más? —insistió de nuevo mi padre con esa sagacidad que le caracterizaba.

—¿Tú eres amigo de Anastasio Cayuela, no?, pues cuídate de él.

—¿Sabías lo del cargamento de oro antes de que viniéramos a verte con la moneda, verdad? —preguntó mi padre tuteándolo por primera vez, al menos, delante de mí.

—Sabíamos que el oro americano había llegado a España y que saldría desde el puerto de Almería. Tú nos ayudaste a descubrir que se iba a transportar en tus barriles. Cinco toneladas de oro y cinco mil barriles encargados por un nazi no son una casualidad. Lo importante, ya te digo, es que ese oro llegue a su destino y no sea descubierto antes. La ayuda alemana a Franco depende de que ese cargamento arribe a un puerto alemán.

Cuando salimos del banco mi padre no habló. Caminábamos en dirección al café Colón. Había quedado allí con Jacinto. Cuando llegamos, él estaba sentado en la terraza tomado un botellín de cerveza. El camarero se acercó y mi padre pidió dos más.

—¿Cómo ha ido? —preguntó.

—Prácticamente lo saben todo y quieren que la operación tenga éxito.

Mi padre contó a Jacinto la conversación con don Remigio al detalle. A él no le hacía ninguna gracia participar en ese asunto, pero no veía otra salida.

—¿Ayudar a acabar con la República, es eso lo que me estás diciendo? Se han vuelto locos y no se dan cuenta —expresó Jacinto, bajando la voz.

—No, Jacinto, no se han vuelto locos, son de la opinión que es mejor eso a que España se convierta en una República socialista y bolchevique. De una manera o de otra será el fin de esta República. Remigio me ha pedido que te diga que dejes al margen tus ideas políticas y que no hagas nada que pueda alterar el plan previsto.

—¿Entonces, vamos a colaborar con la extrema derecha y con los militares en eso?, ¿de verdad que me estás pidiendo que deje a un lado mi conciencia?, de ninguna manera, Rafael, por ahí no voy a pasar.

—Jacinto, ¿no te das cuenta de que las amenazas son reales?, ¿quieres que tu mujer sufra algún daño? Si ponemos en una balanza los pros y los contras te darás cuenta de que nos conviene seguir adelante y que esto termine lo antes posible. Cuando veamos zarpar el barco podremos respirar tranquilos. Ayúdame a salir de esta, te lo ruego, no victimices a una República que se desmorona y salgamos adelante. El inspector ese —Sandoval, se llama— se presentará aquí, estoy seguro, y tenemos que anticiparnos a sus movimientos. Hay que terminar el trabajo y, por todos los medios, evitar que nos impliquen.

Jacinto, mirando hacia el suelo, guardó silencio durante unos segundos. Pensé que un hombre puede mandar a la mierda sus convicciones y sus principios solo por un motivo: proteger a quien más se quiere. De ahí que estuviera convencido de que seguiría adelante con el plan y ayudaría a mi padre como había hecho hasta ahora.

—Fue María quien contó a Hans Zimmermann lo de Alhama. Me ha reconocido que, un tiempo después de que te marcharas, le insistió tanto que, finalmente, acabó rindiéndose y confesando lo que había visto.

—Lo sé, Jacinto —dijo mi padre—, nadie más podría haberlo contado.

Mi padre me miró como un reo que está a punto de confesar su delito, pero no lo hizo. No pregunté, no era el momento ni el lugar. Dirigiendo su mirada a Jacinto, a la vez que tomaba un trago de cerveza, cerró los ojos un momento, como si, de repente, una idea le hubiera venido a la cabeza.

Yo también bebí mientras recordaba aquel péndulo del despacho de don Remigio. Su oscilación, de izquierda a derecha, aquella cadencia y exactitud en su movimiento, de un extremo a otro, se dibujaba en mi mente como si de una pantalla de cine se tratara. De pronto, el péndulo dejó de balancearse y se paró completamente en la parte inferior del reloj. Tras un par de segundos, desafiando las leyes de la gravedad que nos había enseñado don Manuel, el péndulo se posicionó en el extremo superior y comenzó una nueva oscilación, de izquierda a derecha, que no tenía lógica alguna. Tan solo había eliminado una de las variables, la gravedad, y la dinámica del reloj había cambiado. Claro está que era mi imaginación quien había ideado aquella escena, pero lo que dije a continuación, creo, ayudó a mi padre con aquella idea que todavía no sabía en qué consistía.

—Padre, si tienes que ir por delante quizá sería bueno que actuaras de manera que nadie pueda prever lo que vayas a hacer. Si ellos tienen su lógica, tú puedes utilizar otra distinta.

Mi padre y Jacinto me miraron, como si hubiera dicho una tontería o, al menos, eso me pareció en ese momento, pero no fue así.

—Puede que tengas razón —dijo mi padre a la vez que se levantaba y dejaba unas monedas sobre la mesa—. Vámonos, Miguel. Jacinto, mañana nos vemos, y anima esa cara que quién sabe lo que nos puede traer la vida.

Hacía calor y mucha gente había salido a la calle. A la altura del edificio de Correos, mi padre se paró repentinamente y, diciéndome que necesitaba hablar con alguien —no dijo quién—, se dio media vuelta y desapareció entre la muchedumbre.

Me dirigí a la rambla, la crucé y llegué hasta la playa. El sol declinaba. Me senté sobre la arena, junto a la orilla. Una suave y reconfortante brisa rociaba de humedad mi cuerpo y mi cara.

Mire a la bahía, al horizonte, y pensé en Trinidad, en el deseo que provocaba en mí. Rememoré cada uno de los preciosos minutos compartidos con él. Me habría gustado que estuviera conmigo en ese momento.

A lo lejos, dos muchachos, con sus camisas en la mano, paseaban por la orilla enfrascados en una animada conversación. Al llegar a mi altura me fijé en uno de ellos, me recordaba a Trinidad; mis ojos y los suyos se cruzaron durante unos segundos en que me entretuve en mirar su color pardo y aterciopelado. Continuaron su camino y, en aquel momento, tal vez por la tensión que me producía todo lo que estábamos viviendo, mis ojos se llenaron de lágrimas.

La última noche que salí con él, un domingo del mes de julio, fuimos al Tiro Nacional a ver la película *El pequeño rey*, una película francesa. Yo estrenaba un traje blanco, hecho a medida. Mi hermano Julio me dijo que parecía un actor de cine con aquel traje, la camisa blanca y corbata azul claro. Tomé prestado a mi padre un sombrero borsalino, también de color blanco, y salí a la calle.

Durante el trayecto, muchas miradas se posaron en mí y en mi indumentaria, y le voy a ser sincero, me gustaba llamar la atención. Cuando crucé la Rambla, Trinidad me esperaba en la esquina del cine. Una mirada de desaprobación fue su único saludo.

—Ahora —dijo nada más acercarme a él— los hombres decentes son los que no utilizan sombrero, chaqueta y corbata; en todo caso una gorra, pero lo del sombrero y la corbata da mucho cante. Eso es propio de burgueses que representan la escoria de esta sociedad que hemos construido.

—Eso es una gilipollez, te lo habrán dicho en tu Comité de los cojones y tú, como un lorito, lo repites —le dije absolutamente indignado—. Que sepas que «el hábito no hace al monje», como dice mi abuela. Que cada uno haga lo que quiera y vista como le dé la gana. Si no quieres entrar al cine conmigo, porque te avergüenzas, me doy media vuelta y me voy por donde he venido.

—Haz lo que quieras, Miguel, pero, a mi entender, lo mejor que puedes hacer es no ir por ahí pavoneándote con tu traje a medida de, ¿cómo se llama la sastrería?, ¿Herrada? Haz el favor de salir a la calle vestido de manera humilde y «proletaria», como un hombre de izquierdas. Te vas a buscar un problema sin necesidad.

Estuve a punto de irme, pero Trinidad sujetó mi brazo izquierdo con su mano derecha y me pidió que entráramos a ver aquella película. No ocurrió nada más aquella noche. Tomamos un par de cervezas y nos despedimos en la calle de las Tiendas. Antes de marcharme, en un portal, a oscuras, Trinidad me agarró por la cadera y me besó en la boca, beso al que respondí con todo mi deseo. Duró lo suficiente para encenderme por dentro y por fuera, pero unas voces impidieron que las caricias fueran a mayores. Antes de decirnos adiós, Trinidad se disculpó por su comentario sobre mi forma de vestir.

—Pareces un actor de cine —dijo a la vez que pellizcaba mi mejilla izquierda.

Pedimento

La noche que Trinidad y yo vimos *Sobre las olas* quedará marcada en mi memoria para siempre, igual que lo ocurrido al día siguiente, en que no apareció por el taller. Mi deseo de ver su cara, después de nuestro pasional encuentro en la playa de las Almadrabillas, se vio truncado. Fue entonces cuando aprendí que la felicidad es tan efímera como el chasquido de una cerilla y pude darme cuenta de aquello cuando, después de terminar la jornada, El Juani y su hijo entraron en la barrilería.

—¿Da usted su permiso, don Rafael? —preguntó el gitano.

—Pasa Juani —respondió mi padre sin levantar la vista mientras abrochaba su chaleco.

Trinidad iba bien vestido, con una camisa blanca que parecía estrenar. Lo miré varias veces a la cara. Él, cabizbajo, no devolvió la mirada.

—Venimos a pedirle disculpas por mi hijo. Le han ofrecido un contrato en el puerto. Allí ganará más que con los barriles, compréndalo usted.

—Podía haber avisado antes para que me hubiera buscado a alguien —dijo mi padre, todavía sin mirarlos.

—Eso es lo que le dije al niño, pero es que todo ha pasado de un día para otro y no ha habido tiempo, por eso hemos venido hoy.

—Bueno, Trinidad, espero que el trabajo te vaya bien. Pórtate como debes y progresarás —dijo mi padre con ese tono que los mayores llaman de sabiduría y, por fin, mirándolo a esos ojos negros que me habían vuelto loco y que, ahora sí, se dirigían al Maestro.

—Maestro —dijo Trinidad—, usted se ha portado muy bien conmigo y se lo agradezco. También venimos a decirle que la semana que viene celebramos el pedimento y a toda la familia nos gustaría que acudieran usted y los suyos a la fiesta.

Creo que no pude evitar abrir mis ojos de par en par. Me había dicho que el compromiso con la hija de Juan Maya se había roto.

—¿Entonces, te vas a casar y a formar una familia?, bien hecho. A ver si aprenden los míos —expresó mi padre, no sin cierta ironía que, deduje, iba por mí—. Si dios quiere, iremos, ¿quién es la novia?

—Carmela, la hija de una prima hermana mía que está bien situada y que está casada con un payo, un encargado de los almacenes de Oliveros —se adelantó a contestar El Juani.

—Así que llevará una buena dote al matrimonio, supongo. Os deseo la mayor felicidad.

El Juani y Trinidad se despidieron estrechando la mano de mi padre, quien, en ese momento, les pidió que esperaran. Fue al despacho y salió con cincuenta pesetas que entregó al gitano como regalo por el pedimento.

Era martes. Mi padre, como todas las semanas, se marchó pronto, así que le dije que yo cerraría el taller. Julio se había marchado después que los gitanos. Cerré el portón y eché la llave. Aún no me había lavado. Entré en la letrina. Me enjaboné por completo y dejé caer el agua por mi cabeza mientras un grito de rabia debió escucharse en toda la calle.

Me vestí y salí de la barrilería. Pasaba por la puerta del Salón Katiuska cuando lo vi. Apoyaba su pie izquierdo y su espalda sobre la tapia contigua al cine mientras fumaba un cigarrillo. Me esperaba.

—¿Por qué me esperas? —pregunté.

—Porque quiero darte una explicación. Vamos a pasear, te acompaño hasta tu casa —respondió casi susurrándome y demostrando una extraordinaria serenidad.

—Qué callado te lo tenías. No fuiste capaz de contármelo y ahora me dejas así. Yo creía que existía algo entre nosotros.

—Y no estás equivocado, pero ya te lo dije, sabes que lo nuestro no está bien, no es de Ley, ni de los hombres ni de dios; y no podemos, ni debemos, seguir viéndonos. Además, mi padre se huele algo y me ha prohibido que te vea. Lo del pedimento es una tradición gitana y, desde hace un mes, existe un compromiso entre las dos familias. Tengo que hacerlo. Debo comportarme como un gitano. Me casaré con esa mujer y le haré los chiquillos que haga falta. Esa es la tradición.

No respondí. Recorrimos el camino en silencio. Al llegar a la esquina de la iglesia de la Patrona ya era de noche. Tomé su mano derecha, que él no retiró, y le dije:

—Te respeto, además de quererte, y comprendo lo que vas a hacer. Quiero que sepas que si me necesitas, tú o tu familia, para lo que sea, me tienes a tu disposición.

—Lo sé, Miguel. Te digo lo mismo. Eres un hombre increíble y estoy seguro que encontrarás en alguien lo que viste en mí.

En ese momento nos abrazamos como se abrazan los enamorados, con la pasión y los sentimientos a flor de piel. El abrazo no duró más que los segundos suficientes para que, tanto por su cara como por la mía, corrieran varias lágrimas presurosas por caer al suelo.

Aquello fue como una bofetada en el alma, que te destroza, que te arranca parte de ti, y sentí una inaplacable desolación llena de amargura, pero qué podía hacer —pensé—, no podía luchar contra lo inevitable. El amor es cosa de dos, pero, además, es cosa de las circunstancias, de las de cada uno. Esa fue nuestra despedida. No lo volví a ver hasta ya iniciada la guerra.

Mis padres sí que fueron al pedimento, mi hermano, también. Yo, no.

Julio me contó que la novia era una mestiza guapa y joven, de ojos negros y pelo rizado, también negro, con dos bonitos hoyuelos en la cara. Le pareció que se gustaban y las familias celebraron una fiesta por todo lo alto. También dijo que Trinidad no le había preguntado por mí.

Esa misma noche, mi padre comía una tortilla de habas mientras mi madre y mi abuela preparaban en la cocina unas croquetas de puchero. Al entrar en el comedor, mi padre me miró de arriba abajo y respondió a mis buenas noches con la boca llena. Entré en la cocina. Mi madre me pidió que le diera un beso. La besé en la mejilla izquierda, a mi abuela, también. En ese mismo momento oímos la puerta de la casa. Era Julio. Me parecía raro que llegara tan tarde. Le oímos subir las escaleras.

—Se ha echado novia. Julito siempre ha sido un niño precoz, ¿verdad? —dijo mi abuela.

—Es muy joven todavía. Tiene mucha vida por delante y le falta el bagaje que dan los años —respondió mi madre—. ¿Y a ti qué te pasa? —me preguntó con gesto irascible.

—Nada —respondí sin dudar un segundo a la vez que cogía un trozo de la masa, me lo llevaba a la boca y mi abuela me daba una cachetada en la mano izquierda.

—¿Es por el gitano? —insistió mi madre sin dirigirme la mirada.

—Se llama Trinidad...—respondí sin terminar la frase.

Mi madre se lavó las manos, tomó el trapo de cocina y las secó. Murmuró algo que no entendí mientras se dirigía a la puerta. La cerró. En voz baja dijo:

—Tu padre te habrá dicho que no te juntes con él, que esas migas no son buenas. Yo te digo lo mismo. Deja que los gitanos se mezclen entre ellos. No hay que entrometerse y menos, intimar. Taíta me ha dicho que te vieron con él y me ha dejado caer —mira que le gusta— que parecíais, ¿cómo ha dicho?: sí, dos caramelos.

De pronto, me atreví a decir:

—¿Y qué hago si siento lo que siento?

—Pues joderte y aguantarte. ¡Ah!, y callártelo para ti. ¿Es que no te das cuenta de que hay cosas que no se pueden hacer ni decir en público?, ¿a quién se le ocurre?

La Ma'Dolores asentía con la cabeza mientras una croqueta tomaba forma en sus manos.

Mi madre me apretó los labios con su mano derecha —solía hacerlo cuando me regañaba— diciendo:

—Él no es como tú. Tu abuela, tu padre y yo sí sabemos cómo eres. No puedes pretender que los demás sean o sientan como tú quieras. Las únicas mujeres por las que has mostrado interés en toda tu vida somos tu abuela y yo.

En ese instante miré la brillante bombilla que pendía en el techo. Quizá buscaba en aquel fulgor una respuesta que no encontré, o tal vez sí: sentía que Trinidad me había hipnotizado con ese embeleso que él sabía que tenía, ofreciéndose como un dulce en una pastelería, pero el pastel no era él, sino yo, y cuando lo comió, ya no quiso repetir.

—¿Crees que no nos dimos cuenta hace tiempo de lo que te pasa? ¡Hijo, no somos tontas, no nos hemos caído de un nido!, ¡ponle remedio y olvídate de Trinidad o Consuelo, o de su puta madre! —añadió sin vacilar.

En ese momento se abrió la puerta. Julio apareció con un moratón en su mejilla izquierda. Su cara manifestaba enojo e indignación.

Mi madre, al verlo, consiguió reprimir un grito apretando las manos contra sus labios.

—¿Qué te ha pasado?, ¿quién te ha hecho eso? —preguntó intentando no elevar la voz.

—Alejandro Lastra, su hermano y dos de sus amigos. Me la tenían jurada por lo del pinchazo que le di y se han desquitado. Además, me preguntaron si yo era tan maricón como mi hermano. No me dio tiempo a reaccionar. Yo no soy maricón, pero, ¿tan malo es?

Mi abuela había mojado un trapo con agua fría. Mientras lo colocaba sobre la mejilla derecha de mi hermano, dijo:

—No es malo Julio, no lo es. Cada uno tiene derecho a sentir lo que quiera y por quien quiera, pero está mal visto. Si te pregunta tu padre, le dices que ha sido jugando a la pelota.

—Como se te ocurra decirle la verdad, te majo a palos —añadió mi madre.

* * *

Los ojos de Miguel reflejan una gran tristeza, aunque también deja traslucir algo de resentimiento. Creo que se debe al dolor que provoca el desamor, que parece afectar tanto al cuerpo como al alma. Eso tienen los desengaños, que te dejan maltrecho para el resto de tu vida, pero sé que lo superará.

Es de noche aún. Los minutos pasan lentamente; parece establecerse un orden en mi existencia dentro de este barco, donde he aprendido a esperar con paciencia cualquier acontecimiento: una tos, un suspiro, un grito de uno de los niños que viajan frente a mí y, sobre todo, las palabras de Miguel.

He subido a cubierta junto con varios soldados, Miguel duerme. Me siento sobre una caja de madera en el costado de babor. De pronto, me encuentro con los ojos abiertos, de par en par, mirando un retazo del oscuro cielo que absorbe las sombras de los militares y la mía propia. Intento recordar lo que pasó en Granada: los golpes, los insultos, el rostro de mi padre cuando vio mi cara ensangrentada. Aún siento dolor, pero, en cierto modo, aplaudo mi suerte y me apena que la de muchos no fuera como la mía.

Oro

Todos los diarios de Almería publicaban la noticia. El taller de barrilería de Domingo Lastra había sufrido un incendio. Según la guardia de asalto, sin duda, provocado. El fuego se inició en dos focos distintos y eso resultaba un serio indicio de intencionalidad. Un vecino que, casualmente, se había asomado a la ventana de su casa, frente a la barrilería, fue testigo de los hechos. Pudo observar cómo, en la madrugada del domingo, dos hombres forzaron la puerta de entrada y, poco después, todo el recinto comenzaba a arder.

No hubo víctimas, pero los daños materiales eran cuantiosos. Las fuerzas del orden habían comenzado una investigación para hallar a los responsables. Parece ser que el origen de los hechos se hallaba en el despido de varios obreros afiliados a la C.N.T. El dueño del taller había negado una subida de salario a los trabajadores y despidió a los cabecillas. En consecuencia, según fuentes cercanas, decía el periódico, se trataba de un acto de venganza.

Al llegar a la barrilería esa mañana, el periódico, abierto, se hallaba sobre la mesa del despacho de mi padre. Me acerqué. Leí rápidamente la noticia. Lo miré a los ojos, él me devolvió la mirada.

—¿Qué? —dijo lanzando un exabrupto y abriendo sus ojos como platos.

—Que no me parece bien —respondí sin pestañear y sin alzar la voz.

—¡Pues es lo que hay! Tienen el inmueble asegurado contra incendios y no ha ocurrido nada que no se pueda remediar —exclamó con esa acritud tan suya.

—Pues yo creo que te pones en peligro tú y a toda la familia. Ahora le toca mover ficha a los Lastra y esos no se andan con remilgos.

—No se atreverán, Domingo Lastra no tiene los cojones suficientes. No me sermonees, Miguel, que tú apenas tienes experiencia en la vida. Ya te irás dando cuenta que la experiencia te servirá para dar solución a los problemas. Deja que yo me ocupe de todo esto, sé bien lo que hago.

—Lo que tú llamas experiencia no deja de ser una sucesión de fracasos que producen más amargura que conocimiento —me atreví a decir llevándole la contraria—. ¡Venga padre!, a ver si te va a salir el tiro por la culata. Si no andamos con cuidado, podemos acabar mal. ¿Por qué guardas una pistola en el cajón del escritorio? —pregunté con la certeza de que me iba a contestar algo así como que no me metiera en sus asuntos.

—La pistola no es mía, ya imaginas de quién es. En principio, me comprometí a custodiarla, pasados unos días se la compré. No dudaré en utilizarla si es necesario. ¿Cómo has descubierto dónde la guardo?

—Julio la vio hace unos días cuando estabas en la letrina. Te dejaste el cajón abierto. También había una caja cerrada con un emblema que parece una escuadra y un compás, es el mismo emblema que llevaba don Ernesto en su anillo, ¿qué es? —pregunté aun sabiendo la respuesta.

—Es el símbolo de una fraternidad a la que pertenecemos, pero no te puedo contar más. Es posible que, llegado el momento, te proponga entrar en ella, si quieres.

—Sí, la masonería, ¿no?, ¿también está relacionado con el oro?

No respondió inmediatamente. Tras unos segundos, dijo:

—Mira, hijo —casi nunca me llamaba así—, de momento, es mejor para todos que dispongas de la menor información posible. Cuanto menos sepas, menor daño te podrán hacer, a ti y a todos. Procura no meterte en jaleos, no hablar de este tema con nadie y vigilar tu espalda porque desconocemos hasta dónde pueden llegar unos y otros.

Evidentemente, tanto Julio como yo habíamos deducido que la pertenencia a la masonería tenía que ver también con Jacinto y con Alhama. Era el punto de conexión entre los tres.

Ya le he dicho, señor García, que Julio es tan obstinado y tan dado a controlarlo todo que le había preguntado a don Manuel por el significado de ese emblema. El maestro le explicó que era un símbolo masón y que, probablemente, mi padre y Jacinto pertenecerían a una Logia masónica. Le dijo que en Almería existía la Logia Actividad número 24.

Don Manuel le había contado que algunos hombres de los pueblos del valle del Andarax, sobre todo de Alhama, pertenecían a la masonería, incluso se decía que el que fuera presidente de la Primera República, don Nicolás Salmerón, originario de ese pueblo, había pertenecido a ella. Según don Manuel, en Almería también había un buen número de ellos. El maestro explicó a Julio que los miembros de esa especie de hermandad fraternal son libre pensadores con influencia en la sociedad y en la política que procuran prestarse ayuda mutua y que guardan en secreto su actividad interna, utilizan símbolos y claves, y mantienen, como uno de sus principios fundamentales, la lealtad entre ellos.

—¿Y qué pretenden?, ¿son de izquierdas?, ¿de derechas?, ¿de la Iglesia? —pregunté a Julio.

—Ellos creen en una divinidad como autoridad máxima al que llaman algo así como el gran arquitecto del universo, que unos lo reflejan en cualquiera de los dioses de las distintas religiones del mundo. En realidad, según don Manuel, persiguen transformar la sociedad desde sus convicciones basadas en el progreso, la fraternidad, la tolerancia y el respeto.

Aquello quedó así. No se habló más del tema porque mi padre lo zanjó con un «a la faena» que no permitió plantear discusión alguna.

Transcurridos unos días, El Juani, que aguardó a que los empleados se hubieran marchado, se presentó en la barrilería. Recuerdo que aquella tarde mi padre andaba algo nervioso y ni Julio ni yo sabíamos el motivo, pero pronto lo averiguamos.

El aspecto del gitano no era el mismo que presentaba la última vez que visitó el taller. En esta ocasión abrió el portón y, sin pedir permiso, se dirigió a mi padre apresuradamente. Con la camisa desabotonada, y sin su sombrero Trilby, parecía un pordiosero; haciendo aspavientos con las manos y cagándose en los muertos de la familia Lastra exclamó:

—¡Don Rafael!, ¡don Rafael!, no sé cómo se han enterado, pero los Lastra han ido a mi casa, el padre y sus dos hijos, el mayor con una pistola. Han amenazado con matar a toda mi familia para que confesara que yo había incendiado su taller y que seguía órdenes de usted. Menos mal que tres de mis sobrinos, que viven al lado, salieron e impidieron que la cosa llegara a mayores.

Mi padre mantuvo un prolongado silencio que fue interrumpido por Julio al pisar una duela. Recordé que en más de una ocasión me había recomendado guardar un silencio antes de decir algo inadecuado. «No confundas mi silencio con ignorancia» me había dicho, tras la primera visita de Hans Zimmermann a la barrilería, después de que permaneciera callado durante más de un minuto, tiempo que me pareció demasiado.

Cuando volvió a dirigirse al gitano lo hizo con una deliberada parsimonia, como si hubiera resuelto que de nada serviría una reacción inmediata si esta no la había reflexionado.

—Si han estado en tu casa y no te han denunciado, ni a ti ni a mí, es que no tienen prueba alguna al respecto. Domingo Lastra tiene asegurado el taller y dinero a espuertas. No te hará nada, ni a ti ni a los tuyos. Todo el mundo sabe de qué pie cojea esa familia y se han ganado muchas enemistades. Son fascistas declarados y no son tiempos para ir por ahí denunciando a la gente por doquier. Aunque esos de Falange están muy envalentonados, todo lo que hagan se le puede volver en su contra y él lo sabe. Lo que le ha pasado no es sino consecuencia de sus obras.

Tras un silencioso paréntesis, añadió:

—Además, no habría barriles en sus almacenes, ¿verdad?

—No, don Rafael, los almacenes estaban vacíos.

—Pues las pérdidas aún han sido menores. Eso que gana Domingo Lastra.

No intervine en la conversación ni rebatí a mi padre porque tenía claro que la firmeza de su opinión era inquebrantable. En ese punto de mi vida pensaba que la convivencia en paz quizá valía más la pena que echar a más leña a la lumbre.

* * *

Miguel tenía razón, a mi modo de ver. La venganza y la justicia son dos conceptos antagónicos, pero la primera no deja de ser un sentimiento humano ejercido por quien ostenta la voluntad y el poder para imponer castigo con el fin de resarcir un daño. La justicia es otra cosa, es más un sentimiento acordado para garantizar la convivencia, un principio que también persigue resarcir un daño imponiendo una pena, pero ese daño se produce sobre la sociedad en su conjunto.

Mi madre solía decir que la venganza no conduce sino al caos. Yo estoy de acuerdo y antes que la venganza, prefiero el olvido y, si es posible, el perdón.

Seguramente Rafael no opinaba lo mismo. Para él, la justicia era algo natural que procede del discernimiento entre el bien y el mal. Así lo reflejó Miguel en los acontecimientos que se sucedieron en los meses siguientes.

Tasio

Anastasio Cayuela, capitán del Cuerpo de Seguridad y Asalto, era amigo de mi padre desde que se instaló en Almería. Se conocieron en el Hotel Simón, aún solteros. Juntos se corrieron muchas juergas y se ayudaron mutuamente durante esos años. Anastasio fue su padrino de bodas y era de las pocas personas a quien solía manifestar afecto públicamente. Hubo una época en la que todas las semanas venía a comer a casa, siempre en domingo, pero dejó de hacerlo unos meses antes de que lo destinaran a Cádiz, cuando lo ascendieron a teniente. Allí se casó con una gaditana, del Puerto de Santa María. No había visitado Almería, hasta que, a principios de 1935, consiguió un nuevo destino allí, de capitán.

Mi padre y él seguían manteniendo su amistad, pero no volvió a visitar nuestra casa. Algo me decía que, probablemente, mi madre o mi abuela tuvieron algo que ver en eso. Esto son suposiciones mías.

Era un hombre bien parecido, moreno, más bajo que mi padre y de su misma edad. Un pequeño bigote parecía sostener su nariz y mantener en equilibrio su labio superior. Llevaba tiempo sin verlo. Apareció en la barrilería la mañana del día 12 de agosto de 1935. Vestía de uniforme e iba acompañado de un hombre, Victoriano Sandoval, que dijo ser inspector de policía del Cuerpo de Investigación y Vigilancia.

Tasio, como lo llamaba mi padre y todos sus conocidos, había pertenecido a la Guardia Civil y cuando se creó el Cuerpo de Seguridad y Asalto ingresó en él por su comprobada lealtad a la República.

—Rafael, el inspector Sandoval quiere hacerte unas preguntas, ¿podemos hablar en privado? —dijo el capitán tras saludar y realizar las correspondientes presentaciones.

—Pasad al despacho —dijo mi padre, señalándoles el camino.

Tardaron más de diez minutos en salir. Cuando se marchaban, desde el portón, Tasio nos saludó, a Julio y a mí, con una amplia sonrisa.

Mi padre no hizo comentario alguno respecto a la visita durante el resto de la jornada. Una vez que todos los empleados se hubieran marchado, incluyendo a Julio, a solas, sí que le pregunté a qué se debía.

—Querían saber qué contrato he firmado con Hans Zimmermann —respondió mi padre escuetamente.

—¿Y qué les has dicho?

—Pues que me ha encargado cinco mil barriles que irán a Alemania y que deben estar listos para primeros de septiembre.

—Supongo que te han explicado su interés por Zimmermann.

—Según el inspector, están investigando a varias empresas por algunos delitos de contrabando, no ha expresado cuáles, pero lo que sí me han advertido es que tenga cuidado con Hans Zimmermann. Según la información de que disponen, un cargamento con mercancía de contrabando se transportará en el interior de barriles de uva de embarque —no ha determinado de qué mercancía se trataba— y saldrá del puerto de Almería para Alemania, pero desconocen el nombre del barco, el día en que zarpará y el puerto de destino. Les he respondido que Zimmermann no me lo había dicho.

—Evidentemente, saben más de lo que te han contado. ¿Vas a hacer algo?

—De momento, no. Si es como dices, cosa que yo también creo, es posible que estén vigilando tanto a Hans como a nosotros. Creo que es mejor no hacer nada hasta que se ponga en contacto conmigo.

Aquella misma tarde, Tasio se presentó en el almacén de la calle Socorro. Venía solo, vestido de paisano. Nos saludó efusivamente. El rostro de mi padre pasó de una lividez repentina a un rojo intenso, casi amoratado. Aún así, sonrió y dijo:

—¿Cómo tú por aquí?

—He venido por si quieres que te invite a tomar algo, necesito hablar contigo.

—Si me esperas unos diez minutos, me aseo y nos vamos —dijo mi padre a la vez que se dirigía a la pila.

Jacinto y yo cruzamos nuestras miradas. Tasio se sentó en la banqueta de mi padre. Yo repasaba unas duelas y Jacinto clavaba unas púas en un barril. De pronto, oigo a Tasio que me pregunta:

—Parece increíble, Miguel, me voy cinco minutos y, a mi regreso, te veo convertido en un hombre. Contigo en el negocio, tu padre dejará de trabajar muy pronto, ¿cómo están tu madre y tu abuela?

Miré fijamente su piel, aún más blanca que la mía. Su pelo, muy corto, tenía un tono llameante como consecuencia del reflejo del sol de poniente. Eran ya más de las siete y media. Trinidad me esperaba en el parque y quería terminar la faena lo antes posible.

—Están bien, como siempre —respondí transcurridos unos segundos y volviendo a la realidad.

—Aún recuerdo la olla de trigo con hinojos que preparaba tu abuela. Esas manos que tiene para la cocina son envidiables. Ojalá mi mujer cocinara así. La mayoría de los días prefiero comer en el cuartel. ¡Rafael!, ¿sigue tu madre haciendo la olla de trigo con hinojos? —preguntó en voz alta esperando la respuesta de mi padre.

—¡Sí! —se oyó su voz desde el aseo.

Aquella noche, mi padre regresó tarde. Todos nos habíamos ido a la cama. Le oí llegar pasadas las dos de la madrugada. Me levanté, bajé las escaleras, a oscuras. A medida que mis ojos se adaptaban a la penumbra, pude apreciar que, a través de la ventana de la salita, entraba, levemente, algo de luz. Desde el umbral de la puerta contemplé su figura sentado en su sillón azul. Parecía sumido en una profunda reflexión, no sé si como consecuencia del alcohol o de la preocupación. No se había quitado la chaqueta. Entré y, tras sentarme en el otro sillón, lo miré con detenimiento, pero la oscuridad me impedía ver su cara. No dijo nada, aunque sabía que me había visto. Sí pude observar que intentaba deshacer el nudo de la corbata.

—¿Quieres algo?, ¿te preparo leche caliente?

No respondió. Acto seguido, metió su mano derecha en el bolsillo interior de su chaqueta y sacó un papel. Me lo entregó. Un documento escrito a máquina, con sello de la Comandancia de la Guardia Civil de Almería. Leí a duras penas. Dos párrafos. Una frase final: «Según el testigo, Rafael González se hallaba en el taller de barrilería de Alejo Palma la noche en que este fue asesinado».

—¿Es cierto?

—Lo importante no es tanto que sea cierto como que ese es el motivo de que tanto Hans Zimmermann como, ahora, unos desconocidos me chantajeen —respondió con un tono de voz impropio de él, como si jadeara.

—Pero no te han acusado oficialmente, ¿no es raro? Si la prueba fuera contundente ya te habrían detenido.

—No quiero precipitarme sacando conclusiones que puedan confundirme y menos después de esta noche, Miguel.

—¿Me cuentas lo que ha pasado?

De pronto, intentó levantarse y lo hizo con dificultad, poniendo toda su voluntad en el esfuerzo. Algo le dolía. Fue entonces cuando conseguí ver parte de su cara. Me levanté de inmediato y encendí la luz, lo miré: el pómulo derecho completamente inflamado y el ojo, casi cerrado y sanguinolento. Me acerqué a él sin decir nada, ayudándole a ponerse en pie a la vez que él protegía con su mano el costado derecho. Le quité la chaqueta, desabotoné su camisa y pude ver un moratón de más de un palmo bajo la última de las costillas.

—Vamos al hospital —dije.

—No, harán preguntas y es lo que menos necesitamos ahora. Trae alcohol y una venda de la alacena.

Inmediatamente fui a la cocina, tomé un trapo limpio, lo mojé en agua, saqué la venda y la botella de alcohol; abrí una caja de aspirinas y saqué una pastilla, llené un vaso de agua y regresé a la salita. Mi padre permanecía de pie. Puse el trapo húmedo sobre su pómulo y su ojo.

—Sujétalo —dije mientras abría la botella y dejaba caer en mi mano derecha un poco de alcohol para, acto seguido, pasarla por su costado con suavidad. Aún así, lanzó un pequeño quejido cuando toqué con mis dedos la costilla derecha más cercana a su abdomen. Tomé la venda y comencé a rodear el hematoma desde la espalda. Me pidió que apretara más y así lo hice.

Tras ingerir la pastilla con un trago de agua le ayudé a ponerse la camisa y a sentarse de nuevo. Respiró aliviado. Me miró atentamente, creo que con cierta placidez, y dijo:

—Gracias, hijo. Si tu madre y la abuela preguntan, simplemente se ha tratado de una pelea en un bar.

—¿Me vas a contar lo que ha pasado en realidad? —le pregunté mientras cerraba la puerta de la salita y me sentaba en el sillón.

—Tasio y yo fuimos, en su coche, a tomar unos vinos a la Venta Eritaña. A la vuelta, me dejó en el parque, a la altura de la calle Real y él tomó camino hacia Ciudad Jardín, donde vive ahora.

Al llegar a la calle Real, un coche paró junto a mí, bajaron dos hombres. Uno de ellos me apuntó con una pistola en la espalda y el otro directamente a la cara, obligándome a subir al vehículo.

Me llevaron hasta una chabola cerca del Cortijo Grande y allí me maniataron a una silla.

—¿Quiénes eran?

—Por su forma de vestir parecían obreros, anarquistas o comunistas, diría yo; y por su habla, dos de ellos no eran andaluces. Querían saber cuándo recibiríamos el oro. Daban por sentado que yo participaba en el asunto. No sabían es que el oro ya estaba aquí.

—¿Qué les dijiste?, ¿mencionaron a Hans Zimmermann?

—Que no sabía de lo que hablaban y que sí que conocía a Zimmermann, que me había encargado cinco mil barriles, un negocio como cualquier otro. Intentaron sacarme más información a fuerza de golpes, pero no consiguieron más que lo que te he dicho. Fue entonces cuando uno de ellos me enseñó ese documento de la Guardia Civil y me advirtieron que si no les avisaba cuando el cargamento de oro llegara a Almería, matarían a toda la familia.

—¿Y por qué enseñarte ese documento?, aunque hubieras asesinado a Alejo Palma, ¿de qué sirve intimidarte con ello?, no veo sentido a una doble amenaza.

—Ya lo he pensado, no lo sé; tal vez no quieran que ocurra ni una cosa ni otra.

—¿De qué manera te dijeron que avisaras?

—A un teléfono. Está anotado en el reverso del documento.

—¿Qué fuiste a hacer el otro día en la Comandancia de la Guardia Civil junto con el alemán? —me atreví a preguntar.

—El primo de tu madre, Luis, envió a un guardia civil de paisano, que me abordó en la calle el martes pasado y me transmitió que asistiera a una reunión en la Comandancia. Hans también acudió.

—¿Qué quería?

—Lo mismo que don Remigio, que colaborara con Zimmermann y que guardara absoluto secreto sobre esa operación, y que no me preocupara por la salida de los barriles desde el puerto, que eso ya estaba organizado. Pero, lo más importante fue que si alguien que no fuera Hans o él mismo contactaba conmigo, se lo hiciera saber. Eso fue antes de que Tasio y el inspector Sandoval se personaran en el taller.

—¿Y de qué quería hablar Tasio contigo?

—Tan solo me dijo que la investigación apuntaba a la colaboración de un taller de barrilería en un asunto de contrabando promovido por Hans Zimmermann, que él sabía que yo no tenía nada que ver en ello, pero que se debía a sus obligaciones y que, seguramente, registrarían el taller y el almacén, al igual que pasaría con otras barrilerías. También me pidió que si me enteraba de alguna noticia al respecto o de algún comentario de otros barrileros, o en la Cámara Uvera, lo pusiera en su conocimiento.

La puerta se abrió. Ante nosotros apareció mi madre. Sus somnolientos ojos recuperaron su vivacidad en cuestión de un segundo tras ver la cara amoratada de mi padre. Su gesto de pavor dio paso inmediato a una mirada de resentimiento.

—¿Estás bien? —preguntó lacónicamente.

Mi padre asintió con la cabeza, sin mirarla a la cara.

—¿Otra vez los Lastra?

—No, no han sido ellos, fue una pelea.

—Entonces, tú te lo has buscado. No me vengas luego con milongas y disculpas. Menudo ejemplo para tus hijos.

No dijo más, dio media vuelta y se dirigió escaleras arriba, sin volver la vista atrás.

La Ma'Dolores bajó unos minutos después. Se acercó a su hijo; observó, primero, su pómulo izquierdo y el ojo entreabierto, después, tras retirar el vendaje que yo le había hecho, el moratón en su costado. En ese momento, su cara, desfigurada, reflejó angustia. Inmediatamente fue a la cocina, la oí abrir la fresquera y, posteriormente, golpear un trozo de hielo que había comprado al tío del carro el día anterior. Regresó a la salita con dos trapos en los que había envuelto el hielo y, acercándose a mi padre, los colocó, uno sobre el moratón y el ojo, y otro, en las costillas.

—Sujétalos tú, Rafael —dijo con tono enérgico. Me paso el día advirtiendo a tus hijos de los peligros que supone meterse en problemas y tú, el cabeza de familia, no predicas con el ejemplo. ¿Ves normal llegar a estas horas? La noche y las parrandas, y tú lo sabes, no traen nada bueno. Parece mentira que tengas la edad que tienes —le regañó como cualquier otra madre—. Ten cuidado con quien te juntas, que algunos no traen nada bueno y ese carácter tuyo, que no te aguantas ni una mirada... No vas a cambiar nunca.

—¡Ya está bien! —dijo él—, hace tiempo que dejé de ser un niño.

Contemplé a mi padre. En esencia, él era mi mayor referente respecto a lo que debería ser en la vida, sin embargo, en aquellos momentos me transmitió un sentimiento extraño, como si fuéramos dos personajes de una película que habían intercambiado sus papeles. Era yo quien sentía la obligación, y también la necesidad, de mitigar el sufrimiento de aquel hombre porque me parecía un ser desamparado que dependía de mi atención y cuidado. Me estremecí con mi propio pensamiento, durante unos segundos, imaginando su muerte. A pesar de su carácter orgulloso, día a día, lo sentía cada vez más apegado a mí y, por eso, quería tenerlo cerca y, si fuera posible, toda la vida. Supongo que en aquello consistía el amor de un padre hacia sus hijos. A la vez que inquietud, sentí cierto alivio.

Entre mi abuela y yo le ayudamos a subir las escaleras hasta tumbarlo en su cama. Mi madre, finalmente, ayudó a desvestirlo, sin pronunciar palabra alguna. La Ma'Dolores y yo bajamos a la cocina y me senté a la mesa mientras mi abuela sacaba de la fresquera dos cuencos de natillas con chocolate y galletas, y, tras sacar dos cucharas del cajón, los colocó sobre la mesa y se sentó. Fue entonces cuando preguntó:

—¿Con quién se ha peleado?

—No me lo ha dicho.

—No me mientas, Miguel, ¿con quién estaba?

—No sé, abuela. Con unos hombres, en un bar. No ha dicho más.

—Julio me contó que Tasio estuvo en la barrilería, ¿es verdad?

—Sí, es verdad.

—Y fue con él con quien salió de juerga, ¿no?

—Sí, pero Tasio ya se había marchado cuando se originó la pelea.

—Según tu hermano, fue a la barrilería acompañado de un hombre, ¿qué querían?

—No lo sé.

La Ma'Dolores contempló, meditativamente, las natillas. No las probó, tomó la cuchara y la mantuvo en el aire, como si pretendiera que levitara, sumiéndose en un reflexivo silencio que no era sino el preludio de una categórica afirmación:

—Miguel, si lo que me ha contado tu hermano es cierto, eso significa que tu padre me mintió, y ahora, lo veo en tus ojos, me mientes tú.

—Una mentira piadosa, abuela. No quería preocuparos, ni a ti, ni a mi madre —dije en tono conciliador intentando que no fuera a mayores.

La Ma'Dolores disponía de más información de la que yo suponía y ese interrogatorio era consecuencia, además del lamentable estado de mi padre, de que Julio, que ya le dije que era obcecado, realizó su propia investigación sobre el asunto y se lo había contado. Así que no tenía sentido alguno seguir mintiendo.

Después de que mi hermano no obtuviera respuesta, por mi parte, a las preguntas sobre los barriles encargados por el alemán, una madrugada, antes de que nadie se levantara, se hizo con una de las copias de las llaves del almacén de la calle Socorro que mi padre guardaba en el cajón del chinero de la entrada. No le fue difícil, según me dijo, localizar las cajas, abrir una de ellas y descubrir las monedas que contenía.

—¿Hans Zimmermann ha amenazado a tu padre? —preguntó mi abuela.

—Más bien lo ha chantajeado con algo que aún no sé de qué se trata, creo que tiene que ver con un incidente que tuvo lugar en Alhama que, seguramente, tú conocerás —respondí dejándole caer ese suceso por si ella me podía contar algo más al respecto.

—Ya, entiendo —fue lo único que dijo mi abuela.

—Tú sabes qué pasó allí, ¿no? —insistí.

—Hacemos mal en rememorar el pasado porque hay en él demasiadas cosas que nos apegan al sufrimiento. Esos sentimientos pretéritos conducen a la inutilidad porque lo único que te aportarán es que te sobrecoja el miedo. Lo importante no es lo que pasó entonces, lo importante es lo que pasa ahora, que tu padre va a cooperar en un delito, que se arriesga a ser detenido y acabar en la cárcel, o a algo peor.

Ayer, Julio regresó de casa del maestro con un libro en su mano. Se había informado sobre las monedas americanas y conocía que en el Banco de España, en Madrid, se guardaba una gran cantidad de ellas.

—No sé por qué ha tenido que contárselo a don Manuel —manifesté, dejando claro mi desacuerdo.

De pronto, desde el dintel de la puerta de la cocina, se oyó la voz de Julio decir:

—Porque él sabe de todo. Cree que detrás de ese cargamento de oro hay un interés en que Rusia abastezca de armamento a los sublevados en octubre pasado. El objetivo, supone don Manuel, es intentar, de nuevo, derrocar al gobierno de derechas. También piensa que, probablemente, el oro proceda del Banco de España, que se haya perpetrado un robo que se ha mantenido en secreto y ocultado para no despertar alarma en la población.

Mi hermano había estado escuchando la conversación entre mi abuela y yo. Consiguió asustarnos con su inesperada presencia. A la vista de lo que Julio contó, don Manuel andaba bastante desencaminado y no había sido capaz de discernir ni el origen ni el objeto de aquel oro, así que guardé silencio al respecto, dejando que Julio y mi abuela asumieran la teoría del maestro.

—¡Vosotros y vuestra imaginación! Actuáis como si esto fuera una película, y no es así. Esto es la vida real y, por mucho menos, hay gente que ha sido asesinada. Dejad de hacer pesquisas y de hablar del tema con nadie. ¿No os dais cuenta del peligro que entraña este asunto? —dijo mi abuela, elevando la voz.

Como usted comprenderá, señor García, los jóvenes no advertimos el peligro de la misma forma que los mayores. Supongo que será la madurez, que otorga ese halo reflexivo a las personas, pero lo cierto es que, tanto Julio como yo, queríamos desenmarañar la trama de todo este asunto, aunque reconozco que no éramos conscientes de los perjuicios que podíamos causar.

—Tasio estuvo ayer por la mañana en la barrilería con un inspector de policía y por la tarde, él, solo, en el almacén de la calle Socorro. Quería hablar con mi padre y se fueron juntos —confesé apresuradamente.

Mi abuela levantó los ojos con una sonrisa en sus labios, pero de su rostro no se borró la expresión de tristeza que esa noche la embargaba.

—¿Cómo está? —preguntó.

—Igual que siempre, con más estrellas en el uniforme, pero bien. Me preguntó por ti y por mi madre.

Inspección

El sofocante calor y la humedad del ambiente habían empapado mi camisa. En la calle, a esas horas, prácticamente, no se veía a nadie. Se acercaban las fiestas y me hacía ilusión pensar que Trinidad y yo iríamos juntos a la verbena. Recordaba su último beso, sus ojos, apasionados y risueños; sus labios, nerviosos, entreabriéndose velozmente, pidiendo más.

Eran las tres y media del martes 13 de agosto de 1935, el día posterior a la visita de Tasio y Sandoval a la barrilería. Yo había comido en mi casa, y no en el taller, porque mi padre me había encargado que fuera al banco a ingresar un cheque. Jacinto y él habían salido de la barrilería antes de terminar la faena. Me dijo que, después de almorzar, me fuera para el almacén y que él llegaría antes de las cuatro.

El día anterior, el trabajo estaba prácticamente terminado. Se apilaban cuatro mil novecientos noventa barriles en el almacén, todos bien protegidos, con el serrín de corcho protegiendo cada paquete, en cuyo interior se contenía un kilogramo de monedas de oro americanas.

Cuando inicié la subida de la cuesta de la calle Socorro, a unos cien metros, observé con extrañeza que, en la puerta, esperaban seis guardias de asalto junto a dos coches oficiales. Titubeé, no sabía si continuar hacia el almacén o regresar por donde había venido. Decidí dirigirme hacia ellos, por si me habían visto. Me embargó una sensación de fracaso, imaginé que detendrían a mi padre y, tal vez, a Jacinto y a mí. Al acercarme a los vehículos, del primero de ellos salió el capitán Cayuela, Tasio, vestido impecablemente con su uniforme azul, casi negro, y su gorra de plato. Se dirigió a mí con una ancha sonrisa, tendiéndome su mano derecha y apoyando la izquierda en mi brazo. A continuación, bajó el inspector Victoriano Sandoval, vestido con americana y sombrero blancos.

Todos sudaban, yo también. El sol, que ya había tomado rumbo al oeste, permitía que la tapia del inmueble dibujara una sombra sobre todo el grupo junto a la que todos nos refugiamos.

—Ayer no tuve tiempo de hablar contigo, me agrada volver a verte —expresó Tasio.

La noche anterior, mi padre comentó a la Ma'Dolores que su amigo había cambiado, que no era el mismo. Al parecer, dos años atrás, en Cádiz, participó en un suceso que dio mucho que hablar. Hubo una insurrección anarquista en una aldea llamada Casas Viejas. El gobierno de Azaña envió una compañía de Guardias de asalto y, junto con algunos guardias civiles, se produjo una matanza de campesinos, según parece, a sangre fría, cerca de treinta, entre hombres y mujeres. Tasio estaba presente y fue uno de los que participó en la carnicería. Los campesinos mataron a tres guardias. Eso es lo que mi padre me contó.

—Como le dijimos ayer a tu padre, queremos inspeccionar el almacén —dijo Tasio—. Es una orden directa del ministerio de Gobernación en relación con el contrabando en los barriles que salen de Almería. Estamos registrando todas las barrilerías de la capital. En nombre del Ministerio está aquí el inspector Sandoval, al que verías ayer en la barrilería, quien, en ese momento, acercándose a mí, me saludó inclinando su cabeza y llevando sus dedos índice y pulgar al ala de su sombrero.

—¿Dónde está tu padre? —preguntó Sandoval.

—Vendrá ahora, en unos diez minutos —respondí.

—¿Nos puedes abrir tú?

—No dispongo de llaves —dije, mintiendo con descaro y arriesgándome a que me cachearan.

Fue entonces cuando vi, al fondo de la calle, a mi Jacinto y a mi padre. Tasio observaba su rostro, Sandoval, también. La inflamación del pómulo derecho y el ojo cerrado eran perceptibles a distancia. Inmediatamente, Tasio le preguntó:

—¡Por Dios!, ¿qué te ha pasado?, ¿estás bien?

—Nada importante, estoy bien —respondió mi padre—, un percance, anoche. Después te lo cuento.

Sandoval los interrumpió sin miramiento alguno y dijo:

—Señor González, ya le explicamos ayer que, como consecuencia de la investigación sobre un tema de contrabando, estamos registrando los talleres de barrilería de la capital y venimos a ello.

Mi padre no respondió. Inmediatamente abrió la puerta, aún más grande que la del taller, y, sin esperar orden ni permiso alguno, los guardias se dispersaron por todo el recinto. Lo miré disimuladamente, intentando evitar que percibieran el miedo que me invadía. No me devolvió la mirada. Parecía tranquilo, eso aplacó un poco mi temor. Dos de los guardias se adentraron en el almacén donde habíamos ocultado las cajas, tras varias pilas de barriles y sacos de serrín.

—No te preocupes, Rafael —dijo Tasio—, en unos minutos habrán acabado.

—No me preocupo, Tasio, es solo que tenemos que terminar los fondos de unos barriles que he de entregar pasado mañana y me apremia el tiempo.

—El negocio va bien, ¿no? —preguntó Sandoval.

—Requiere mucho esfuerzo y una gran inversión, pero no me voy a quejar. Empieza la temporada uvera y hay mucha demanda de barriles.

Transcurridos unos diez minutos, uno de los guardias se asomó a la puerta del almacén y preguntó:

—Mi capitán, hemos movido todos los barriles y no hay nada sospechoso.

Me sorprendió. Ayer aún permanecían allí las cajas de madera en las que se transportó el oro. Supuse que mi padre se había deshecho de ellas ya que, prácticamente, todas las monedas estaban en el doble fondo de los barriles.

—¡Ábranlos! —ordenó Sandoval con tono autoritario y sin dirigir la vista hacia un sitio concreto.

—Perdone, señor inspector —dijo el guardia— pero no sabemos cómo hacerlo, salvo que los destrocemos y...

—Nosotros los abriremos —se apresuró a decir mi padre evitando que terminara la frase y a la vez que tomaba en sus manos un martillo y un cincel—. La tapa es provisional y están listos para que los parraleros los recojan y los lleven a los cortijos para llenarlos de uvas.

Esta vez dirigí mis ojos a Jacinto. No podía adivinar qué pasaba por su cabeza. Su rostro no reflejaba signo alguno de miedo, pero tampoco de otra cosa; es como si se hubiera convertido en un ser inanimado, casi una estatua. Eso me preocupaba aún más.

De pronto, el inspector Sandoval, elevando su voz, exclamó:

—¡Le he dicho que los abran!, ¡rompan tanto la tapa como el fondo, si es necesario!

Fue entonces cuando pensé en Julio, en que aquel era el idóneo momento para una escena cinematográfica de las suyas, en la que alguien sufría un desmayo, alguien disparaba, alguien se mordía las uñas o alguien moría. Nada de eso sucedió.

En Almería, saber soportar el calor, sobre todo en los meses de verano, es algo con lo que prácticamente se nace. Además de la flama que rodeaba el ambiente, en ese momento sentía que la humedad recorría mi entrepierna y chorreaba por mis muslos, llegando hasta los tobillos; mi frente sudaba como si una persistente lluvia manara de ella. Tasio, más de una vez, separó con sus dedos la camisa abotonada al cuello. El inspector Sandoval se quitó el sombrero y lo abanicaba sobre su cara. Mi padre no sudaba, él observaba, con el martillo y el cincel en sus manos.

El guardia se le acercó y tomó las herramientas. Todos nos dirigimos al interior del almacén. Allí, apilados en columnas de más de cuatro metros se encontraban los cinco mil barriles en hileras que parecían interminables.

—Señor González, proporcione unos martillos al resto de los guardias, por favor —dijo Sandoval.

Mi padre se dirigió al otro almacén, más pequeño, y comenzó a recoger más herramientas, Jacinto y yo le ayudamos. Se las entregamos a los guardias, un martillo a cada uno. El que había sido tan considerado, tomó en peso uno de los barriles más cercanos —los otros lo imitaron—, lo colocó sobre el suelo y golpeó levemente la tapa. Esta no se resintió. Mi padre acudió en su ayuda. Pidiéndole permiso, tomó el martillo y propinó tal golpe a la tapa del barril que saltaron incluso dos duelas, desparramándose buena cantidad de serrín sobre el suelo. No se quejó, no manifestó señal de sufrimiento alguno, a pesar de que la herida en sus costillas debía dolerle.

—Debe hacerse así —dijo mi padre mirando directamente a aquellos ojos que parecieron asentir de inmediato.

Acto seguido, el guardia miró dentro del barril. Lo observé desde mi posición, no había doble fondo en su interior. Intenté disimular mi cara de sorpresa.

—Abran más barriles, pero esta vez, tómenlos de las hileras más profundas, de los situados a baja, media y mayor altura —ordenó Tasio, interviniendo por primera vez y con cierto gesto de ofuscación, como si se sintiera decepcionado.

Los guardias, aleatoriamente, destrozaron casi cien barriles. El sudor, incluso, había traspasado sus uniformes, dejándose ver a través de los sobacos. Sus brazos ya no disponían de fuerzas suficientes para golpear. No encontraron nada sospechoso en ninguno de ellos.

Sandoval y Tasio se miraron. Sus rostros reflejaban frustración. Mi padre y Jacinto permanecían inmutables y expectantes. Un sepulcral silencio de más de medio minuto se apoderó de todos los presentes.

Imagínese, señor García, la cara que se le quedó a todo el mundo cuando comprobaron que no había ni rastro del oro, incluso a mí, que no lograba comprender cómo mi padre había conseguido cambiar todos aquellos barriles y se había deshecho del oro.

El sudor de los guardias y sus signos de fatiga eran tan evidentes que Jacinto les acercó dos botijos de agua para que se refrescaran.

Fue Sandoval quien, antes de que los guardias bebieran, ordenó:

—¡Vayamos a la barrilería y terminemos con esto!

La distancia entre el taller de barrilería y del almacén es de unos doscientos metros, por lo que todos nos dirigimos a pie hacia la calle del Ancla. No se pronunció palabra alguna durante el trayecto.

Mi padre abrió el portón y los acompañó hasta el almacén en el que había tan solo unos trescientos barriles. Sin preguntar ni esperar indicación alguna entregó un martillo al guardia espabilado. Jacinto tomó cinco martillos más y se los pasó al resto. Comenzaron a abrirlos al azar, unos veinte. No hallaron nada que no fuera serrín en su interior.

Sandoval se dirigió a mi padre y mirándolo fijamente a los ojos, dijo:

—Tarde o temprano lo encontraré, no lo dude, Rafael.

Mi padre respondió con ironía:

—Y yo me alegraré, inspector Sandoval, me alegraré mucho por usted y por la República.

El inspector, más bajo que él, lo sujetó de la camisa con su mano izquierda y, acercándose a su oído, dijo:

—No se haga usted el listo, que la inteligencia tiene sus límites.

No respondió, tan solo lo miró con persistencia, aguantando la rabia y con una mueca de sus labios pareció retarle.

Sandoval, tras cruzar su mirada con la mía —no supe por qué— se dirigió a la puerta con el ceño fruncido y, sin decir adiós, desapareció de nuestra vista. Le siguieron los seis guardias. Tasio, dirigiéndose a mi padre le dijo:

—Ten cuidado con él, Rafael, no quiero que te pase nada malo, ni a ti ni a tu familia. Le habían chivado que en tus barriles se iba a transportar una mercancía que podía ser utilizada contra la República y pensaba que te iba a descubrir fácilmente.

—Pues ya has visto que no ha habido suerte, Tasio. Sabes que no me dedico al contrabando. Hay gente que me la tiene jurada y es fácil difamar a quien sea en estos tiempos. Espero que encontréis lo que buscáis —dijo mi padre a la vez que le ofrecía su mano derecha que el capitán estrechó. ¿Quién me ha acusado, si se puede saber? —añadió mi padre antes de soltar su mano.

—Alguien de tu entorno, y por poco dinero. Hoy día la mentira se compra barata. No te fíes de nadie, el asunto es peliagudo y puede entrañar peligro. Ya me contarás quién te ha hecho eso —dijo dirigiendo su dedo índice de la mano derecha hacia el rostro de mi padre— y por qué; ahora tengo que irme, pero, si puedo, esta noche paso a verte.

Una vez que se marcharon, mi padre, tras asomarse a la calle, cerró el portón. Se escuchó un profundo suspiro.

Casi simultáneamente, Jacinto y yo corrimos a preguntarle dónde estaban los barriles. No respondió.

Se dirigió al armario de la radio, lentamente sacó la cadena de su cuello y lo abrió, descolgó la bota de vino y echó un largo trago. Transcurridos unos segundos, tras respirar hondamente, dijo:

—No preguntéis, no os lo voy a contar. Si lo mantengo en secreto no dispondréis de información y nadie os podrá sonsacar nada. Solo os diré que los barriles con el oro están a buen recaudo.

Aquella noche, mientras paseaba por la avenida de la República, me sentía satisfecho. Me había vestido con mi traje blanco y unos zapatos, del mismo color, preciosos, que me había comprado en Calzados El Buen Gusto —no llevaba sombrero—, aún así, las miradas de la gente, prestándome toda su atención, me hacían sentir ese orgullo que todos llevamos dentro. A la altura de la plaza de abastos me encontré con Blas. Esperaba a su amigo

Máximo y me propuso que fuera a tomar algo con ellos al bar La Macarena. No recuerdo el número de cervezas *La Mezquita* que finalmente consumimos. Fue la primera vez que me emborraché.

Decía mi abuela que la embriaguez es el estado en que a todo hombre se le exalta su verdadero «yo», es decir, una oposición entre apariencia y realidad, según don Manuel. Y creo que hablé demasiado aquella noche. Máximo se marchó a eso de las once. Nosotros continuamos bebiendo y charlando un par de horas más, creo. Lo malo de aquella juerga es que, además de perder la noción del tiempo, a la mañana siguiente era incapaz de recordar mi conversación con Blas, además de haber olvidado cómo llegué a mi casa. Parecía que el alcohol había borrado mi memoria por completo.

El dolor de cabeza era tan fuerte aquella mañana que, cuando Julio me empujó en el hombro izquierdo para decirme que era hora de levantarme, su voz retumbó en mi cerebro de manera que sentí como si me hubieran golpeado con un martillo. A duras penas me vestí, bajé a la cocina. Resu y la Ma'Dolores estaban tostando las almendras para unas patatas en «ajopollo» y preparando el «majao». Me miraron con cierto gesto de extrañeza, quizá porque ni siquiera di los buenos días, y dirigiéndome al armario superior derecho de la alacena, tomé una aspirina que eché a la boca junto con un trago de agua del botijo.

—Te oí llegar. Serían más de las dos. Qué bonico que vendrías, ¿no? —dijo mi abuela mientras llenaba un tazón de leche, que había puesto a calentar cuando me oyó, y lo colocaba sobre la mesa a la vez que Resu terminaba de tostar dos rebanadas de pan sobre las que derramó unos buenos chorreones de aceite de oliva.

No respondí. Me senté en silencio y tomé aquel desayuno con una doble sensación: que tenía hambre, por un lado, y que me sentía morir, por otro.

—Tu padre se fue hace más de media hora; Julio, hace diez minutos. Luego te quejas si te hace algún reproche. ¿Con quién estuviste anoche?

—Con Blas —balbuceé.

—¡Vaya por Dios!, bien te dijo tu padre que esas juntas no eran buenas. El otro día, tu madre tuvo unas palabras con Catalina y le puso los puntos sobre las íes. Se la encontró en la plaza de abastos.

No contesté. De un sorbo me bebí la leche y, con una de las rebanadas de pan en la mano, me dirigí a asearme. Diez minutos después, salía del portal algo mareado, pero con suficiente condición física y mental para hacer barriles.

Terque

El último martes de agosto mi padre me dijo que la Ma'Dolores, él y yo iríamos a Terque. Pensó que si éramos dos tapando los barriles, terminaríamos el trabajo en cinco jornadas. Preparó las herramientas, habló con Carmelo Benzal, un taxista que, de vez en cuando, llevaba a mi abuela y a él al pueblo, y salimos de Almería a las siete de la mañana del sábado, treinta y uno de agosto.

El trayecto por la tortuosa carretera se me hizo eterno y más aún con la retahíla de advertencias y consejos, sobre mi presente y mi futuro, que mi abuela se encargó de soltar durante la hora y media que, aproximadamente, tardamos en llegar.

Yo, abstraído, mirando a través de la ventanilla, observaba el paisaje. Contemplaba una vista impresionante del valle del Andarax cuando el vehículo atravesó el Puente de los Imposibles, cuyo nombre me causó extrañeza y entendí, una vez que mi padre me explicara que se le llamó así después de que se hubiera cambiado su diseño, varias veces, antes de su terminación definitiva.

En la casa de mi abuela, situada a la entrada del pueblo, nos esperaba Gregorio, el arrendatario de los parrales de mi padre, a quien había avisado días atrás. Nos saludó con alegría —que no sé yo si era del todo sincera—, quitándose la boina y estrechándonos las manos a mi padre y a mí, dejando ver su prominente frente a la que el pelo iba abandonado. Delgado, de estatura media, unos años mayor que mi padre, me llamó la atención su cara: una tez morena y pálida que contrastaba con el resto de su piel, más blanca. Tenía una expresión rara, que probablemente se debiera a la cicatriz que le cruzaba su mejilla izquierda. Su mujer, Calixta, muy gruesa y de grandes pechos, besó a mi abuela y nos saludó, a mi padre y a mí, con una especie de reverencia y una sonrisa que me causó cierto rubor.

Una vez que descargamos las herramientas y el equipaje, mi padre despidió al taxista y, tras pagarle el viaje, le instó a que nos recogiera en seis días.

Tan pronto como nos instalamos, Gregorio nos indicó que subiéramos a su camioneta con objeto de acercarnos al cortijo para echar un vistazo a los barriles. Tomamos la carretera hacia Alhabia y, recorridos tres kilómetros, nos desviamos a la derecha. Ya veíamos el cortijo, situado a menos de trescientos metros, encalado y rodeado de parrales. El sol de aquella mañana resplandecía sobre el terrado. Al mirar a mi padre observé un gesto que intuí de orgullo. Gregorio y Calixta lo mantenían en buenas condiciones. No recordaba haberlo visitado desde que era muy pequeño, pero en cuanto vi el porche, cubierto por un gran parral y rodeado de rosales y geranios, mi memoria se activó y me transportó a la niñez, al olor de matanza y a mi padre jugando conmigo, persiguiéndome por todo el recinto.

—Don Rafael —dijo Calixto señalando la porqueriza donde se cebaban ocho cerdos—, para el mes que viene mataremos un marrano, ¿quiere que le mande su parte y le curo los dos jamones?

—Envíame lo de siempre. Y sí, de los jamones te encargas tú. Ya vendré para cuando estén listos —respondió mi padre. ¿Este año la cosecha viene buena? —preguntó, mirando los parrales.

—Están cargados, en dos semanas empezaremos a recoger la uva. Ya le dije el mes pasado que necesitaremos, al menos, seis mil barriles. Lo que hace falta es que este año el precio sea mejor que el pasado.

—No sé Gregorio, la economía no está muy allá en Europa, por la crisis, pero ya veremos cuando llegue el momento. Quizá sea interesante que la vendamos en Estados Unidos, en Nueva York o Boston. Lo decidiré según vea cómo está el mercado. En cuanto a los barriles, no te preocupes, que ya estoy en la tarea.

Junto al cortijo, a unos cincuenta metros, un gran almacén daba cobijo a los barriles con el doble fondo.

—Diez camiones de la compañía Meyer los trajeron la semana pasada, tal y como usted ya me había avisado. Ayer estuvo aquí el señor Zimmermann para comprobar que se hallaban en buen estado y dijo que hoy vendrían varios camiones cargados de uva de sus parrales para que empezáramos la faena y los tapáramos definitivamente. Me pareció raro que la faena no se haga en su cortijo —dijo Gregorio mientras se quitaba la boina y rascaba un lunar bastante feo que sobresalía en la coronilla de su cabeza.

—He hecho un negocio con él. Le he comprado parte de su cosecha, a buen precio, con la condición de que yo me encargaré de todo —mintió mi padre sin manifestar énfasis alguno en su respuesta—. Tengo que ahorrar costes, así que entre Calixta, mi madre y su prima Lucía se hará toda la faena. Mi hijo y yo taparemos los barriles y tú te encargas de ir trasladándolos y colocándolos para cuando vengan los camiones. Hay que darle a las manos y terminarlos en cinco días, no puedo dejar la barrilería sola por más tiempo. Mi hijo y yo hacemos falta allí.

Evidentemente, Gregorio no sabía nada del asunto y, aunque todo eso le parecía extraño, no hizo preguntas y, simplemente, asintió con la cabeza.

La noche anterior mi padre habló conmigo y con mi abuela en la salita. Todos se habían acostado, salvo la Ma'Dolores, sentada en su hamaca, él, en su sillón, y yo en el que, habitualmente, se sentaba mi madre. Fue entonces cuando me contó cómo había trasladado los barriles del almacén de la calle Socorro.

El mismo día en que don Remigio nos avisó que era probable que un inspector de policía se presentara en el taller, mi padre envió un telegrama a Hans Zimmermann. Según me contó, tan solo decía cuatro palabras: «Barriles insuficientes, necesito más».

Fue entonces cuando Hans Zimmermann se vio con mi padre en la comandancia de la Guardia Civil junto con Luis Berenguel, el teniente, primo de mi madre, que, como ya le conté, estaba en el ajo.

Mi padre, para no descubrir a don Remigio, les dijo que su amigo Anastasio Cayuela, capitán de la Guardia de Asalto, le había comunicado que tenían órdenes de Madrid de inspeccionar las barrilerías de la capital porque perseguían una red de contrabando —que no dijo de qué— y que vendría a visitarnos un policía designado expresamente por el Ministerio. Propuso al alemán que comprara a sus cuñados, la Compañía Meyer, cinco mil de los seis mil barriles que Domingo Lastra ya tenía terminados y almacenados —que recordará usted que mi padre conocía de su existencia por El Juani—, y que los intercambiaran con los nuestros.

Así, el domingo anterior al registro del almacén de la calle Socorro y de la barrilería, diez camiones de la compañía Meyer descargaron en el primero de los locales seis mil barriles fabricados por Domingo Lastra y llevaron hasta Terque los cinco mil barriles que contenían el oro.

Mi abuela, mientras mi padre nos contaba cómo había realizado el trueque, parecía abstraída o, más bien, pensativa. De pronto dijo:

—El primo de Angustias no es de fiar, nunca lo ha sido. Tened cuidado con él porque no va a tener miramiento con nadie, que lo sepáis.

Mi padre asintió con la cabeza, reflexionando durante unos segundos. Yo sabía que el teniente era hijo de la prima Candelaria, quien acogió a mi madre cuando quedó huérfana, pero ella nunca había hecho referencia —ni mala ni buena— a su primo.

—Al mencionar a Tasio —continuó mi padre—, el guardia civil se alteró e hizo dos comentarios refiriéndose a él: uno llamándolo «chulito cobarde que no tuvo huevos de disparar un solo tiro en Casas Viejas»; y otro, llamándolo rojo, comunista y bolchevique.

Dejó claro que él se encargaría de mantener a raya a la Guardia de Asalto y al inspector Sandoval. Aún así, Madre, no me fío ni del uno ni del otro.

—Tasio siempre ha sido un buen muchacho —dijo mi abuela—, tú lo sabes, Rafael, y sé que no traicionará vuestra amistad. Estoy convencida de que nunca te haría daño, ni a ti ni a nadie de la familia. Tal vez se encuentre en un dilema y deba disimular todo lo posible para evitar causarte perjuicio alguno.

Así terminó aquella conversación. Ahora, la prioridad era terminar el trabajo y asegurarnos que desde el puerto de Almería zarparía, hacia Alemania, un barco cargado de oro. En ese momento, todos respiraríamos tranquilos.

Además de ser su prima hermana, por parte de padre, Lucía era la única familia que a la Ma'Dolores le quedaba en el pueblo. Viuda desde hacía más de diez años, me saludó con, yo diría, excesivo cariño, apretando con sus dos manos mi cara y besándome en la frente repetidas veces. De unos cuarenta y largos años, pequeña de estatura, con prominentes pechos y pelo castaño, era una mujer atractiva que rezumaba esa peculiar sensualidad que a algunos hombres enciende de inmediato. Me llamaron la atención sus preciosos y rajados ojos verdes, del mismo tono que la hierbabuena a la que olía toda la casa. Calixta se había encargado de recoger unos cuantos manojos y de colocarlos, a modo de ramos, en varios jarrones porque —según dijo— ahuyentaba a los insectos.

No tardé en darme cuenta que mi padre se comportaba de manera extraña con Lucía, y ella con él. La saludó, brevemente, con un «¿cómo estás?» que fue respondido con un simple «bien». No hubo más palabras, salvo el mismo día en que iniciamos la faena. Él situaba un barril abierto, delante de ella, para que colocara los racimos de uvas; fue entonces cuando la oí decirle:

—Quince años hizo ayer.

—Lo sé —respondió mi padre, esta vez sí, clavando sus ojos en los de ella.

No hubo más palabras. Las tres mujeres cortaban, primero, los racimos y, después, los iban colocando sobre capas de serrín, con cuidado, para evitar posibles roces y cualquier atisbo de humedad; por último, mi padre y yo tapábamos el barril, y Gregorio lo transportaba hasta el almacén, colocándolos en hileras, unos sobre otros.

Al día siguiente, tras terminar la faena, vi a mi padre tomar las tijeras de podar y, dirigiéndose a las plantas del arriate del porche, cortó quince rosas, todas blancas. Durante el trayecto, desde el cortijo hasta el pueblo, nadie preguntó al respecto.

Al llegar a la casa, dejó el ramo sobre la mesa de la cocina y me preguntó:

—Voy a asearme y a acercarme al cementerio, ¿quieres venir?

Asentí con la cabeza mientras lo observaba afligido y cabizbajo.

Me condujo directamente hacia un conjunto de nichos. Se detuvo ante una de las lápidas, austera, pero limpia y adecentada. En ella se leía: «Miguel Castro González. 1917-1920. Tu familia no te olvida».

—¿Quién es, Padre? —me atreví a preguntarle mientras él se arrodillaba y depositaba las rosas bajo el nicho.

—Un hijo que no tuve —respondió, irguiéndose, sin dejar de mirar la lápida y, acto seguido, apretando mi brazo izquierdo.

No me fue difícil interpretar aquella frase. Un tiempo después confirmé mi deducción. Efectivamente, mi padre, antes de instalarse en Almería, había dejado embarazada a Lucía. Todo el pueblo creyó que aquel niño era de su marido, pero mi abuela lo supo casi inmediatamente. Fue la misma Lucía quien se lo reconoció tras tirarle de la lengua. No me pregunte cómo lo supo, señor García, pero yo creo que tiene algo de bruja y es capaz de ver donde los demás no.

Yo conocía aquella historia por ella, que me lo contó un par de años después, una noche tras uno de los frecuentes bombardeos de la aviación alemana. Ayudó a su prima con el niño hasta que éste murió de una meningitis, con tres años.

—Me gustara o no, era mi nieto. Tu padre tenía diecisiete años cuando nació. Estaba en vísperas de casarse y se nos vino eso encima —dijo lamentándose y, en cierto modo, aún dolida.

—¿Y mi padre qué dijo cuando se enteró que Lucía estaba embarazada? —le pregunté.

—Pues que él estaba enamorado de tu madre y que se quería casar con ella. Que al niño no le faltaría de nada. Era muy joven, pero sabía lo que quería. Me llegó a confesar que se había acostado varias veces con ella mientras su marido trabajaba como jornalero en los pueblos cercanos a Terque. Fue cuando tu padre trabajaba en la barrilería de Alejo Palma en Alhama. Alquiló una casa allí y yo me fui con él. Se iba andando desde allí hasta Terque y se veían en mi casa. Así era tu padre, y mi prima.

Yo la maldije mil veces y dejé de hablarle, pero me iba a dar un nieto y, para mí, eso era lo importante, era sangre de mi sangre la que correría por esas venas, y eso es lo más sagrado porque…

—¿Y mi madre supo de la existencia del niño? —la interrumpí con curiosidad.

—Sí, lo supo. Lucía, cuando murió el niño sufrió un profundo trastorno y salió lo peor de ella, incluidos los celos, y se lo contó a tu madre cuando vinieron al funeral.

La Ma'Dolores recordaba perfectamente las palabras de mi madre en el velatorio, en casa de Lucía:

—Lo que hiciera mi marido antes de casarnos, hecho está. Lo mejor que ha podido pasar es que no tenga un heredero que no sea hijo mío. El Señor ha debido castigarte por ser tan puta.

—Así zanjó tu madre la conversación. No dio opción a mi prima para una posible respuesta porque tomó de la mano a tu padre y salió dando un portazo. No volvió a pisar el pueblo ni a encontrarse con Lucía.

Tu padre siempre ha sido un hombre sensato en todo, salvo en lo que a las mujeres se refiere. Las mujeres han sido su mayor debilidad. Es lo único de este mundo que le ha hecho perder la cabeza.

Así terminó la Ma'Dolores aquella conversación. No era la primera ni la última vez que mi abuela me confesaría íntimos secretos sobre su pasado y el de la familia.

Cumplimos el objetivo y terminamos de envasar la uva y tapar los barriles en el tiempo previsto, y sin percance alguno. Sí que recuerdo que la última noche, mi padre había salido a tomar un vino a la taberna y llamaron a la puerta mientras mi abuela y yo cenábamos unas costillas al ajillo y tortilla de patatas. Fue ella quien abrió. Desde la cocina pude oír la voz de un hombre que entraba en el zaguán y la breve conversación que mantuvieron:

—¿Estás bien? —preguntó el hombre.

—Sí, bien, ya te contaré.

—¿Cuándo volverás?

—El mes que viene —respondió mi abuela dando paso a un breve silencio que duró medio minuto.

La puerta se cerró y mi abuela regresó a la cocina. Sus ojos brillaban bajo la luz de la tenue bombilla y, aunque sus labios no sonrieron, su rostro sí lo hizo.

—Era Francisco, el maestro, se ha llegado para preguntarme si estábamos bien y si necesitábamos algo.

No hice comentario alguno, habría sobrado.

Carmelo, el taxista, llegó a las nueve de la mañana. Nos despedimos de Gregorio y Calixta —Lucía no apareció por la casa—, pero, justo antes de arrancar, un automóvil, un Fiat Balilla de color rojo, se dirigió hacia nosotros. El conductor detuvo el vehículo, se abrió la puerta trasera y se apeó don Ernesto Salmerón, mostrando una ancha sonrisa en su boca y levantando los brazos.

Mi padre y él se abrazaron, lo mismo que hizo con la Ma'Dolores y conmigo. Saludó a Calixta y Gregorio, y dijo:

—Me he enterado que estabas en Terque, ¿creías que te ibas a marchar sin verme?

—No ha habido tiempo, Ernesto, tenía que terminar una partida de barriles y necesito estar en Almería. Hay mucha faena pendiente y poco personal.

Don Ernesto sujetó el brazo izquierdo de mi padre y comenzó a caminar, apartándose del grupo, y diciendo:

—Ven, Rafael, tengo que comentarte algo.

Los vi alejarse unos veinte metros. El médico no paraba de hablar. No conseguí entender nada de lo que decía. Tras unos cinco minutos, se estrecharon la mano y regresaron hasta los coches. Don Ernesto se despidió con más abrazos y prometió a mi abuela que iría a Almería a verla y a comer esa sopa de pimentón con raya y almejas que tan buena le salía.

Durante el trayecto de vuelta no hicimos comentario alguno respecto a la conversación de mi padre con don Ernesto. Tenía unas ganas enormes de ver a Trinidad, lo echaba de menos y deseaba llegar a Almería lo antes posible.

Mi madre recibió a mi padre con un cariñoso abrazo y varios besos, a mí también; besó a los mellizos y les entregó un paquete de pestiños que Calixta había comprado en la panadería.

—¿Ya habéis terminado?, ¿todo bien? —preguntó mi madre.

—Sí, todo como había pensado —respondió.

Esa misma mañana, mi padre y yo nos incorporamos a la barrilería. Todo parecía estar en orden y así lo explicó Jacinto, que se encargó de dirigir las tareas en nuestra ausencia. No hubo visitas inesperadas y los días de faena se desarrollaron con normalidad.

Mi padre llamó a Jacinto al despacho, supuse que para explicarle cómo había ido todo.

Serían las tres de la tarde cuando un ordenanza de telégrafos se presentó en la barrilería y entregó a mi padre un telegrama en el que Hans Zimmermann le comunicaba que el vapor *Sirius* saldría el 16 de septiembre para Bremen, con 5.742 barriles. Al día siguiente confirmé que esa información se publicaba en el tablón de anuncios del puerto y, unos días más tarde, lo leía en La

Crónica Meridional, que solía publicar a diario la previsión de los barcos que zarparían con cargamentos de uva de embarque. Pronto terminaría este episodio —pensé.

Esa misma noche, mi abuela preguntó a mi padre después de cenar:

—¿Qué os traéis entre manos, tú y el médico?

—Hablábamos sobre sus parrales, que va a recoger la cosecha y me ha encargado los barriles.

—Ya —respondió mi abuela con ese tono de incredulidad que a veces utilizaba.

Imaginé que mi padre no decía toda la verdad, pero unos días más tarde la averigüé.

Cuando terminamos la jornada, yo cerré el taller porque él —según dijo— tenía que ir a cobrar unos alquileres, aunque no era martes. Salí, bajé la cuesta, Trinidad me esperaba en la puerta del salón Katiuska. Con una amplia sonrisa, que parecía iluminar mis ojos, dijo:

—Te he echado de menos, payo.

—Yo también a ti, ¿vamos a tomar algo?

Aquella noche, tras un par de cervezas, antes de despedirnos, Trinidad me adentró en el portal sin luz de una casa de la calle de la Reina y nos besamos con la pasión propia de dos enamorados. No duró mucho y, aunque regresé excitado a casa, me hizo feliz.

Ya en la cama, Julio me preguntó por los días en Terque y por los barriles. No le conté lo que mi padre nos había explicado a la Ma'Dolores y a mí. No lo vi necesario.

Llegó el día 16 de septiembre, eran las seis de la tarde cuando las primeras barcazas, repletas de barriles, comenzaban a trasladar, desde el muelle de levante hasta el *Sirius*, los barriles con uva de embarque que la compañía parralera Zimmermann enviaba hasta Bremen, en Alemania.

Odio

La Ma'Dolores preparó sopa de maimones para cenar. Había regresado esa tarde de sus clásicas visitas a Terque y parecía más guapa y más joven. Nos llamó la atención que vestía una blusa de color blanco, cosa que no acostumbraba porque, hasta ese día, su color, el único, el de siempre, había sido el negro.

Mi madre me contó, pocos días después, que la Ma'Dolores tenía un amante en el pueblo —así de claro lo dijo—, su primer novio, Francisco, el maestro de escuela, que no se había querido casar con ella porque se había quedado embarazada de otro hombre, pero que, transcurrido el tiempo, aunque él tenía mujer y dos hijos, se veían a escondidas tres o cuatro veces al año, cuando ella visitaba Terque. De ahí que, en más de una ocasión, le oí comentar a mi madre, siempre en voz baja, un «ya viene feliz» que sonaba a guasa. No en vano, mi abuela tendría cincuenta y tantos años por entonces, y he de reconocer que, aunque ya con algunas canas, mantenía una piel de porcelana envidiable; era una mujer esbelta, de ojos azules, pelo castaño y muy guapa. Mis padres habían salido de paseo. Julio y yo, sentados a la mesa, esperábamos a que sirviera los platos.

—Me he enterado de lo que ha ocurrido en mi ausencia. Alguien de esta familia va a acabar en la cárcel si seguís con esos líos de política —dijo la Ma'Dolores con un tono más serio de lo habitual mientras Julio asentía con la cabeza y ella repartía un bollo de pan a cada uno, acompañados de sendos «por Jesucristo», como tenía por costumbre.

Mi abuela se refería al altercado que había tenido con Samuel Lastra la tarde del sábado anterior. Yo me había acicalado para salir a dar una vuelta por el Paseo. Había quedado a las ocho, en la Puerta de Purchena, con Antonio Gálvez a quien conocía desde niños y era sobrino de Engracia, la vecina a la que mi abuela solía coserle algunos vestidos. Llegué antes que él, lié un cigarro y, mientras fumaba, oí, a mi espalda, esa voz que ya me resultaba familiar, la de Samuel Lastra, diciéndome:

—¡Tú, rojo maricón, te vamos a quemar a ti y a toda tu familia!

Había mucha gente aquella tarde en la calle y no tenía intención de iniciar una pelea y significarme aún más, así que me giré, lo miré a los ojos dirigiéndole una mueca de desprecio y comencé a andar. Samuel Lastra no tuvo la misma contención que yo y se abalanzó sobre mí, arrojándome al suelo, boca arriba, y, colocando sus piernas sobre mi pecho, inició una serie de golpes con los puños en mi cara, a los que yo respondí como pude. Dos guardias de asalto acudieron de inmediato a separarnos. A ambos nos llevaron al cuartel en el Convento de las Puras.

Antonio fue quien dio aviso a mi familia. No habría trascurrido más de una hora cuando mi padre acudió para sacarme de allí. Mi madre me contó que Domingo Lastra y mi padre se cruzaron a la entrada del cuartel y que ni uno ni otro se dirigieron la palabra.

—La abuela tiene razón, Miguel —dijo Julio—, ¿qué necesidad tienes de salir por ahí y enfrentarte con esos falangistas? Sabes que corres un riesgo inútil. No vas a conseguir más que un tiro en cualquier momento. Esa gente usa pistolas y escopetas. No te expongas de esa manera.

La Ma'Dolores, sentándose a la mesa con nosotros, después de haberse servido un huevo frito y un chorizo de Níjar —en ese pueblo hacen buenos embutidos, ¿sabe usted?—, cabizbaja, con la mirada dirigida hacia el plato, comía como si nada fuera más importante. De pronto, levantó la vista y expresó:

—Tu hermano tiene razón. Saben dónde vives y trabajas, es posible que te sigan, y cualquier día... No quiero ni pensarlo. ¿No te da miedo salir solo por esas calles por las noches? La cosa está muy agitada y lo mejor que podemos hacer es cerrar la boca.

En ese momento, observé cómo la mano derecha de Julio, a la que le faltaba el dedo meñique y apenas la utilizaba, sujetaba un trozo de pan mientras sostenía una cucharada de sopa con su mano izquierda. Permanecía inmóvil, a mitad de camino entre el plato y la boca. No levantó los ojos. Con la elocuencia que parece otorgar el conocimiento, dijo:

—Los Lastra son vengativos, ya lo has visto. Tarde o temprano irán a por cualquiera de la familia y sabes que ellos resuelven los problemas a base de hostias y violencia. Envidio tu facilidad para aislarte del mundo que te rodea y no sé si es tu simpleza de espíritu o una profunda rebeldía lo que te conduce a no escuchar más allá de ti mismo. Tienes que ser más listo que ellos.

—No me dan miedo y lo sabéis. El miedo, además de ser propio de cobardes, es el poder que ejercitan los tiranos para doblegar a quienes no piensan y actúan como ellos. Siempre me rebelaré contra la sumisión porque es contraria a la libertad —expresé con pleno convencimiento de tener razón.

—Muchas películas y mucho politiqueo de ese te tiene el seso nublado —dijo la Ma'Dolores—. No quiero llorarte, Miguel. ¿Tú sabes que hay gente con un odio de años, de siglos diría yo?, ¿familias que lo llevan en la sangre? Unos que han abusado, otros que han sufrido a base de palos y de poco dinero para vivir. Ese odio va a salir, Miguel, entre los que no piensan igual, entre los mismos vecinos. Esto puede reventar y siento mucho miedo por esta familia. Sois lo único que tengo —añadió sin levantar los ojos del plato mientras mojaba un trozo de pan en el huevo.

Mi hermano comía tranquilamente, su rostro mantenía esa expresión tan soñadora que le caracterizaba, que parecía estúpida, que todo hay que decirlo, pero que era habitual en él.

Mi abuela había encendido la radio. La situación política le preocupaba —nadie podía fiarse de nadie— y quería estar al tanto de los acontecimientos que se sucedían.

Sonaba un bolero, que luego supe, por Julio claro está, que era interpretado por *Manolo Castro and his Havana Yacht Club Orchestra*. Lo había compuesto el cubano Moisés Simón.

De pronto, se interrumpió la música y el locutor anunció el levantamiento militar. Los tres nos miramos. Lo que temíamos que pasaría, acababa de empezar.

—Ve a buscar a tu padre. Díselo con disimulo —me ordenó mi abuela.

Esa noche del dieciocho de julio de 1936, mi madre y mi abuela pidieron a mi padre que cerrara la barrilería durante unos días, hasta que amainara la tempestad, a lo que él se negó argumentando que había un pedido de tres mil barriles que tenía que entregarse.

Al día siguiente, en el edificio del Casino se constituyó un Comité Central Antifascista que se encargó de organizar las milicias. Se repartieron armas entre la población civil. Mi padre nos prohibió acercarnos por allí y, por supuesto, que nos hiciéramos con un arma.

Tres días después, en la madrugada del día veintiuno, llamaron a la puerta. Mi padre bajó a abrir, mi madre con él. Julio y yo mirábamos desde el rellano. Cuando abrió, el rostro aterrado de Josefa, la mujer del teniente de la Guardia Civil, primo de mi madre, no era capaz de expresar el verdadero miedo que sentía.

—Luis me manda para que os diga que no salgáis a la calle. El Batallón de ametralladoras y la Guardia Civil se han alzado en armas. Tienen orden de disparar a los civiles que encuentren fuera de sus domicilios.

—¿Y Luis, cómo está? —preguntó mi madre.

En ese momento, la iracunda mirada de mi padre la obligó a bajar los ojos.

—Bien, está bien, preocupado. Dice que a los civiles que no se entrometan no les pasará nada —respondió Josefa evitando cruzar la mirada con mi madre.

Cuando se marchó, mi padre decidió que no trabajaríamos ese día. Se cambió de ropa y se dirigió a la barrilería para avisar a los empleados. Antes de marcharse nos advirtió, a Julio y a mí, que bajo ningún concepto, y por ningún motivo, saliéramos a la calle.

A las cinco de la madrugada ya se escuchaba el sonido de algunos disparos y de voces en las calles. Me asomé al balcón. Abajo, junto a nuestro portal, Santiago, propietario de la carnicería de la calle San Pedro, me saludó y, desde abajo, gritó:

—Miguel, la Guardia Civil, el Batallón de ametralladoras, los Carabineros y unos cuantos civiles de extrema derecha se han rebelado contra la República, han ocupado el Parque. Unos van a tomar el Ayuntamiento y otros se dirigen, por el Paseo, al Gobierno Civil. Tengo que llevar, sin falta, tres cajas de embutidos a Gervasio, el de La Oriental. Si me ayudas, terminaré antes, hazme ese favor.

Santiago siempre se había portado bien conmigo y, a veces, cuando pasaba por su carnicería, me daba a probar un trozo de chorizo de Cantimpalos, que sabía que me gustaba. Así que no era cuestión de no echarle una mano. Por tanto, asentí diciéndole que bajaría en unos minutos.

Julio, que había escuchado la conversación, me reprochó:

—Estás loco, Miguel, ¿cómo te vas a exponer de esa manera?, es peligroso.

—Pues ven conmigo y así me proteges, hermano —respondí intentando hacerme el gracioso.

Le dije a mi madre que Julio y yo íbamos a ayudar un momento a Santiago y que regresaríamos enseguida. No sin muchas reticencias, tanto de ella como de la Ma'Dolores, nos marchamos con un «¡que no se entere tu padre!» que oímos mientras bajábamos las escaleras.

No tardamos en llegar. Durante el trayecto no se escucharon disparos ni trifulca alguna; eso sí, las calles estaban casi vacías. Una vez que dejamos las cajas en Casa Gervasio y que Santiago tomara, de una de ellas, un chorizo y me lo entregara, a modo de agradecimiento, Julio y yo giramos la esquina de la calle Castelar para desembocar en el Paseo. Fue entonces cuando sí que comenzamos a escuchar una algarabía al fondo de la calle. Al llegar a la altura de la calle Navarro Rodrigo, vimos a dos hombres, civiles, con pistolas en mano y escopetas colgadas al hombro. Miré a Julio, como pidiéndole permiso para acercarnos. Él asintió.

Al llegar a la altura de aquella calle, observamos que una ametralladora de la Guardia Civil se había instalado en uno de los tejados. La gente, a toda prisa, desaparecía a través de las calles que desembocan en el Paseo. De pronto, como si hubieran descorrido el telón en una obra teatral, comenzó el ensordecedor ruido de las armas. Julio dijo entonces:

— Miguel, es peligroso, no sigamos. Vámonos a casa.

Asentí con la cabeza y comenzamos a correr, yo con el chorizo en mi mano izquierda. La gente se alejaba de allí aterrorizada. Se oían llantos de niños. La incesante lluvia de disparos nos obligó a refugiarnos en un portal. Había más gente dentro. Alguien toco mi espalda. Me giré y lo vi. Algo ascendió desde mi estómago hasta la garganta, un estremecimiento que no pude evitar. Lo miré a los ojos, fijamente, como si hubiera visto una aparición. Él, con semblante serio, se limitó a apoyar su mano derecha en mi brazo izquierdo. Trinidad portaba en su hombro un fusil Mauser y, al cinto, una pistola Star 1920, nueve milímetros, igual que la que mi padre guardaba en el cajón de su escritorio. Junto a él, su primo, unos años mayor que nosotros. No dijo su nombre.

—Tened cuidado —nos previno—. Algunos fascistas se han apostado en los tejados y disparan a todo lo que se mueva. Volved a vuestra casa; pretenden tomar el Gobierno Civil y vamos a defenderlo.

Ambos salieron corriendo. No sé por qué lo hice, pero cogí del brazo a mi hermano y los seguimos por la calle Navarro Rodrigo, girando a la derecha hasta llegar a la esquina de la calle Zaragoza. Los rebeldes habían subido por el Paseo de la República y se dirigían ya, por esa calle, hacia el Gobierno Civil. Los cuatro nos escondimos en un portal. De repente, una bala impactó en la puerta de madera. En ese momento, el chorizo cayó al suelo. Una vez que las tropas nos sobrepasaron, nos apostamos en la esquina de la calle. Nos dimos cuenta que iban, además de los soldados del Batallón, un grupo de Guardias Civiles y estaba claro que se dirigían a la calle Javier Sanz con la intención de asaltar el Gobierno Civil.

—Han apostado una ametralladora en los tejados, frente a la Federación Socialista —dijo el primo a la vez que los rebeldes comenzaban a disparar a diestro y siniestro.

Trinidad no se lo pensó y, haciéndole un gesto con la cabeza, salieron del portal y corrieron hacia la Federación Socialista en medio del fuego cruzado. Intenté seguirles, pero la mano de Julio me agarró el brazo izquierdo con fuerza. Grité a Trinidad para que retrocediera, pero no me hizo caso. Tras refugiarse en varios portales, uno tras otro, él y su primo consiguieron su objetivo.

En esos momentos sentí que tenía que haber estado a su lado; que, en vez de a su primo, era a mí a quien correspondía defender la República. Ideas tontas, ¿sabe usted?, ¿dónde íbamos nosotros dos?, ¿a hacer la revolución por nuestra cuenta?, si ni siquiera sabíamos lo que era una revolución.

Julio me hizo volver a la realidad golpeándome en el cogote. Lo miré. No respondí. Pegué mi espalda a la puerta. En ese momento advertí que había perdido el chorizo. Los disparos continuaban, incesantes. Asomé la cabeza. Se escuchó una detonación. Alguien nos había visto y esperaba a que saliéramos para acribillarnos. Desde allí pudimos ver a dos milicianos que respondían a los disparos que provenían de los tejados. Aprovechamos aquel momento. Tiré del brazo derecho de mi hermano y salimos corriendo hacia la calle Navarro Rodrigo. Recorrimos unos cien metros. Al desembocar de nuevo en el Paseo, intentamos regresar por el mismo camino que habíamos seguido con el pedido de embutidos. Casi habíamos llegado al Hotel Simón, cuando, desde el tejado de los Almacenes El Águila, una ametralladora comenzó a disparar, a ráfagas, hacia la gente que, despavorida, huía en todas direcciones.

Julio y yo corríamos como liebres; yo un poco más deprisa porque él se fatigaba rápido. De repente, sentí un pinchazo en mi hombro izquierdo que me hizo caer al suelo, seguido de un intenso dolor. Julio se dio cuenta inmediatamente. Una bala me había rozado. No había penetrado en la piel, pero salía mucha sangre. Mi hermano me ayudó a levantarme y, rápidamente, abandonamos el Paseo. Por fin podíamos refugiarnos del ataque.

Julio sacó de su bolsillo un pañuelo y lo colocó sobre la herida. Acto seguido, quitándose el cinturón del pantalón, la apretó con él.

Llegamos a casa en unos minutos. Mi madre, al verme, comenzó a gritar repetidas veces un «¡que se muere mi hijo!» que creo que se enteró hasta el que disparó la ametralladora. La Ma'Dolores, más serena, destapó la herida, la observó detenidamente y dijo:

—Nunca aprenderás Miguel. Mira que te gusta meterte en líos. Pero de esta no te morirás, ni siquiera necesitas puntos.

Mi abuela se dirigió al armario de la cocina, sacó alcohol, yodo y unas vendas, y curó mi herida, no sin escuchar mi queja cuando el líquido penetró en el rasguño.

Los sediciosos no consiguieron su objetivo y se mantuvo a salvo el Gobierno Civil con la ayuda de un grupo de soldados de Aviación, que habían llegado desde la base de Armilla en Granada.

A las pocas horas de la insurrección, fondeó en la bahía de Almería el acorazado *Lepanto*, desde el que se amenazó a los rebeldes con bombardear las comandancias, y los puestos, si no deponían las armas, como, finalmente, hicieron.

Media hora después apareció mi padre. Cuando me vio no dijo palabra alguna, tan solo levantó su mano para golpearme en la cara, pero no lo hizo. Algo pasaría por su mente en aquel momento que se lo impidió.

Me preguntó por lo ocurrido. Se lo conté, Julio también. No hizo ademán alguno. Únicamente expresó, en un tono en el que me pareció vislumbrar resignación:

—Te dije que no vieras más a ese gitano, va a ser tu perdición.

Bombas

Mi abuela me contó una parte importante de la historia de su vida la mañana del treinta y uno de mayo de 1937. Nunca olvidaré aquel día porque —nos enteramos unas horas más tarde— una bomba destruyó la casa de Resu y murieron, además de ella y su padre, dos niños que estaban sentados en el tranco de la puerta.

Cinco barcos de la Armada de Hitler bombardearon la ciudad. La sirena de Oliveros nos despertó unos minutos antes de las cinco menos cuarto, con el tiempo justo para llegar a una de las entradas a los refugios que estaba cerca de nuestra casa, junto a la Iglesia de la Virgen del Mar. Mi padre abrió la puerta de mi habitación bruscamente. Llevábamos varias noches acostándonos vestidos. Mi abuela se había echado la manta por encima de los hombros y mi madre esperaba en la puerta.

La Ma'Dolores tomó en brazos a uno de mis hermanos pequeños, mi padre al otro, y corrimos hacia el refugio; Julio, agarrado a la mano derecha de mi madre, iba a mi lado. El sonido de las bombas era ensordecedor. Muchos vecinos corrían despavoridos por las calles adyacentes, llenas de humo, gritando «¡fuego, fuego!», creando mayor confusión. Intentábamos entrar en la boca del refugio. Algunos saltaban y tropezaban, otros caían; un niño, solo, lloraba; otros gritaban. Una vez dentro, pudimos sentirnos a salvo y mantener la esperanza de que aquel túnel no llegara a derrumbarse.

No era la primera vez que Almería era bombardeada y ya nos habíamos acostumbrado —a todo se acostumbra uno, ¿sabe usted?—, pero aquel estruendo nos daba pavor a todos. Serían las siete de la mañana cuando la escuadra cesó el fuego de sus obuses y se alejó de la bahía.

Al principio de la guerra, el temor a los bombardeos nos sumió en un miedo que se convirtió en un sentimiento permanente, como el dolor de una muela, soportable, pero en el cual prácticamente ya no pensábamos. Así se desarrollaba nuestra vida hasta entonces: vidas vacías, como si nuestra existencia, y la de nadie, fuera necesaria. Pero proseguía —el instinto de supervivencia, habría dicho don Manuel—, casi como siempre. Nos habituamos a las sirenas, a los aviones y a los bombardeos. A veces, ni interrumpíamos lo que estábamos haciendo, incluso algunas salas de cine permanecían abiertas, aunque ya no traían películas americanas, sino soviéticas. Recuerdo haber ido con Julio a ver la película *Los marinos de Kronstadt*, en el teatro Cervantes y, en otra ocasión, *La última noche,* en el salón Hesperia.

Pero la guerra nos había transformado, nuestras preocupaciones se limitaban a nosotros mismos y al reducto familiar, poco más. Mi madre acudía a su fe y a sus plegarias, rogando a Dios que protegiera a su familia y que terminara con aquella barbarie. Mi abuela maldecía una y otra vez a todo el mundo: a los curas, a los de derechas, a los de izquierdas, y a sus putas madres. Mi padre guardaba silencio y respetaba las opciones elegidas por una y otra. Yo recordaba aquello que nos contaba don Manuel, a Julio y a mí, respecto a que creemos, sobre todo, porque es más fácil creer que dudar.

Es cierto que la guerra genera, entre otras muchas cosas, indolencia. Quizá, el motivo estribe en que nos creemos inmortales y no somos conscientes de que cada uno de nuestros actos puede ser el último. Eso es lo que me dijo don Manuel antes de verlo por última vez, el día anterior a la sublevación de los militares. Coincidimos en la puerta de la bodega El Patio, en la calle Real. El día después de que intentaran tomar el Ayuntamiento y el Gobierno Civil, me enteré, por Julio, que don Manuel había sido asesinado, con un tiro en la cabeza, junto al portal de su casa. Según su mujer, fueron tres falangistas quienes lo estaban esperando esa noche, pero, realmente, no hubo testigos, porque ella vio pasar por delante de su ventana a tres individuos un rato antes de que el maestro volviera a casa, pero no tenía la certeza de que ninguno de ellos hubiera apretado el gatillo, por lo que la cosa quedó en nada: otro muerto más.

No lloré. Julio, sí, y mucho. Y no crea usted que no lo sentí, tanto como si hubiera sido alguien de mi familia, pero no me salían las lágrimas, no sé por qué. Mi hermano me explicó que a él se le había quedado un vacío tan grande dentro que era como si le faltara un cacho de su vida. Lo pasó mal durante muchos días, pero ante los acontecimientos que se sucedieron después, el recuerdo de don Manuel se quedó en un sentimiento aceptado y en la añoranza de un ser querido.

Salimos del refugio y, al regresar a casa, mi padre conectó la radio. No había noticias que relataran el suceso, por lo que decidió, junto con mi madre, salir a la calle y acercarse al Gobierno Civil, donde seguro que se habrían congregado algunos vecinos. Julio los acompañó.

Mi abuela subió al dormitorio de mis hermanos y acostó a los pequeños. Yo me preparé un vaso de leche caliente y me senté en una de las sillas de la cocina.

Cuando la Ma'Dolores bajó, se acercó a la alacena, abrió la puerta superior derecha y sacó un plato que, tapado con un paño, contenía roscos de vino, que había hecho la tarde anterior, y me animó a comer mientras ella se sentaba. La miré a los ojos, húmedos, dispersos, llenos de preocupación. Apoyó sus dos manos sobre la mesa y se levantó con parsimonia. Fue, de nuevo, hasta la alacena, abrió la puerta inferior izquierda; sacó una botella de anís y una copita de cristal. Llenó la copa, hasta arriba. Tras tomarla de un trago, se sirvió otra. Esta la bebió a pequeños sorbos. Ella, de pie, me miraba con ternura, casi con una sonrisa en sus labios. No pude contenerme y le dije:

—No te preocupes abuela, la guerra terminará pronto, ya lo verás.

—Temo por ti y por toda la familia, Miguelico. ¿Y si te llaman a filas y te envían al frente?, ¿tú crees que esto es vivir?, ¿y si te matan? —preguntó con lágrimas en los ojos.

—No les dará tiempo, Ma'Dolores. Antes de eso, la República doblegará a esos hijos de puta y se terminará la guerra. Seguro que nos ayudan las democracias europeas —respondí con la seguridad de que esto iba a ocurrir porque así me lo habían confirmado los más preparados de Unión Republicana.

—No sé, Miguel, yo no lo veo así. Las cosas no son necesariamente como tú las veas o como las vea yo, o cualquier otro; las cosas, como dice el refrán, dependen de los ojos con los que se miren. Y lo peor de eso es que hay quien no mira o mira hacia otro lado. ¿Y tú sabes en qué se convierte la ceguera?, pues en ignorancia. Así que nunca cierres los ojos ante un problema ni mires hacia otro lado, afróntalo. Pero a esos ingleses o a esos franceses qué les va a importar lo que a nosotros, unos ignorantes de pacotilla, nos ocurra. Ellos se pondrán de perfil, al igual que el vecino de al lado con nosotros, o nosotros con lo que le suceda a cualquiera. Cada uno vive su vida, porque lo que piensa la gente es lo que dice el refrán: que cada palo aguante su vela.

El otro día, Francisco, el maestro, me leía unas palabras, muy duras, que había escrito que resumen lo que quiero decir. Él decía que unos y otros se reirán de ti —y de mí—, incluso de nuestras sombras; se reirán de las voluntades y utopías, de los sueños píos y de los irreverentes, de los ideales y las libertades; y desdeñarán la verdad con la hipocresía de una capa de hielo que se resquebraja cuando pretendes dejar tu huella.

—Menudo ese Francisco, abuela. Lleva razón, de ahí que luchar por esas utopías e ideales sea la verdadera razón, la única verdad que nos debe conducir a luchar por ellos.

—¿Qué verdad, Miguel?, ¿dónde está la verdad? No te puedes fiar ni de unos ni de otros. Esto que está pasando no es cuestión de política, la política es otra cosa, es, simplemente, de sentires, sentires opuestos, como entre el amor y el odio.

Mi abuela se sentó a la mesa con su copita de anís en una mano y tomó un rosco con la otra. Aproveché para cambiar de conversación y le pregunté:

—Cuéntame la historia de mi abuelo. Siempre has dicho que murió de una pulmonía siendo muy joven. A mí me habría gustado que mi abuelo fuera el maestro, Francisco.

—Te voy a contar la verdad, pero júrame que no lo que oigas no lo contarás a nadie.

Mi madre decía que no debía jurarse porque Jesucristo predicó que no debía jurarse en ninguna manera. Según ella, un juramento por algo o por alguien no está sujeto a nuestro control y puede resultar un juramento en vano. Eso sí sería pecado. No obstante, juré a mi abuela que no contaría nada de lo que iba a escuchar.

—Francisco, el maestro, era mi novio, pero él no es tu abuelo —expresó mi abuela tras tomar otro trago. Nos queríamos desde niños, pero no me casé con él porque se fue a estudiar a Almería. Cuando terminó sus estudios, regresó a Terque, como maestro. Yo ya había dado a luz a tu padre. El pueblo me miraba de aquella manera, como si fuera la puta más puta de la historia, y nadie se iba a casar conmigo; él, tampoco.

Con más agilidad de la que había mostrado antes, la Ma'Dolores me tomó de la mano y, tirando de mí, me llevó hasta su dormitorio, en la primera planta.

—No hagas ruido. Cierra la puerta y siéntate; siéntate ahí, en la cama. Voy a contarte toda la historia. Pero, espera un momento —dijo mientras se acercaba a la cómoda y me miraba con una leve sonrisa, como quien va a mostrar un tesoro.

Con parsimonia, abrió el tercer cajón. Entre sus manos sostenía una caja de color verde agua, de esas que venden con jabones de distintos olores y colores. La llevó hasta la cama y, sentándose a mi lado, la depositó en medio y la abrió. Sacó cinco o seis fotografías atadas con un lazo de tul blanco. Deshizo la lazada; parecía impaciente por mostrarme una de ellas y la buscaba febrilmente. Por fin extrajo una fotografía que tomó con ambas manos y se la llevó hasta su pecho. Acto seguido me la mostró: un hombre alto y rubio, con un traje elegante, seguramente de procedencia europea. Mi padre era su vivo retrato. Se apresuró a decir:

—Este hombre es tu abuelo Frank, un empresario alemán que llegó a ser Cónsul Honorario en Almería, todavía lo es, creo. Era dueño de varias hectáreas de parrales en Alhama y Bentarique. Muchos ingleses y alemanes habían visto un buen negocio en la exportación de la uva de embarque y habían comprado tierras por todo el valle del Andarax. Tu abuelo Frank exportaba uva a Inglaterra y a Alemania principalmente. También compró una finca con un cortijo y parrales cerca de Terque. Fue entonces cuando lo conocí. Entré a servir en la casa que había alquilado. Yo tenía dieciséis años. Él venía solamente dos días entre semana porque su mujer, sus dos hijos y su hija vivían en Almería.

—¿Y te enamoraste de él? —pregunté mientras ella rebuscaba en la caja.

—No. Era casi veinte años mayor que yo. Por entonces yo era una niña que no sabía casi nada de la vida. Era guapa, pero ignorante. No sabía ni leer ni escribir y no había tenido más experiencias con los hombres que un beso robado que le permití a Francisco una noche durante las Fiestas del Voto.

—¿Entonces qué pasó?

—Pues si te digo que abusó de mí al principio, tal vez sea cierto. Como supondrás, se aprovechó de su posición y metía su mano bajo mi vestido en cuanto me descuidaba. Yo intentaba evitarlo, pero no me sentía capaz de negarme, hasta que consiguió lo que quería. Ninguna mujer es de hierro y todos podemos caer en la tentación, tú puedes comprenderlo.

—¿Y por qué no dejaste la casa? —la interrumpí, preguntándole sorprendido.

—Pues, primero, porque nos hacía falta el dinero y, segundo, porque la carne es débil y por edad sí que era una niña, pero por otras cosas ya era una mujer, ¿tú me comprendes? —contestó mi abuela expresando cierto remordimiento y dejándome aún más perplejo.

—¡Abuela, pero ese hombre abusó de ti! ¿No se lo contaste a los abuelos?

—¡Claro, cómo no se lo iba a contar! Les dije que él se había propasado. De otra forma habrían dicho que yo me había insinuado, que le había provocado. ¿No sabes que en esas cuestiones la mujer tiene siempre las de perder?

—¿Y mi abuelo supo que ese niño era suyo? —pregunté.

—Lo supo cuando dejé de trabajar para él. Fui a la casa y se lo conté, pero ni se inmutó. Tan solo me dio doscientas pesetas para que afrontara los gastos. Me dijo que me cuidara y que cuidara de ese niño. Cogí aquel dinero y aún me arrepiento. En aquel momento sí que me sentí una puta.

—¿Y mi padre sabe esto? —pregunté intrigado.

—¿De dónde crees que sacó el dinero para comprar la barrilería? —más que preguntar, aseveró como quien tiene muy claro que, de alguna manera, el alemán, que no el francés, pagó, en este caso, el vino que se bebió.

Mi padre tenía el proyecto de comprar una barrilería en Almería, en la calle del Ancla, como finalmente hizo. Aunque mi abuela y él vendieron gran parte de su patrimonio en Terque, no le alcanzaba para adquirirla y decidió, sin decírselo a su madre, acudir a su padre.

Según le contó a la Ma'Dolores, una noche esperó al Cónsul en la calle Arapiles, unos metros antes de la entrada a su casa. Mi padre no detalló el encuentro, pero lo que sí explicó a mi abuela es que no tuvo que aclarar al abuelo Frank quién era porque, como ya le dije, señor García, y yo vi su fotografía, Rafael González Belmonte era su vivo retrato.

Mi abuela no sabía más del asunto. Lo que sí supo es que su hijo pudo comprar aquella barrilería y que guardaba, en el segundo cajón del escritorio de su despacho, una carta de recomendación firmada por mi abuelo que a mi padre le abrió algunas puertas en la ciudad.

Fue entonces cuando una especie de campanilla sonó en mi cabeza y, a una velocidad de vértigo, concluí que muchos de los acontecimientos pasados tenían que ver con mi abuelo. Fue cuando le pregunté:

—¿El apellido de mi abuelo es Zimmermann?

La Ma'Dolores asintió con la cabeza y, a continuación, dijo:

—¿Comprendes ahora la relación entre su hijo, Hans, y tu padre?

Hasta ahí llegó la conversación y la historia que yo sé respecto a la Ma'Dolores porque, en ese momento escuchamos abrir la puerta de la casa. Bajé. Era Julio. Había conectado la radio.

Vida y muerte

Mi abuela, al contrario que mi madre, que era de mantilla y manguitos, presumía en la intimidad de un profundo anticlericalismo y, aunque no quería oír hablar del comunismo, nada se le había perdido en las iglesias, según ella. Solía decir que nadie debería olvidar su propio pasado y que los curas también lo tenían.

En su juventud, el que de mayor llegó a ser párroco de la iglesia de Terque, apedreaba, cada dos por tres, a las bestias de su padre, solo por envidia, ya que en su casa no podían costearse tener animales. Y una vez lo pilló, asomado tras la tapia de la casa, tocándose mientras ella se lavaba, medio desnuda, en el patio.

Cuando nació mi padre, en Granada, el párroco de la iglesia de San Justo y Pastor no quiso bautizarlo. De hecho, no fue bautizado hasta un mes antes de casarse, ya en Almería; de ahí la animadversión de la Ma'Dolores por el clero y todo lo que tuviera que ver con la iglesia.

Con la proclamación de la República había aumentado el resentimiento de la gente llana contra la iglesia católica, siempre apegada a los burgueses. Aún así, mi madre no faltaba a misa cada domingo. Evidentemente, ella siempre se ha considerado una burguesa, gitana, pero burguesa.

Como ya le conté, el párroco de la iglesia de San Pedro, don Ángel, la tenía en buena estima y, más de una tarde, el hombre acudía a mi casa para, con el café con leche, engullir esos magní-

ficos roscos de canela que hacía la Ma'Dolores, a quien la llevaban los demonios y desaparecía durante el tiempo que duraban
aquellas meriendas.

Unos días después de la insurrección de los fascistas, las cosas
se salieron de tiesto. El Gobernador Civil servía para poco porque
no era capaz de poner orden en la ciudad. El poder lo asumieron
los sindicatos y los partidos obreros, que solo obedecían órdenes
del Comité, que se había instalado en el Casino y ordenaba de-
tenciones, a diestro y siniestro, de miembros de la C.E.D.A., de
Falange o de la Comunión Tradicionalista; en fin, de todo aquel
que pudiera ser sospechoso de ser enemigo del régimen, incluidos los curas. Todo esto lo sé porque Jacinto formaba parte de
ese Comité y él mismo nos lo contó, a mi padre y a mí, una mañana que pasó por la barrilería, días después de haber estallado
la sublevación.

En Almería fueron tantos los detenidos que no cabían en el
convento de las Adoratrices, la Prisión Provincial, y se tuvieron
que utilizar dos barcos, el *Capitán Segarra* y el *Astoy Mendi*,
como cárceles provisionales; también la antigua fábrica de azúcar de la barriada de Los Molinos, la que llaman *Ingenio*.

A don Ángel, el cura, lo detuvieron a finales de agosto del treinta y seis. Lo encerraron en el *Astoy Mendi*. Mi madre se enteró
por el sacristán, Torcuato, quien, a las cinco de la tarde se llegó
por mi casa y se lo comunicó. Le advirtió que no apareciera por
la iglesia porque grupos de exaltados estaban saqueando muchos
templos y prendiéndoles fuego.

—Parece mentira que se toleren en tales cosas —dijo mi madre—. Se han vuelto locos, ¿qué daño les ha hecho la Iglesia?
—añadió sin disimular su preocupación.

Aquel día, ella pidió a mi padre que intercediera por el sacerdote con Jacinto, la única persona en quien podían confiar y hacer algo. Esa misma noche, cuatro muchachos, que no tendrían
más de veinte años cada uno, rociaron los bancos del templo con
gasolina e incendiaron la iglesia de San Pedro.

Mi padre lo intentó. Fue al Casino. Habló con Jacinto, pero el hombre no podía hacer nada al respecto porque en el Comité no solo había miembros del Partido Socialista, sino también anarquistas y comunistas. No podía imponerles nada ni señalarse defendiendo al clero.

Al cura lo ejecutaron en los pozos de Tabernas, junto con varios religiosos, una noche de primeros de septiembre. Es lo que nos contó el sacristán, quien se pasó por mi casa, a la hora de la cena, día posterior al fusilamiento.

No fue la única visita que recibimos esa noche. Un inesperado invitado llamó a la puerta. Serían las diez y media. Fue mi hermano Julio quien abrió. Su asombro fue mayúsculo. Domingo Lastra, nervioso, reflejaba en su rostro mucha preocupación, casi desesperación. Preguntó por mi padre.

—Padre, es Domingo Lastra, quiere hablar contigo —dijo Julio con un tono de voz que parecía proceder del interior de un ataúd.

—Buenas noches, Rafael, ¿puedo hablar contigo? —dijo Domingo, tuteándolo, cuando mi padre salió a la puerta.

Lo invitó a entrar. El hombre saludó educadamente a mi madre y a mi abuela. A Julio y a mí no nos miró. Se dirigieron a la salita de la radio. Aunque cerraron la puerta, mi hermano y yo pudimos escuchar toda la conversación.

—Tú dirás —dijo mi padre.

—Nunca pensé que acudiría a ti para pedirte algo, pero creo que, tal como están las cosas, tú eres una de las pocas personas que podría conseguir lo que te voy a pedir, y es que me ayudes a sacar de la cárcel a mi hijo Samuel. Él y su hermano se unieron a los militares cuando intentaron tomar el Gobierno Civil. El mayor escapó a tiempo y ya ha huido a Granada, pero a Samuel lo apresaron los anarquistas. Lo tienen encerrado en el *Ingenio* y temo que lo fusilen. Ya sabrás que todas las noches hay sacas y ejecuciones. Tú tienes contactos, lo sé, y también sé que eres respetado por esa gente.

No hubo una respuesta inmediata. Durante más de un minuto, el silencio fue total en aquella habitación. De pronto, se oyó la voz de mi padre que, pausadamente, dijo:

—A los padres nos duelen los hijos. A los hijos no tanto sus padres. Es una ley implícita de la vida y ocurre con todas las generaciones. A mí me dolerían los míos si estuvieran en la misma situación que el tuyo y, también, me atrevería a acudir a ti si se tratara de salvar la vida de uno de ellos.

No puedo garantizarte otra cosa sino que haré lo que pueda. Hablaré con alguien, pero si conoces a esa gente, la razón es solo suya y no ven más allá de sus propios intereses, de su propia ceguera.

No hubo más palabras. Ambos salieron de la habitación. Mi padre despidió a Domingo Lastra. Se dieron un apretón de manos. Julio y yo no lo entendimos. Todos, incluida mi madre, lo miramos con perplejidad. Él nos devolvió la mirada y, mientras se ponía la chaqueta y abría la puerta para marcharse, dijo:

—Algún día lo entenderéis.

Estuvimos despiertos toda la noche, casi sin pronunciar palabra. Solo se escucharon los suspiros de mi madre, a la par que los de mi abuela, y un «que sea lo que Dios quiera».

Mi padre regresó a las seis de la madrugada. No venía solo, Samuel Lastra lo acompañaba.

* * *

Miguel ha hecho una pausa en su relato. Tengo la impresión de que, después de lo que me ha contado, ha de recordar algo que no le resulta agradable.

Está amaneciendo. Los soldados que viajan con nosotros se van despertando, uno tras otro. Me llama la atención un muchacho, un poco mayor que Miguel. Ha abierto los ojos y me ha mirado como si yo estuviera fuera de lugar. No sería la primera vez. Miguel continuó con su relato tras beber un poco de agua de su cantimplora. Lo plasmo en las siguientes líneas prácticamente tal y como él me lo contó.

* * *

Samuel evitó dirigirse a mí durante el tiempo que permaneció en mi casa. Tan solo dio unas «gracias» cuando mi abuela le invitó a sentarse a la mesa y mi madre le puso un plato de caldo de gallina y unas albóndigas con tomate. Devoró la comida en menos de cinco minutos.

Domingo Lastra llegó, más o menos, una hora después. Cuando vio a su hijo, ambos se estrecharon en un abrazo que me pareció eterno y, por qué no decirlo, enternecedor. No recordaba que mi padre me hubiera abrazado nunca así.

—Estoy en deuda con esta familia, y mi hijo también —expresó Domingo Lastra con algunas lágrimas en los ojos—. Cualquier cosa que pueda hacer por ustedes, me tendrán a su disposición.

—Sácalo de Almería. No está seguro aquí. Y sí, no olvides que me debes un favor —respondió mi padre, aunque creí que con cierto sarcasmo.

Domingo y su hijo se marcharon no sin antes estrechar la mano a mi padre. Acto seguido, Samuel, acercándose a mí, también me la tendió. Yo la estreché. No hubo palabras.

No habrían trascurrido más de veinte minutos desde que se marcharon cuando se oyó un gran estruendo en la calle. De pronto, llamaron a golpes en la puerta. Fue mi padre bajó a abrir. Cuatro hombres, con fusiles al hombro, entraron, sin permiso, en la casa:

—¿Dónde está ese cabrón?, ¿dónde habéis escondido al fascista? —gritó uno de ellos.

La tensión se respiraba. Miré a mi abuela, no parecía asustada, mi madre sí. Pensé que, de un momento a otro, podría ocurrir cualquier cosa. De pronto, al mirar hacia el portal, lo vi, Trinidad iba con ellos.

Uno de los milicianos lanzó una exclamación al ver sobre la mesa una fuente con cuatro albóndigas y una bandeja con tres naranjas. Parecían perros de caza excitados por el olor de su presa. Uno de ellos se dirigió a la radio, que estaba apagada, y la encendió; miró al que parecía al mando pidiéndole, con un gesto, permiso para incautarla.

—¡Mirad en la planta de arriba! —exclamó el presunto jefe a la vez que negaba la incautación con su mano izquierda dirigida a su camarada.

Mi padre no se amedrentó, como nunca en su vida lo hizo, y, situándose delante del vociferante revolucionario, al que sacaba más de veinte centímetros de altura, le respondió:

—En primer lugar, ustedes deben venir a un domicilio particular con la educación debida, hablar con el respeto debido y no acusar en falso sin tener prueba alguna. ¿A quién están buscando?

—A Samuel Lastra, un falangista que participó en la rebelión. Su vecino, el de la casa de abajo, nos ha dicho que lo ha visto entrar aquí —respondió el hombre con un tono de voz más calmado.

—Pues tráiganme a ese vecino que les ha dicho tal cosa y haremos un careo entre él y yo; así resolveremos este asunto. Sé quién es ese Samuel Lastra, yo le corté media oreja a su padre. ¿Usted cree que le daría cobijo?

—¡Aquí no hay nadie más! —se oyó decir al miliciano que estaba arriba.

De repente, Trinidad apareció en la puerta y con voz autoritaria dijo:

—¡Dejad a esta familia en paz!, son gente de bien; y republicanos de izquierdas —añadió.

El cabecilla lo miró y, con un gesto de su cara, pareció asentir. Una vez que todos salieron, Trinidad volvió su cara hacia mi padre diciendo:

—Perdone usted, Maestro. Hay mucha sangre que hierve ahí fuera.

Mi padre no respondió. Cerró la puerta y nos ordenó a todos que nos fuéramos a la cama.

Diego desapareció de la noche a la mañana. Taíta y Rosa no volvieron a saber de él, como si se lo hubiera tragado la tierra. Ellas, avergonzadas, dejaron de salir a la puerta y se encerraron en su casa. Mi abuela bajaba a llevarles algo de comida cada día. Mis padres consintieron, tácitamente, que se quedaran mientras duraba el conflicto.

A las pocas semanas, al pasar por el Casino, varios grupos de milicianos, reunidos en el Paseo, charlaban animadamente junto a algunas muchachas, entre ellas, Rosa. Se había pintado los ojos y los labios. Vestida con un mono azul, como los tres milicianos que la rodeaban, se reía y los abrazaba. Me miró con desdén y, acto seguido, echó su brazo izquierdo por el cuello del muchacho que tenía a su lado, lo atrajo hasta su boca y lo besó con regodeo.

Desbandá

Supongo que usted sabe lo de la «Desbandá». Aquello fue un caos durante unos días. Una marabunta. Un gentío incontable; eran miles y miles de personas las que huyeron ante la inminente toma de Málaga por los fascistas. Llegaban a pie, casi todos, y hechos polvo. Fue por febrero de 1937.

Una noche, oímos en la radio al general Queipo de Llano, a quien le gustaba arengar a los sublevados contra los rojos, que defendían la República, comentar, con perversa ironía, la huida de republicanos por la carretera de Málaga a Almería, y decir algo así como que para acompañarles en su huida y hacerles correr más a prisa, enviaron a la aviación.

Efectivamente, los habían bombardeado durante todo el camino, sin discriminación alguna, tanto por mar como por aire. Los sublevados, los italianos y los alemanes mataron a cientos de ellos.

Recuerdo que la Plaza de Pavía estaba atestada, sobre todo de ancianos, mujeres y niños. Venían sucios, hambrientos y desarrapados. La mayoría no llevaban zapatos sino harapos liados en los pies, hinchados como globos. Muchos muertos se quedaron en la carretera, según me contaron.

Mi padre cerró la barrilería para evitar altercados, ya que entre los huidos había muchos milicianos armados, y contrató a Antonio, primo de El Juani, para que vigilara el taller durante varias noches, hasta que el Gobierno Civil dispuso autobuses y trenes para llevárselos a la zona de Murcia, Castellón y Cataluña. Algunos también fueron trasladados en barcos.

Aquello fue un caos: ocupaciones de viviendas, comercios e industrias; saqueos y no sé cuántas fechorías más. El Gobernador Civil, enfrentándose fundamentalmente con los miembros de la F.A.I. y de la C.N.T., a los que pertenecían la mayoría de los milicianos, intentó acabar con aquello y requisar sus armas obligándoles a regresar al frente. No fue fácil, incluso se estableció un salvoconducto para circular por la ciudad. Aún así, hasta que se fueron, se les prestó ayuda, sobre todo a mujeres, ancianos y niños. Mi madre y mi abuela prepararon algunas ollas de potaje de garbanzos y repartieron lo que había entre las familias que se acercaron a mi casa. Muchos vecinos hicieron lo mismo, aunque también se abrieron comedores sociales durante esos días y la mayoría de establecimientos les entregaban comida, pero no daban abasto.

Transcurridos los días de caos, una tarde del mes de marzo de 1937, al regresar del trabajo, mi madre nos contó, a mi padre, a Julio y a mí, que Taíta y Rosa se habían marchado sin decir palabra. Unas horas antes, en la plaza de abastos, se había encontrado con Engracia, la vecina, quien le contó que, aquella mañana, había visto, a madre e hija, portando dos maletas y otros enseres, dirigirse a los autobuses que salían para Cartagena y Murcia. No volvimos a saber de ellas; de Diego, tampoco.

Un mes antes, durante la noche de Reyes, se produjo un ataque aéreo que dejó varios muertos. Con la llegada de los malagueños, los bombardeos se intensificaron y, en el mes de febrero, los aviones fascistas mataron a cincuenta personas y dejaron más de cien heridos. Entre los muertos: El Juani, la Reme, su mujer, y el resto de sus hijos, hermanos de Trinidad. Habían subido a las cuevas del Cerrillo del Hambre a refugiarse y allí les sorprendió una de las bombas. Trinidad, que presumía de su valor, no quiso acompañarles y eso le salvó.

Nos enteramos de las muertes por Giles, el pescadero. Los enterraron al día siguiente. El cuerpo de El Juani había quedado destrozado: una pierna por un lado, una mano por otro, y la cara, irreconocible. El de la Reme, más o menos igual. Los niños murieron asfixiados dentro de la cueva, a causa del humo.

Mi padre, Julio y yo fuimos al entierro. Allí estaba Trinidad, junto a la que supuse era Carmela. Sostenía en brazos a una pequeña criatura. Mi padre se acercó a él y le estrechó la mano, Julio hizo lo mismo.

Dirigiéndose a mí, Trinidad dio un paso hacia adelante y me abrazó, supongo que buscando un consuelo que no sé si supe transmitirle. Sus abundantes lágrimas rebosaron esos ojos negros que no habían perdido ni un ápice de su brillo.

—¡Juro por mis muertos que me lo van a pagar! —me dijo al oído, llorando como un niño hambriento.

Nos fuimos pronto, no antes de que Trinidad me contara que se había ofrecido voluntario para ir al frente. Quería vengar a su familia matando a todo fascista que se le pusiera por delante.

Intenté convencerle de que no lo hiciera, que no era la solución, que era más útil en Almería colaborando en la retaguardia y cuidando de su familia.

De nada iba a servir lo que yo le dijera. Una semana después del entierro, a la salida del trabajo, Trinidad me esperaba junto al Salón Katiuska.

—Vengo a despedirme de ti —me dijo en cuanto me vio. No quería irme sin decirte adiós.

Liamos dos cigarros y fumamos mientras nos dirigíamos al parque. No hablamos mucho. Él entendía que debía defender sus ideales enfrentándose a quien consideraba su enemigo: el fascismo. Quería venganza y, según él, esa venganza le conduciría a la libertad. Por eso se iba al frente, con las milicias, a luchar por la suya y por la de todos los que pensaban como él.

No me atreví a contradecirle. Yo no he creído nunca que con el odio y las armas se pueda conseguir la libertad, más bien al contrario, pero quién soy yo para decir a los demás en qué deben creer.

Le pregunté por la situación en que quedaban su hijo y su mujer. Me contó que había ahorrado y que les dejaba suficiente para unos meses hasta que él volviera con permiso. Además, el padre de Carmela todavía trabajaba y los acogería, a ella y al niño, hasta que él regresara.

—¿Cómo le has puesto al niño?, ¿Consuelo? —pregunté con cierta guasa y consciente de que él sabía perfectamente a lo que me refería.

—No, se llama Miguel, le he puesto tu nombre.

Creo que mi reacción no fue la adecuada porque solo dije un «me alegro» que no venía ni a cuento, pero dentro de mí sentí un gran orgullo y, más tarde, me daría cuenta de lo que yo significaba para él.

Nos despedimos allí mismo, bajo una palmera cuya sombra oscurecía aún más su cara. Me abrazó con fuerza, yo también a él. Lo besé en su mejilla izquierda y me marché diciéndole:

—Procura que no te pase nada o harás que los que te quieren sufran más de lo que deben. Cuídate y regresa.

* * *

Miguel ha interrumpido su narración. Se ha echado a llorar. Creo que le conmueve tanto hablar de Trinidad que hasta emite pequeños jadeos cuando lo hace. No sé si obedecen a la emoción o a la misma desesperación. Lo cierto es que le ha costado seguir hablando. Le he dicho que lo dejara, que no continuara, pero no me ha hecho caso y ha seguido contándome su historia.

Noticias del frente

No supe nada de Trinidad hasta que un día, por febrero de 1938, recibí una carta. Era muy breve. En ella, escrita con letra de niño, se leía lo siguiente:

«Estimado Miguel: Me acuerdo de ti, de las películas que vimos juntos y de la playa. Estoy bien y todavía espero ganar esta guerra. Recibe un fuerte abrazo de tu amigo Trinidad. P.D. Ya has visto que he aprendido a escribir».

Me conmovió; primero, porque sus recuerdos eran los míos y, segundo, porque tras esas palabras aún reflejaba esperanza, además de la enorme alegría de saber, de su puño y letra, que había aprendido a escribir. La carta está en mi maleta. Es un recuerdo imborrable que siempre llevaré conmigo.

A principios de diciembre pasado supe, por Giles, el pescadero, que Trinidad había regresado. Lo habían herido en la pierna derecha. Un trozo de metralla se incrustó en su rodilla cuando huía, junto con un grupo de milicianos, del avance de las tropas fascistas en Gandesa, un pueblo de Tarragona.

No lo dudé y fui a preguntar por él a casa de su suegro. Llamé a la puerta. Me abrió su mujer, quien no sé qué sabía, pero no fue especialmente agradable conmigo. Trinidad me vio desde la sala en la que estaba sentado en un sillón.

—¡Pasa, Miguel! —dijo con alegría en su rostro.

Había cambiado, estaba mayor, envejecido —si se puede llamar mayor y viejo a alguien que había cumplido diecinueve años— y excesivamente delgado. Se levantó. Cojeaba un poco. Nos dimos la mano. De pronto, sentí que algo o alguien se agarraba a una de las perneras de mis pantalones. Era su hijo, Miguel, quien dirigía sus ojos hacia arriba mientras sonreía. Acaricié su pelo y extendió sus manos para que lo tomara en mis brazos. Miré a Carmela quien, con un movimiento de cabeza, accedió a que alzara al niño. Era una preciosidad de criatura. En ese momento pensé que la aventura de ser padre sería una de las más maravillosas de la vida.

La visita no duró mucho. Trinidad no me explicó demasiado. Creía que ya no volvería al frente y que regresaría al trabajo.

Una semana después, me esperaba a la puerta de la barrilería. Era martes y mi padre se había marchado, Julio también; así que yo cerraría el taller. Entró sin llamar. Lo vi cerrar la puerta. Ya no cojeaba. Se acercó a mí. Me abrazó. Me llevó hasta el almacén y, sobre una jarda de serrín, me devolvió lo que él consideraba que me debía, que no era otra cosa que el mayor placer que se puede sentir. El ardor que su cuerpo desprendía me envolvió y no pude pensar en nada más que en dejarme llevar por aquel vértigo de sensaciones.

Perdí la cabeza, señor García, la perdí por aquel hombre. No sabía lo que hacía, Trinidad tampoco.

Mi hermano Julio se dio cuenta, en los días siguientes, que algo no iba bien y me advirtió, como tantas otras veces, —y como mi padre había hecho desde hace años—, que ese gitano iba a ser mi perdición.

El veintitrés de diciembre, paseábamos por el parque cuando dos gitanos, que luego supe que eran sobrinos de Juan Maya, se cruzaron con nosotros. Uno de ellos, el que parecía mayor, lo miró directamente a los ojos y, sin decir palabra alguna, en sentido horizontal, recorrió su propio cuello con el dedo índice de su mano izquierda. Trinidad no quiso darle importancia, pero yo sentí miedo, sabía que la memoria no olvida determinados agravios y que las afrentas se pagan tarde o temprano.

Trinidad me propuso que nos fuéramos de España, que emigráramos a Argentina porque la guerra estaba perdida y las represalias de los fascistas cuando tomaran Almería iban a ser terribles. Creo que se nos fue la cabeza, a los dos.

Cuando nos despedimos, de camino a mi casa, sentí un extraño vacío que no podía explicarme. Pasaba por la puerta del Instituto de Segunda Enseñanza cuando, delante de mí, apareció Blas Ruano. Hacía tiempo que no lo veía. Con gesto serio, puso su mano derecha sobre mi pecho con la intención de que escuchara lo que tenía que decir. Me extrañó su actitud y, más aún, lo que me dijo:

—No sé si sabes que no podré estudiar medicina. Tu padre ha dejado de pagar a mi madre el dinero que tenían acordado y va a ser verdad lo que mi padre repetía una y otra vez: «Rafael González es el mayor sinvergüenza y embustero que ha pisado Almería». Ni mi madre ni yo lo vamos a olvidar. ¡Díselo, maricón!

No supe reaccionar ni qué decir. No hubo tiempo. Blas desapareció tan rápido que me fue imposible responder o preguntar cualquier cosa. En mi cabeza se repetía la imagen del gitano advirtiendo a Trinidad que le iban a cortar el cuello y ahora esto. No comenté el suceso con mi padre ni con el resto de la familia.

Tras la cena, subí a mi habitación. En el mismo instante en que abría la puerta, Julio cerraba el libro que leía y se zambullía bajo las sábanas balbuceando un «buenas noches» y algo más que no logré entender.

Me acosté. Desde mi cama podía ver un retazo de cielo. No era capaz de conciliar el sueño. Todo eran sombras en la habitación, salvo una pequeña estrella que brillaba a través del cristal superior izquierdo de la ventana. Pensaba en Trinidad, en fugarme con él, en poder rodear su cuerpo con mis brazos sin miedo, en atrapar sus labios con mi boca y sorberlo hasta apropiarme de su propia alma.

Creía en la posibilidad de un final feliz para nuestra historia, como tantas veces había visto en el cine, pero me vino a la memoria una película que Julio y yo habíamos visto en el Teatro Cervantes, un par de meses antes de iniciarse la guerra, *La llamada de la Selva*, protagonizada por Clark Gable y Loretta Young. Era de aventuras que sucedían en Alaska. El protagonista se había enamorado de una mujer comprometida. Recordaba un diálogo entre ellos, en una de las últimas escenas, en la que ella le preguntaba: «¿qué vas a decirle?, y él respondía: «Que te quiero, que me quedaré contigo y que voy a conservarte»; y ella, abrazándolo, ponía fin a la conversación diciendo: «Jack, sabes que te quiero, no lo dudes ni por un momento, pero él me necesita, tú tienes tu ley y yo la mía».

No sé bien qué decir sobre mi confusión. No comprendía cómo Trinidad podía abandonar a su familia por mí. Aquello me sobrepasaba, pero quería estar con él a toda costa. Ya no cuidábamos las formas en público, no existía nada ni nadie, más que él y yo. En definitiva, todo se reducía a mi simple esperanza de que aquello tuviera un final, un final feliz.

Seguí dando vueltas sobre el colchón de lana sin hallar respuesta a mis dudas. Recordé aquella conversación de mi madre con don Ángel sobre mi gusto por los hombres:

—Moralmente su hijo es un peligro de corrupción y contagio para todos, porque, ¿sabe usted?, su condición es contagiosa y contra natura. Un concepto profundamente cristiano de esta sociedad no puede permitirlo.

Angustias, perdone que se lo diga, pero esa desviación de su hijo mayor es una enfermedad que tiene cura en el seno de la Madre Iglesia y si ingresa en un centro sanitario especializado que conozco en Córdoba, sanará. Si usted quiere, hablaré con el Obispo y le facilitará la entrada. En poco tiempo regresará hecho un verdadero hombre, y católico hasta la médula.

Así que resultaba que mi impuro pecado atentaba contra el orden de la naturaleza y mi peligrosidad radicaba en el carácter contagioso de mi condición. Yo sabía, porque lo había leído en la prensa, que el Código Penal republicano ya no contemplaba la homosexualidad como delito, eso me hacía creer, aún más, en los beneficios de la República en lo que a la igualdad y la libertad se refería.

Mi madre no me presionó, ni siquiera lo propuso. Ella me conocía y sabía que me negaría en rotundo. De hecho, pasados unos días, me dijo:

—Miguel, sé como tengas que ser y haz lo que tengas que hacer.

Nadie, más que una madre, puede comprender las vicisitudes por las que puede atravesar un hijo desde su nacimiento y los sentimientos que le roen por dentro.

La noche siguiente, Trinidad y yo nos vimos en una taberna de El Zapillo. Algo le pasaba. La languidez de su mirada, casi esquivando la mía, sus pocas palabras, y ninguna sonrisa, me hicieron saber que algo había ocurrido y que, tarde o temprano, terminaría contándomelo. Tomamos un par de vinos y fuimos, paseando, hacia la playa de las Almadrabillas, en silencio. Nos sentamos junto a la orilla y fumamos.

Fue Trinidad quien interrumpió aquella calma diciendo:

—Supongamos que ocurriera. Supongamos que nos vamos a América, ¿crees que seríamos felices, que viviríamos eternamente así, con esta furia que nos devora por dentro?, no, Miguel, no seríamos más que dos desgraciados, porque yo me sentiría responsable de haber dejado huérfano a un hijo y tú de haberme arrastrado. Yo no sé mucho del amor y esas tonterías, sé lo que siento por ti y sé que esto acabará tarde o temprano, porque nada es para siempre. No voy a irme contigo, me quedaré aquí, donde debo estar. Y me maldigo por eso, por lo que te quiero y por lo que siento, pero esto no está bien. Carmela se ha dado cuenta de que no la toco, de que la rechazo cuando se arrima a mi cuerpo. Anoche me dijo:

—A lo mejor prefieres que te la coma el payo barrilero o, tal vez, prefieras que se entere tu familia.

No me lo pensé dos veces. Me levanté de la cama y le di hostias hasta en el cielo de la boca. Comenzó a echar sangre por la nariz y por las orejas. Lloraba como una desconsolada, sin decir una palabra, acurrucada en una cama teñida de rojo y cobijándose tras la almohada. El niño se despertó llorando. De pronto, allí, viendo llorar a mi hijo y contemplando lo que le había hecho a una persona que, hasta ahora, no había hecho otra cosa que quererme, algo dentro de mí me dijo que yo no era bueno, que no tenía derecho alguno a hacerle sufrir de aquella manera. ¿Y sabes qué hice?

—No, no lo sé, dímelo tú —respondí con un tono de tristeza que procedía de un sentimiento de responsabilidad que a mí también me correspondía.

—Llorar, llorar a lágrima viva, como mi hijo, arrodillarme ante ella y abrazar sus piernas, suplicándole que me perdonara, que ella no merecía pasar por lo que estaba pasando y prometerle que pondría fin a esto.

Trinidad se inclinó hacia mí con una expresión llena de tristeza, me abrazó y me besó levemente con un efímero beso. Empecé a comprender cuánta razón tenía y, allí, en ese momento, se apagó la llama de mi esperanza y la realidad me golpeó tan fuerte que no supe qué hacer ni qué decir.

Camino a mi casa, yo solo, recordaba aquella frase de don Manuel, que decía algo así como que el amor es transitorio mientras que el odio es para siempre. No odiaba a Trinidad, comprendía sus razones y, como ya le dije, las hice mías; era, más bien, a mí mismo a quien reprochaba todo lo ocurrido y me iba a resultar difícil perdonarme.

* * *

Comprendo la angustia de Miguel. Así son las cosas del querer. El amor, a veces, es un paisaje gris, es navegar entre olas de cristal y ráfagas de viento, es sentirte mariposa que llora sobre una barca zozobrada, es una mano que te corta las alas y te impide volar sobre los tejados del cielo.

Creo que en ese momento, a pesar de la tristeza y de la desesperanza, no podían imaginar el futuro que la vida les deparaba y, desde luego, no podrían haber afirmado, ninguno de los dos, que lo mejor estaba por venir.

Tragedia

No había podido dormir esa noche. Aún recuerdo la terrible pesadilla que me hizo despertar sobresaltado: un perro, extraviado, hambriento y medio muerto de frío era acorralado por una jauría de hombres y mujeres que, con los ojos ensangrentados, llenos de rabia, lo acusaban de haber mordido a una niña. Lo mataron a palos, uno tras otro: golpes en la cabeza, en el hocico, en los costados, en las patas traseras. La sangre brotaba a borbotones de su boca. El animal no pudo huir y se abandonó a la crueldad de aquella gente. La sed de venganza y la saña de aquellas personas se cebaron con el animal hasta que alguien avisó que no había sido el autor de la mordedura, sino una rata que había parido y defendía a sus crías. Todos guardaron silencio. Se oyó su último aliento, su boca permanecía abierta como si hubiera intentado lanzar al aire un último y silencioso grito. Nadie hizo nada por remediarlo, entonces desperté.

Me levanté. Con los ojos intentaba encender la oscuridad. Se escuchaba el zumbido del viento y golpes en la contraventana. La madera crujía como lo hacen las duelas en las lumbres de los barrileros. Abrí la ventana y miré aquel cielo sin estrellas que, prácticamente, había desaparecido y se había convertido en una enorme manta de color gris. El viento soplaba tanto que fue capaz de hacer volar la pequeña lámpara de mi mesita de noche. Julio se removió en su cama y, alzando su cabeza, me miró, pero siguió durmiendo como si nada. Inmediatamente la cerré y volví a mi cama. Caí en un sueño intranquilo. Otra vez la sangre, sangre que, sin saber de dónde provenía, salpicaba mi cara y mis brazos. Desperté, de nuevo, aún más asustado.

Nunca he creído en las premoniciones, señor García, pero me parece revivirlo otra vez. Aquella mañana fue el preludio de la tragedia que, unas horas más tarde, iba a tener lugar.

Dieron las cinco. Escuché el reloj del comedor, que anunciaba la hora de ir al trabajo. Julio aún dormía. Salí de mi cama y me metí en la suya. Él, adormecido, se giró y balbuceó:

—¿Qué haces, Miguel?

—Nada, tengo miedo.

Incorporándose levemente me preguntó:

—¿De qué tienes miedo?

—De la sangre, Julio, de la sangre.

No respondió, simplemente se levanto, dirigiéndose a la puerta, la abrió. Desde el umbral le oí decir:

—Ese gitano te tiene el seso nublado. Te espero en el comedor, levántate que hoy nos vamos juntos.

Permanecí en la cama de mi hermano, inmóvil, un rato más. Me levanté a regañadientes. Era veintiocho de diciembre de 1938, día de los Santos Inocentes, y amaneció nublado.

Por aquel entonces, el número de empleados había mermado considerablemente como consecuencia de la llamada al frente de dos oficiales y de los escasos pedidos que mi padre tenía contratados. Julio y yo llegamos un poco más tarde. Paco y Cosme aparecieron unos minutos después. Aún no nos habíamos cambiado de ropa cuando Giles, que traía una cesta de besugos, nos dio la noticia: habían encontrado muerto a Trinidad en la playa de las Almadrabillas. Lo habían asesinado. Dos puñaladas: una, bajo las costillas en el lado derecho, y otra, que fue la que le costó la vida, en el corazón.

Miré a mi padre a los ojos, después a Julio. Ambos rehuyeron la mirada.

No se pueden predecir las reacciones de un ser humano cuando recibe una noticia tan trágica. La mía fue de indolencia. Era como si se hubiera hundido la tierra bajo mis pies y yo, durante más de un minuto, permanecí allí, inmóvil, impávido e imbécil, por qué no decirlo. De pronto, comencé a llorar, desconsoladamente, mientras me arrodillaba en el patio de la barrilería y levantaba mis brazos clamando al cielo.

Nadie reaccionó. Me dejaron allí, tendido en el suelo, durante un buen rato, hasta que me levanté desorientado, sin saber a dónde o a quién dirigirme.

Mi padre, que labraba unos arcos, paró un momento y, elevando su cabeza, dirigió la vista hacia mí, a continuación dijo:

—Mañana hay que entregar ciento cincuenta barriles. Tenemos cien. Hay que terminar la faena.

No respondí, ni siquiera lo miré. Me puse al trabajo y acabé en cuatro horas.

Al terminar la jornada, cuando nos cambiamos de ropa, Julio se acercó a mí y, sin pronunciar palabra alguna, me abrazó. No respondí a su abrazo. Regresé a casa, solo, recorriendo el parque. No comí. Me acosté sin decir palabra alguna. No pude dormir aquella noche.

Al día siguiente, dos miembros de la Guardia de Asalto se presentaron en la barrilería. Me llevaron al cuartel para interrogarme. Me intentaron acusar de la muerte de Trinidad. Me llamaron maricón y no sé cuántas cosas más, pero no sufrí daños físicos, salvo un empujón de uno de los guardias —que se parecía a Charles Boyer—, al obligarme a sentarme en una silla. Mi padre, y sus conocidos, ayudaron a que me pusieran en libertad rápidamente. No tenían prueba alguna contra mí.

No fui a trabajar durante varios días. Me refugié en mi casa. Mi madre y mi abuela me protegían como a un niño. Mi padre ni siquiera me miraba. Quizá fueron los peores días de mi vida.

Transcurrida una semana de mi voluntario encierro, mi padre abrió la puerta de mi habitación. Solamente dijo:

—Mañana te quiero en la barrilería. La vida ni empieza ni se acaba aquí.

Al día siguiente, trabajé en completo silencio. Nadie se dirigió a mí. En mi mente, una y otra vez, se repetía una escena: la de Trinidad girando la cigüeña de la rueda de amolar y mirándome con esa maliciosa sonrisa que tanto me gustaba.

La situación en la calle era de desánimo total. Las noticias no eran halagüeñas, la moral de las tropas republicanas estaba por los suelos. Ni siquiera la propaganda que emitía la radio era creíble. El conflicto parecía tocar fondo. Algunas autoridades, miembros de los partidos de izquierdas y de los sindicatos habían comenzado a abandonar la ciudad y, por lo que decían, lo mismo ocurría en todo el país.

Muchas mañanas, cuando me despertaba, en aquellos momentos en que la tristeza se adueñaba de la razón, recordaba su boca delante de mí y la dureza de aquellos ojos con los que me había mirado por última vez.

Una mañana de primeros de año, serían las doce aproximadamente, dos soldados destinados en el Centro de Reclutamiento se presentaron en la barrilería. Traían una notificación para mí.

Yo había ido a la Plaza de Pavía, a comprar tomates para hacer una ensalada con la que acompañar los jureles que mi padre le había comprado a Giles. El día ocho cumpliría diecinueve años —dieciocho según el Registro y el Censo— y mi padre quería invitar a Paco, Cosme y un chaval, Andrés, de once años, hijo de una de la arrendataria de una de sus casas que le había pedido el favor de que le enseñara el oficio. Después llegó Jacinto, quien siempre acudía a estos eventos.

La carta venía a decir que la Gaceta de la República del cinco de enero ordenaba la movilización de todos los hombres que cumplieran dieciocho años en el primer trimestre de mil novecientos treinta y nueve. Se me instaba a presentarme el día doce en el Centro de Reclutamiento, Instrucción y Movilización, provisto de, según expresaba el documento, una manta, plato, cubierto y calzado; todo ello en buen estado.

Mi padre, cada noche, se pegaba a la radio y sintonizaba tanto emisoras republicanas como de los sublevados y estaba bien informado de la situación en todos los frentes. Lo último que había escuchado en las emisoras fascistas, era que el avance de las tropas de Franco era total y que la República no ganaría esa guerra.

Jacinto corroboró aquello durante el almuerzo, los fascistas estaban cada vez más cerca. Según mi padre marchar al frente era todo un suicidio y no iba a permitir que su hijo fuera a esa guerra para nada.

Al día siguiente, sobre las cuatro de la madrugada, llamaron a la puerta. La cara de Jacinto, desencajada, reflejaba preocupación y desasosiego. Solamente dijo:

—¡Rafael!, la Guardia Civil viene a detener a Miguel. Por lo que parece hubo un testigo aquella noche. Por la descripción que ha hecho del asesino, creen que coincide con él.

Julio, mi padre y yo nos miramos. Sus rostros, incrédulos, se preguntaban qué hacer en aquellos momentos. Mi madre y mi abuela, las dos vestidas por si nos bombardeaban, comenzaron un interminable llanto.

Deber

El sol de poniente se cuela por los portillos de la bodega provocando un brillo áureo en las maderas cuya pintura, que intuyo blancas, han desgastado las inclemencias del tiempo y su uso continuado durante las tareas de pesca.

La crudeza de los tiempos que nos han tocado vivir se refleja en los rostros de mis compañeros de viaje: cabizbajos, somnolientos, absortos y atemorizados, no son sino un espejo donde mirar mi propia imagen. No me sirve de consuelo estar vivo, porque dejar atrás a todos lo que me han querido no compensa con la vida, al menos ese es el desesperanzado pensamiento que me embarga en estos momentos.

El más pequeño de los niños lleva agarrado al pezón de la teta izquierda de su madre más de una hora mientras el mayor duerme profundamente con la cabeza apoyada sobre sus muslos. Habría sido interesante saber qué hacen aquí, pero no me he atrevido a preguntar. Resulta evidente que la mujer, sola, ha vivido la tragedia, al menos así lo reflejan sus ojos: apagados, carentes de certidumbre y azarados.

Miguel me mira de reojo. Me he dado cuenta. No acierto a adivinar si trata de mostrar interés por mí, por las razones que me llevaron a estar aquí o bien por contarme algo que ha dejado en su memoria para el final de este viaje.

—Señor García, ¿usted cree que he hecho bien en huir de España? —me pregunta inesperadamente.

Tras unos segundos en que tardo en hallar la respuesta le digo:

—Has hecho lo que tenías que hacer, Miguel, como yo y como toda esta gente. No se trata de discernir si está bien o mal, se trata de hacer lo que hay que hacer. Aunque otros te juzguen, en un sentido o en otro, lo que los demás opinen no te va a hacer mejor persona ni va a aportar nada positivo a tu vida que, como la de todos, está llena de encrucijadas que te obligan a tomar decisiones difíciles. Tú has tomado la tuya, acéptala.

Miguel asintió con la cabeza y, acto seguido, acercándose a mí, me dijo al oído:

—Tengo que contarle lo que pasó finalmente con lo del cargamento de oro.

Es cierto que ese tema lo había apartado de su narración al contarme todo lo relacionado con la muerte de Trinidad y de los episodios vividos durante la guerra y, aunque yo lo daba por zanjado, aún quiso añadir algo que no me había contado. Después me di cuenta de que lo reservó para el final del viaje porque el episodio que vivieron él y su hermano era más propio del final de una película que de la vida real y porque, según él, no cumplió con su deber.

* * *

El día anterior a que el *Sirius* zarpara del puerto de Almería, Julio, que aquella tarde había ido a casa de don Manuel, no llegó a cenar. Era extraño que a las nueve no estuviera allí y mi madre comenzó a preocuparse, mi abuela, también. Dieron las diez y no había aparecido. Fue entonces cuando mi padre me pidió que me acercara a ver al maestro. Así lo hice.

No tardé más de siete minutos en llegar a la plaza de San Sebastián, donde vivía don Manuel, con su mujer, Herminia. Fue ella quien abrió la puerta. Le pregunté por Julio. Me dijo que se había marchado hacía más de dos horas. Don Manuel, al escuchar la conversación, salió a la puerta. Su cara, por momentos, comenzó a reflejar intranquilidad. Me despedí de ellos y emprendí camino de vuelta a casa. Me preguntaba dónde podía estar. Me acerqué a los billares del café Español, por si se había entretenido viendo jugar a alguien, pero no estaba allí. Decidí regresar a mi casa. Era noche cerrada y apenas me había encontrado con gente en el camino de regreso. Al llegar a la calle San Pedro, en la puerta de la Iglesia del Sagrado Corazón había un coche aparcado, un Ford, Y1933, de color rojo, del que, unos metros antes de que yo llegara, se apeó un hombre, de unos treinta años, con gorra de color gris, camisa blanca y unos pantalones de pana. Se acercó a mí diciendo un «hola, chaval» que no me pareció demasiado amigable. En décimas de segundo, tenía una pistola apuntándome en el costado y su mano derecha sujetando mi brazo izquierdo.

—Entra en el coche, amigo —dijo con un tono de voz suave, pero amenazadora.

Creo que poca gente reacciona de inmediato a la inesperada sensación de sentir un arma pegada a ti, yo, al menos, no lo hice, entre otras cosas porque —y así lo razoné en un segundo— ese asalto tenía que ver con la desaparición de mi hermano. Así que obedecí y entré en el vehículo. En su interior, otro hombre, pistola en mano, también, esperaba en la parte de atrás. Parecía un obrero, al igual que el conductor que, inmediatamente, puso en marcha el motor. El mismo que me había asaltado en la calle dijo:

—No hagas ninguna tontería, chaval, quédate quieto o te doy una hostia. Solo te van a hacer unas preguntas.

No me cachearon ni me maniataron, por lo que, deduje, que no eran demasiado hábiles en lo que a secuestrar a alguien se refería. Inmediatamente recordé lo que mi padre me había contado unos días atrás, probablemente serían los mismos tres hombres que le golpearon la noche de la última juerga con su amigo Tasio y, si no me equivocaba, nos dirigíamos a la chabola, cerca del Cortijo Grande, que mencionó mi padre.

Y así fue. En poco más de diez minutos, estábamos allí. Una casucha de no más de ocho metros cuadrados, hecha de tablas y cañizos, algunos ladrillos y un techo de madera que recordaba a la marranera del cortijo de Terque. Bajamos del vehículo y me obligaron a entrar. Estaba a oscuras y no podía ver nada en el interior. De repente, el conductor encendió una vela. Miré el recinto y allí estaba mi hermano, en una de las esquinas, atado a una silla y amordazado, mostrando sus ojos abiertos, como platos, sorprendido de que yo también estuviera allí. No me atreví más que a mirar a mis captores, uno tras otro, y a decir:

—No le hagan daño, no sé qué quieren ustedes, pero no le hagan daño. ¿Estás bien, Julio?

Mi hermano asintió con la cabeza. En la chabola no había más mobiliario que una mesa y dos sillas; una, en la que habían atado a Julio, y, otra, vacía. El más alto de los hombres, que no había pronunciado palabra alguna desde que entré en el coche, sujetándome de los brazos, ató mis muñecas a mi espalda con fuerza, diciendo:

—Siéntate. Solamente hablarás cuando se te pregunte. No hagas tonterías y todo saldrá bien.

Transcurrieron unos minutos de absoluto silencio. Miré a mi hermano, tenía hinchado el pómulo izquierdo, lo que significaba que le habían golpeado. Observé detenidamente a nuestros captores. El que me había asaltado en la calle parecía cansado, con barba de un par de días, y daba la impresión de que todo aquel asunto le resultaba tedioso, era más bajo que yo, tal vez de la altura de Julio —pensé—. El que me maniató sí que era, casi, de mi estatura, vestido prácticamente igual que su compañero, pero con un pantalón de color azul, también con gorra plana, como el otro. El conductor vestía con un mono azul de trabajo y era el más bajo de los tres. Me dio la impresión de que el asunto no iba demasiado con él.

En ese momento se oyó el ruido del motor de un coche. De inmediato, en la puerta aparecieron —y no crea que me sorprendí— el capitán Anastasio Cayuela y el inspector Sandoval.

Tasio nos miró e, inmediatamente, miró al más alto de los hombres.

—¿Estáis bien? —me preguntó.

—Vete a la mierda, Tasio, ¿no ves la cara de mi hermano? —respondí con la ira propia de quien siente el dolor de alguien a quien se quiere.

—Lo siento de veras. Yo no quería que esto pasara, pero no nos queda otra. Sabemos que los barriles con el oro —y esa fue la primera vez que ellos hacían referencia a la mercancía que contenían los barriles de Zimmermann— están en Almería. No los hemos encontrado y, por eso, necesitamos saber cuándo zarpará el barco que los transporta y su destino.

—No sé de qué me estás hablando —respondí—, los barriles de Zimmermann se los llevó hace ya días, ¿por qué no le preguntáis a él?

—Porque a Zimmermann no se le pude tocar...

En ese momento fue cuando me di cuenta de que no habían ido a por Hans Zimmermann porque su padre era el cónsul alemán y deduje que si alguien vinculado a la diplomacia alemana sufría cualquier percance, podría dar lugar a un conflicto con los germanos.

De pronto, interrumpiéndolo con un gesto con su mano derecha, el inspector Sandoval, que había guardado silencio durante la conversación, sacó un guante del bolsillo derecho de su chaqueta, un guante negro. Con parsimonia, introdujo los dedos de su mano derecha en él y, sin pensarlo dos veces, cerró su puño y me golpeó en la sien con todas sus fuerzas. Mi cuerpo se tambaleó y caí, junto con la silla, al suelo. Aturdido, pude comprobar que prácticamente era incapaz de ver nada con mi ojo izquierdo. En ese instante, el hombre que me había apuntado con la pistola pisó mi mano izquierda con tal violencia que no pude evitar que un grito de dolor saliera de mi boca mientras Julio, iracundo, intentaba gritar a través de la mordaza.

Inclinándose sobre mi cara, Sandoval agarró mi oreja izquierda y tiró con fuerza, diciendo:

—¿Me oyes?, ahora me dirás en qué barco y a dónde irán esos barriles, y si no lo haces, seguiré golpeándote, a ti primero, y después a tu hermano, hasta que me digáis lo que quiero oír.

El dolor me atenazaba, me dolía la cabeza y la mano, aún así respondí elevando la voz:

—¡No lo sé!, ¡no lo sé!

—Pues le preguntaré a tu hermano, tal vez él sí lo sepa.

—¡No le hagas daño, hijo de puta!, ¡no le pongas las manos encima!

Los labios de Sandoval mostraron una leve sonrisa a la vez que, de nuevo, el mismo hombre, volvía a pisar mis dedos. Fue entonces cuando Sandoval se dirigió a Julio, le quitó la mordaza y dijo:

—Chico, mira a tu hermano, ¿tú no quieres sufrir como él, verdad? —le preguntaba mientras agarraba la cara de mi hermano con su guante.

Yo miraba a mi hermano, él sí que no sabía nada. De pronto, al igual que conmigo, el policía golpeó a Julio en la mandíbula con tal fuerza que la silla a la que estaba atado se volcó hacia un lado.

—¡Él no sabe nada!, ¡déjalo!, ¡él no sabe nada!, ¡yo sí lo sé!

Tasio, tras hacer un gesto con su mano derecha para que los hombres y Sandoval pararan y se apartaran, se acercó a mí. Con un tono de voz presuntamente sereno y cordial, aproximando su cara a menos de diez centímetros de la mía, dijo:

—Bien, Miguel. Te podrías haber ahorrado esos golpes. Dime lo que queremos saber.

Me dolía el ojo y no sentía los dedos de la mano izquierda, todo mi cuerpo sudaba, mi respiración era tan agitada que casi no podía pronunciar palabra alguna y, aunque le parezca mentira, señor García, en aquel momento pensé que rodábamos la escena de una película y que mi padre vendría a rescatarnos con un montón de hombres y que acabarían a tiros con esa gente. No fue así.

—En el *Sirius*, mañana saldrán para Bremen.

—Gracias, Miguel. La República te lo agradece y yo, también —dijo Tasio.

Inmediatamente, Sandoval y él se marcharon. Los tres hombres nos llevaron a Julio y a mí hasta el coche. Diez minutos después, el vehículo se detuvo junto a la playa de El Zapillo, nos desataron y se marcharon a toda velocidad. Fue entonces cuando mi hermano se abrazó a mí y, ambos, lloramos sobre nuestros respectivos hombros hasta sentir cierto desahogo que nos permitió mirarnos el uno al otro. Su cara estaba desfigurada; según él, la mía también, pero estábamos vivos y eso era lo importante.

Eran las cuatro de la madrugada cuando, Julio y yo, llegamos a mi casa. Imagínese, señor García, la reacción, tanto de mi madre como de mi abuela, cuando nos vieron, ni se lo cuento, porque todavía resuenan sus gritos en mis oídos. Mi padre se había marchado después de transcurridas dos horas desde que yo saliera hacia la casa de don Manuel. No dijo a dónde se dirigía. Según mi madre, cuando ella le preguntó, sus únicas palabras fueron:

—A solucionar esto.

No volvió hasta la hora del almuerzo. Fue mi madre quien dio un grito cuando le vio subir las escaleras. Al entrar en el comedor, sus labios, ensangrentados, estaban hinchados, la manga de su chaqueta, destrozada por completo y también manchada de sangre, y cojeaba de su pierna izquierda. Mi abuela se abrazó a él, Julio y yo corrimos a abrazarlo. Nos miró a ambos, uno tras otro. Examinó nuestras caras, la inflamación de mi ojo y la mandíbula de Julio. Miró mi mano izquierda, vendada, y preguntó repetidas veces:

—¿Estáis bien?, ¿estáis bien?, ¿estáis bien?

Y, acto seguido, se desmoronó sobre una de las sillas del comedor, cabizbajo, llorando a lágrima viva, incesantemente. Mi madre lo abrazó, mi abuela también. Todos lloramos mientras él repetía:

—Lo siento, lo siento, lo siento. Siento haberos puesto en peligro a todos.

Solo tenía unas cuantas contusiones y arañazos que no le impidieron, tras asearse y vestirse, comer tranquilamente, sin explicarnos lo que había pasado. Tan solo dijo, tras preguntarle:

—Nadie nos molestará más, estad tranquilos.

Un rato después, subí las escaleras, la puerta del dormitorio de mis padres estaba abierta. Desde el pasillo pude ver a mi padre con la pistola en su mano derecha introduciéndola en el primer cajón de la cómoda. No dije nada, no había nada que decir.

Aquella tarde, en el puerto, antes de que el *Sirius* fuera cargado con los cinco mil barriles, mi padre, Jacinto, Julio y yo vimos cómo un grupo de guardias de asalto paralizaba el embarque y varios operarios, cincel y martillo en mano, destapaban, al menos, cien de los barriles. En ellos, tan solo se contenían racimos de uvas y serrín de corcho. Ni el capitán Cayuela ni Victoriano Sandoval estaban presentes.

Volvieron a taparlos y, pasados unos minutos, las barcazas comenzaron a cargar la mercancía y conducirla hasta el barco. Jacinto, Julio y yo miramos a mi padre. Él sonrió. Tan solo dijo:

—El oro ya está en Alemania. Fue embarcado en el vapor *Marsala* el día diez de este mes, con destino a Hamburgo.

Ninguno de los tres comprendíamos cómo había, de nuevo, cambiado el cargamento, aunque sospeché que don Ernesto Salmerón tenía algo que ver, como así fue.

Cuando don Ernesto nos visitó, contó a mi padre que había ido a Almería a hablar con Remigio, como él lo llamaba, y, también con Hans Zimmermann, con objeto de adelantar toda la operación porque el gobierno, a través de Sandoval, acechaba a mi padre y era cuestión de tiempo que averiguara cuándo y en qué barco se transportaría el oro.

En Terque, cuando mi padre y él se separaron del grupo antes de marcharnos, le comunicó que al día siguiente los barriles que contenían el oro estarían en los tinglados del puerto de Almería y serían embarcados en el vapor *Marsala* con destino a Hamburgo. Así que los barriles que fueron embarcados en el *Sirius* pertenecían a los Meyer, a la Compañía Parralera de Ohanes. Hans se había encargado de que así fuera, tras hablar con su cuñado, y mi padre se encargara de cambiar, en la Cámara Oficial Uvera, las fechas de embarque de un cargamento y de otro.

Esto nos lo contó mi padre a Jacinto, a Julio y a mí dos días después, tras terminar la faena.

Respecto a lo que ocurrió con Tasio, Sandoval y los tres hombres, Julio y yo lo supimos a través de mi madre. Nos lo contó un día en que la Ma'Dolores había ido a Terque, antes de iniciarse la guerra. No querían, ni mi padre ni ella, que mi abuela supiera lo ocurrido.

Según le contó mi padre, aquella noche, en primer lugar, se dirigió a casa de don Manuel. Yo me había marchado hacía más de dos horas, —le dijo el maestro—. Acto seguido, fue a la barrilería, se guardó la pistola Star en el bolsillo derecho de su chaqueta y, a continuación, se dirigió la casa de Luis, el teniente de la Guardia Civil. Le explicó lo sucedido cuando lo secuestraron y su opinión respecto a que cabría la posibilidad de que nuestra ausencia se debiera a lo mismo; pensaba que era probable que a Julio y a mí nos hubieran conducido al mismo lugar.

El teniente, vestido de civil, sacó su arma reglamentaria y una caja con balas guardándolas en el bolsillo derecho de su chaqueta. Le propuso ir en su coche una vez que mi padre le indicó la ubicación de la chabola. Luis condujo hasta cerca del Cortijo Grande. Aparcó el vehículo unos doscientos metros antes de la casucha y recorrieron el camino andando. Cuando llegaron, solamente había un coche aparcado. Se acercaron hasta una de las paredes hecha de tablas y cañizo desde donde podían vernos y, también, a los tres hombres. De pronto, oyeron el motor de otro vehículo que se acercaba. Cuando se detuvo, Tasio y Sandoval se apearon del coche y se adentraron en la casa. El teniente sujetó el brazo derecho de mi padre cuando quiso intervenir al ver cómo me golpeaban y, también, cuando Sandoval propinó el puñetazo a Julio. Con señas, indicó a mi padre que se alejaran de allí momentáneamente.

Según mi padre, el teniente dijo que no podía hacer uso de los guardias civiles a su mando porque se pondría en evidencia y sería descubierto. Así que estaban ellos dos, solos, y no podían hacer otra cosa que esperar. Enfrentarse a cinco hombres era un suicidio, por lo que la situación requería mantener la paciencia suficiente. Mi padre le enseñó la pistola.

Regresaron a la chabola con sumo cuidado de no hacer ruido alguno. Cuando llegaron, yo estaba gritándole a Sandoval para que no pegara a mi hermano y confesaba el nombre del barco y el destino del mismo.

Una vez que Sandoval y Tasio se marcharon, Luis sacó su arma y quitó el seguro, mostrando a mi padre cómo hacerlo, pero no les dio tiempo a hacer nada porque, en ese momento, los tres individuos nos condujeron e introdujeron en su vehículo.

Inmediatamente, el teniente propuso a mi padre que regresaran a su coche y los siguieran. Así, a toda prisa, se dirigieron hacia el lugar donde lo había aparcado. Luis lo puso en marcha y condujo a toda velocidad y temerariamente. No habían transcurrido más de dos minutos cuando nos divisaron, a unos cien metros.

Transcurridos unos minutos, nuestro vehículo se detuvo cerca de la playa de El Zapillo. Sin mediar palabra, el hombre que me había maniatado a la silla abrió la puerta y, con su mirada nos indicó que saliéramos. Entonces, mi padre y Luis suspiraron. Nos vieron a lo lejos y comprobaron que nos encontrábamos bien.

Siguieron al coche, a cierta distancia. Por lo que parecía, salían de Almería. Antes de llegar a Huércal, Luis aceleró situándose a la misma altura que los captores. En ese momento giró levemente el volante hacia la derecha hasta, casi, rozar rueda con rueda. Ante el inesperado movimiento, el conductor del Ford no fue capaz de controlar el vehículo y, después de intentar varias maniobras infructuosas, se salió de la carretera cayendo en una cuneta tras dar varias vueltas de campana.

Luis frenó en seco, se bajó del vehículo, mi padre también. Se dirigieron a la cuneta. Al llegar, comprobaron que los tres hombres habían muerto.

—Vámonos, Rafael —dijo el teniente—. Esta parte está resuelta. ¿Y ahora?

—Ahora vamos a por Sandoval y a por Tasio. ¿Llevas esposas?

—Sí, en la guantera.

Mi padre no quiso explicar a mi madre lo que pasó a continuación. Por lo que pudo averiguar, aquella noche, antes de desaparecer el capitán Cayuela, le había dado órdenes al teniente Morales para que, al día siguiente se procediera al registro de la mercancía que iba embarcar en el *Sirius*.

* * *

Según Miguel —y esto se lo contó su propio padre al día siguiente—, el día anterior a que el *Marsala* zarpara con las cinco toneladas de oro, mantuvo una conversación con Hans Zimmermann en la terraza del Hotel Simón. Quería transportar otro cargamento. Su padre se negó en rotundo.

—No me traiciones, Rafael. Necesito que colabores, si no lo haces, esto acabará mal y no quiero que sufráis percance alguno, te lo digo sinceramente.

—Hans, no me preocupa ir a la cárcel si me denuncias por lo de Alejo Palma. Mis hijos ya son hombres y saldrán adelante sin mí.

Para tu información, te diré que el testigo que había afirmado que yo me encontraba en la barrilería de Palma la noche en que asesinaron a ese hijo de puta, ha muerto. Encontraron su cadáver en una cuneta del camino de Terque a Alhabia, con un tiro en la cabeza.

Y… otra cosa, ahora mismo hay dos hombres, en Granada, vigilando tu casa. Tus dos hijas no tienen que sufrir daño alguno. Si algo me pasa, a mí o a cualquiera de mi familia, actuarán según les ordené. Yo perderé, pero tú también.

Cinco de los barriles que se cargarán mañana no contienen cajas con monedas. Esa es mi comisión. Arréglatelas para justificarlo, o pon tú el dinero, o que lo ponga nuestro padre, me da igual.

—¿Quién era el testigo, Padre? —le pregunté.

—La testigo, Miguel, era una mujer. Una tal Isabel a la que desprecié cuando vivía en una posada de Alhama. Por lo que se ve, me lo guardó durante todo este tiempo.

—¿Es verdad que apareció muerta de un tiro?

—No, me lo inventé. Murió hace unos días de un ataque al corazón, pero quería impresionarlo.

—¿Y lo de los hombres de Granada, también es mentira?

—No, no lo es. Dos primos de El Juani, de la familia de los Barraca, que viven allí, tienen instrucciones de que si me pasa algo a mí, o a alguien de la familia, quemen su casa. Me ha costado cincuenta mil pesetas.

Verdades

El capitán nos ha comunicado que en tres horas arribaremos en Orán. El murmullo de mis compañeros de viaje me transmite que el anuncio ha generado cierto nerviosismo. He podido oír alguna que otra exclamación de alegría y más de un suspiro. Miguel, con la mirada atenta a mi reacción, ha querido matizar —o más bien, ampliar— parte de lo que me había relatado unas horas antes.

* * *

—Hay algo que no le he contado, señor García, al menos completamente. ¿Recuerda que le dije que escuché a mi padre y a mi madre discutir y que él la abofeteó llamándola puta? —me preguntó Miguel.

—Claro que lo recuerdo, fue hace unas cuantas horas. ¿No era cierto?

—Sí, claro que era cierto, pero no le conté todo lo que oí aquella noche. Fue un enfrentamiento lleno de reproches. Ella lo acusó de tener una querida, una viuda a la que tenía alquilado uno de los pisos en la calle Lope de Vega. Él la culpaba de haber tenido como amante al teniente de la guardia civil, el hijo de su prima Candelaria.

Mi padre se encargaba personalmente de cobrar aquel alquiler y, una vez a la semana, los martes por la tarde, iba a verla. Sobre las nueve, él ya estaría tomando un aperitivo, unos días en el Hotel Simón, otros, en el Casino o en algún bar cercano al Paseo. Era el único alquiler que cobraba personalmente, del resto se encargaba El Juani.

Aquel día, Julio estaba contento y silbaba sin parar durante toda la faena de la mañana. En la radio se escuchaba música clásica. Mi hermano me dijo que lo que sonaba era la *Pequeña Serenata Nocturna* de Mozart, uno de los mejores compositores que existen, según le había explicado don Manuel.

La puerta de la barrilería se abrió y, de repente, apareció una mujer joven, morena, guapa y de profundos ojos negros.

Cuando mi padre la vio, sus ojos azules, que unos segundos antes parecían somnolientos, se llenaron de esa expresión tan suya y tan única, que se asemejaba al azul del mar en las mañanas con brisa de levante.

Rosario, que así se llamaba, dio dos pasos hacia adelante. Mi padre se apresuró a acercarse. Ella le comentó algo que no pudimos oír. Él asió su brazo izquierdo y salió en ropa de faena a la calle. No lo volvimos a ver hasta el día siguiente.

Tenía un hijo un poco menor que Julio. Lo conocíamos porque algún domingo que otro coincidíamos jugando al fútbol con otros muchachos del barrio en un descampado junto a la catedral. Se llamaba Gabriel.

Ya le dije que mi hermano es muy listo, y además, sabe casi de todo y de todos, y él conocía dos historias que le servirán de aclaración. No me pregunte cómo supo Julio lo que le voy a contar, intuyo que por conversaciones que escuchó, por la Ma'Dolores, por mi madre o quién sabe cómo, aunque supongo que durante su convalecencia, después de que se clavara aquella faca y le extirparan el riñón derecho, pasó mucho tiempo con ellas. Estuvo convaleciente más de tres meses y tanto mi madre como mi abuela le hablarían de todo. Me contó lo siguiente:

Ese día, a Gabriel lo habían llevado al hospital con un fuerte dolor en el abdomen. Lo tenían que operar de lo que creían que era apendicitis. Rosario no tenía a más persona en su vida que a mi padre y a ese niño, y acudió a él.

Mi padre llegó al día siguiente, que era domingo. Todos estábamos en el comedor, mi abuela había cocinado unos fideos con raya y comíamos con apetito. Saludó brevemente y no besó a nadie. Estaba pálido y silencioso. Deduje que había pasado por el taller porque se había cambiado de ropa y vestía de calle, con su chaqueta azul marino. Tan solo dijo que ya había comido. Se reclinó en su sillón y dirigió su mirada hacia la imagen de la Virgen del Carmen, a la que mi madre veneraba y junto a la que mantenía una mariposa encendida, permanentemente, a modo de ofrenda y ruego por todo lo que a ella se le ocurría.

No presentaba un buen aspecto. Mi madre no preguntó, mi abuela, tampoco. Creo que no hacía falta porque una y otra sabían lo que ocurría.

—¿Y sabes por qué Padre acudió al hospital con ella? —me preguntó mi hermano.

—Supongo que ella se sentía protegida por él y le pidió dinero para la operación —respondí.

—Pues no hermano, acudió a nuestro padre porque él es su hijo. Gabriel es nuestro hermano.

No sé por qué, pero no me sorprendió. La explicación a tantos años de ver a mi padre salir cada martes, bien acicalado y sin dar explicación alguna, era esa.

—¿Y quién conoce de su existencia? —le pregunté.

—Pues nuestra madre, la Ma'Dolores y, ahora, tú. Desde hace años, nuestro padre tiene a esa querida y a ese hijo. La abuela lo conoce y, con frecuencia, va a su casa a llevarles algunas viandas y a verlo.

Madre y padre tienen un pacto. Ambos lo respetan. No hablan de ese tema, ni del mío, aunque siempre están latentes.

—¿Del tuyo?, ¿qué quieres decir? —pregunté intrigado pero sabiendo, en el fondo de mí, que la respuesta no me iba a sorprender.

—Pues que yo también soy tu hermanastro. Madre me tuvo después de que tú nacieras, pero no soy hijo de Rafael González. Mi padre era Luis, el primo hermano de mamá, el teniente de la Guardia Civil. Fue uno de los rebeldes que se sublevó en julio del treinta y seis. Lo detuvieron. Lo llevaron a Cartagena y allí lo fusilaron.

No supe qué decir. Ahora me explicaba muchas cosas: aquellas discusiones, las ausencias de mi padre o de mi abuela, las tristezas de mi madre, el trato que cada uno de ellos dispensaba a Julio, y la intervención del teniente la noche en que nos secuestraron. En ese momento me vino a la memoria un chascarrillo que, más de una vez había escuchado a la Ma'Dolores cuando me decía con guasa: «La desgracia del buen samaritano es no saber quién es el padre de su hermano».

Me di cuenta de que cada uno de nosotros arrastra un secreto durante toda la vida y que la línea que separa la verdad de la mentira es difusa y endeble. Así se lo manifesté a mi hermano quien sentenció:

—Si te preguntas en algún momento cuál es mi verdad, te diré que yo me llamo Julio González Berenguel; para mí, Rafael González Belmonte es mi padre; y tú, Miguel González Berenguel, eres mi hermano. Lo habéis sido y lo seréis siempre.

* * *

Dos lágrimas recorrieron las mejillas de Miguel. Sollozando como un niño perdido, como aquel que lloraba, desconsolado, en la puerta de entrada al refugio cuando caían las atronadoras bombas cuyas explosiones taponaban los oídos y erizaban el vello de la piel.

Decía mi madre que la verdad surge tarde o temprano porque, de alguna manera, el universo debe encontrar su equilibrio. Aún había más verdades que revelar.

A lo largo de nuestra vida, todos tanteamos torpemente a un lado y a otro el contorno irrevocable de la verdad, una verdad que, a veces, tememos y, otras, veneramos.

* * *

—Hay más cosas, señor García —dijo Miguel secando las lágrimas con los puños de su camisa—, más secretos, en este caso míos, que he guardado durante todo este tiempo y que no he contado a nadie porque nunca lo creí necesario.

Un día antes del asesinato de Trinidad, raro en mí, desperté temprano. La habitación resplandecía. El sol entraba a bocanadas. Contra la clara luz de la ventana, una silueta de hombre permanecía de pie. Forcé la vista para poder ver su cara a través del resplandor. Era Julio. Su cuerpo estaba cambiando, se hacía mayor, se parecía más al mío. Me levanté y nos aseamos, yo primero, él después. Mi abuela nos había preparado el desayuno cuando bajamos a la cocina. Mi padre se había marchado hacía más de media hora, según mi abuela.

Salimos a la calle, aún de noche. El cortante viento de poniente levantaba la tierra a nuestro paso golpeando sobre nuestras caras. No duró mucho. Transcurridos unos minutos, el vendaval se había convertido en un liviano airecillo y el sol comenzaba a brillar sobre las calles y las casas.

No era habitual que Julio y yo fuéramos juntos al trabajo. Recorrimos el camino a través de calles y callejuelas que se acercaban a las faldas de la Alcazaba. Me dejé llevar y nos adentramos por el antiguo barrio de La Medina, en aquel laberinto urbano de calles estrechas que solo la intuición me permitía adivinar dónde se escondería la salida.

—¿Por dónde me llevas, Julio? —pregunté con la sensación de que nos desviábamos del itinerario más lógico.

—Quiero enseñarte algo —respondió sin más explicación.

Entramos en una callejuela con tres puertas a ambos lados. Se detuvo delante de la última casa. Su aspecto era bastante cochambroso.

—Aquí viven los Ruano —dijo Julio mientras yo observaba la fachada grisácea, descascarillada y la puerta vencida hacia el interior.

No podía imaginar que Blas y su madre, después de tantos años de ostentación, pudieran haber venido tan a menos.

—¿Cómo te has enterado?, ¿por qué no me lo has contado antes?

—Lo supe por casualidad. A veces hago este trayecto para ir al taller. Desde algunas calles se puede ver la Alcazaba y me gusta la vista. Una mañana, hace unos meses, al doblar esa esquina que acabamos de dejar, vi salir a Padre de esta casa. Él no me vio. No te lo he contado porque me parecía que meterme en su vida privada no estaba bien, pero necesitaba compartirlo contigo, que supieras que detrás de esa familia hay algo escondido que nuestro padre no ha desvelado.

—Mamá dijo que Catalina se le había insinuado, es posible que de la insinuación pasaran a más —dije mientras caminábamos de nuevo—. Hace unos días, Blas me asaltó en plena calle para reprocharme que nuestro padre había dejado de pagar a su madre una cuenta pendiente, en cierto modo me amenazó, bueno, a mí no, a él.

—No me extraña —dijo Julio, mirándome con esos ojos de sabelotodo que eran capaces de convencer a cualquiera—. Blas lo sabe, ¿y sabes lo peor?, pues que él y su madre se han estado aprovechando de nuestro padre desde hace años. Ya te dijo que no te juntaras con él, que no era trigo limpio. Sabía lo que decía.

—¿Y tú cómo te has enterado? —pregunté pasando de la sorpresa a la perplejidad.

—El libro de cuentas —dijo, como si la evidencia fuera una prueba irrefutable.

—¿El libro de cuentas?, ¿de qué hablas?

—En el libro de cuentas del taller. Mensualmente, hay un gasto que se repite desde hace varios años, en el concepto aparece la palabra «Alquiler C.», siempre con el importe de ciento cincuenta pesetas. Los ingresos por arrendamientos de las casas que tiene alquiladas comienzan todos por la palabra «Arrendamiento», seguida de la calle donde se ubican. En el caso de Catalina, no. Le entregaba esa cantidad hasta hace dos meses. Lo que ahora también sabemos es que esa familia amenaza a Padre desde que ha dejado de pagarles.

—¿Y qué crees?, ¿qué sabes?

—Que parte de lo que han contado la Ma'Dolores y mamá no es cierto; y que a nuestro padre, esa mujer lo tiene pillado.

—¿Entonces no son amantes?

—Según la abuela, sí que lo son —respondió brevemente.

—¡Vamos, Julio, o me cuentas todo de un tirón o me largo por donde hemos venido!, ¿qué tiene que ver la Ma'Dolores? —exclamé ya harto de que utilizara su gotero habitual para contar cualquier historia.

En ese momento, al muy idiota se le ocurrió decir solemnemente:

«La vida es una tormenta, mi joven amigo. Disfrutarás de la luz del sol en un momento, serás destrozado en las rocas al siguiente. Lo que te hace un hombre es lo que haces cuando llega la tormenta». Acto seguido, se echó a reír diciendo:

—No te enfades, hermano. Esa es una cita de Alejandro Dumas que te viene como anillo al dedo. Y sí, te cuento lo que sé al respecto:

Fue la Ma'Dolores quien, hace unas semanas, me confesó la verdadera historia: Hace años, cuando los matrimonios se llevaban bien, la abuela descubrió que nuestro padre se estaba acostando con Catalina. Resurrección, que vivía muy cerca de la Plaza de Toros y de la casa que Paulino Ruano compró en su época de bonanza, fue su confidente. Lo había visto entrar en esa casa más de una vez. Mamá no se enteró de nada. La abuela, llena de rabia, se llevó aquella pulsera de su casa un día en que la visitó para probarle un vestido. Padre se enteró, Catalina la había acusado y él, tras hablar con la abuela, se la devolvió. Pasado un tiempo, cuando las estrecheces acuciaron a la familia Ruano, Catalina la llevó a la casa de empeños.

—Nuestro padre guarda un cofre lleno de secretos, por lo que parece.

—Todos tenemos secretos, Miguel —dijo Julio rodeando de misterio su afirmación—. La abuela dice que Catalina sabe algo que podría comprometer a Padre.

—¿Algo sobre qué, Julio? —pregunté resignado.

—Al parecer, Paulino y Padre, al poco tiempo de abrir la barrilería, una madrugada, se llevaron una partida de más de tres mil duelas de un almacén de Gérgal. Según su socio, le había suministrado al dueño esa partida de maderas y, después de seis meses, no le había pagado. Paulino condujo el camión y Padre lo acompañó. Forzaron la puerta de entrada al almacén y cuando terminaron de cargar el vehículo, al arrancar, apareció un guarda que salió tras ellos en un coche. Se despeñó por un balate antes de llegar a Benahadux y el hombre murió. No hubo más testigos y todo quedó en un accidente, pero Catalina sabía lo sucedido. La versión de su marido fue que quien había organizado el robo fue nuestro padre. Él se lo contó a la Ma'Dolores.

—Así que, nuestra abuela robó, nuestro padre robó y ambos mintieron. Una familia de ladrones y embusteros, ¿eso es lo que somos?

—Piensa lo que quieras, ya te decía que la vida es una tormenta y, a veces, para ver la luz del sol hay que hacer lo que sea.

***

Miguel ha interrumpido su relato. Me ha mirado expectante, como si pretendiera que le preguntara por su más profundo secreto. No lo he hecho, porque, en realidad, no me interesaba la verdad, ni la aparente ni la real que, tal vez, fuera la misma. Prefería continuar en la ignorancia. Lo que sí añadió Miguel fueron unas palabras que El Juani dijo a su padre unos días antes de morir; él estaba presente:

—Don Rafael, por la familia, si hay que hacerlo, se hace. Así que, me guste o no, me llevaré por delante a quien haga falta. Porque a todo el mundo le sale el odio y la envidia, que están ahí, bajo la tierra, germinando como las rosas con sus espinas, como la verdad con su mentira.

Cierto es que la verdad y la mentira germinan en el mismo tallo y ambas entablan una batalla por alcanzar, una antes que la otra, la ansiada luz. Al fin y al cabo, indefectiblemente, como Julio dijo, y El Juani, también, es la luz lo que todos buscamos para sobrevivir.

Serrín de corcho

Al amparo de la noche de aquel domingo, mi padre, Julio y yo nos dirigimos al taller con la suerte de no cruzarnos con nadie durante el camino. Subimos la pequeña cuesta y pasamos de largo el portón. La barrilería tenía otra entrada, unos cien metros más adelante.

Mi padre abrió la puerta con una de las llaves que colgaban de su cuello. Una antesala, llena de barriles apilados a ambos lados, da paso al porche. Tras una especie de canasta, entre la antesala y un tejado bajo, que no es visible desde el exterior, hay un trozo de pared, de quita y pon, a través del cuál se penetra en un reducido zulo.

Siguiendo sus instrucciones, arrastrándome a través de la estrecha abertura, entré en aquel cubículo. Me lanzó la talega que, hasta ese instante, colgaba de su hombro izquierdo, y dos mantas. Me advirtió que no hiciera ruido. Inmediatamente, colocó el trozo de pared y el escondite quedó a oscuras.

Julio y él comenzaron a colocar varias columnas de barriles hasta ocultar la pared. No se marcharon; aún era temprano para comenzar la faena, pero desde el cuartucho podía advertir cómo ambos deambulaban de un lado a otro de la barrilería. No habría transcurrido ni una hora cuando, ahora sí, pude oír a mi padre trabajar con la sierra de cortar los fondos, y, a Julio, juntar madera. Transcurrieron unos minutos y el portón se abrió. El sonido ronco de algunas voces llegaba levemente hasta el zulo; intuí que eran Paco, el oficial, y Cosme, el aprendiz. La voz de Paco confirmó mi intuición. Pronto iniciaron la faena. Los martillazos retumbaban a cada golpe sobre los chazos. Mi padre encendió la radio. Se escuchaba la canción *La hija de Juan Simón* —interpretada por Angelillo—a bajo volumen.

El zulo no tendría más de dos metros cuadrados de anchura por un metro sesenta de altura, sin ventanas ni ventilación alguna. Me costaba respirar y no podía ponerme en pie completamente. Extendí una de las mantas y dejé la otra para guarecerme del frío y de la humedad. Transcurrieron unas horas, oí cerrar el portón. Cuando supuse que ya debía ser de noche, empujé ligeramente el agujero de la pared asomando mi cabeza para respirar un poco. El olor de las duelas de madera y de las varas de adelfa de los barriles, que Julio había colocado delante de la pared, me resultaron tan gratificantes como el soplo de aire fresco que llegaba a mi nariz.

Palpé la talega y deduje que era comida. Al introducir mi mano izquierda, tenté un objeto cilíndrico, una vela, después, una caja de cerillas. Inmediatamente la encendí y se iluminó el cuartucho. Tres cucarachas zigzagueaban alrededor de la bolsa. A dos de ellas las aplasté con la alpargata; la otra huyó al sentir el calor del cirio cuando lo acerqué a ella. De nuevo introduje mi mano en la bolsa: una barra de pan, medio queso y tres chorizos, además de una cantimplora con agua y un paquete de ideales que, seguro, metió la Ma'Dolores. Tenté el bolsillo derecho de mi pantalón buscando la navaja. Había olvidado completamente que no estaría ahí. Recordé la noche en que, en aquella playa, envuelto en lágrimas, en la orilla, la abrí, pasé la hoja por mis labios, suavemente, como si él los besara, y, cerrándola, la arrojé con todas mis fuerzas al mar.

Intenté dormir, pero el cúmulo de acontecimientos que se sucedieron en los días previos me impedía conciliar el sueño. Mi padre me había contado que fue Blas quien me denunció a la Guardia Civil. Según su versión, me había seguido aquella noche porque le debía dinero, que me había prestado la última vez que nos vimos, cosa que, evidentemente, era una burda mentira. En la playa, me vi con el gitano, discutimos a gritos porque pretendía abandonarme; se llevaba a su familia a Francia. Lleno de ira, saqué la navaja de mi bolsillo. Dijo que mi mano izquierda sujetaba la navaja mientras temblaba como un azogado; y que, de pronto, acercándome a él, le asesté un navajazo bajo las costillas e, inmediatamente, otro en el pecho. Después —dijo—, salí corriendo. Según parece, Blas hizo una descripción tan exhaustiva y pormenorizada de los hechos que los guardias civiles dieron completa credibilidad a sus palabras.

Mi padre dejó de ver a Catalina porque mi madre descubrió el pastel. Le exigió, además, que dejara de pagarle amenazándolo con que, si no lo hacía, contaría lo ocurrido en la barrilería de Alhama, lo que supo por boca de mi propio padre. Una noche, tras una borrachera, se sinceró con ella y se lo contó. Supongo que no es fácil vivir con eso a cuestas y, ya sabe usted, señor García, una carga compartida es menos carga.

Un par de meses antes de marcharse, Taíta se lo soltó a mi madre, así, de sopetón. Se había enterado por una mujer que vivía en el barrio de La Medina. Lo había visto entrar en casa de Catalina en varias ocasiones. Mi madre dejó caer a Julio esa historia y fue entonces cuando mi hermano siguió a mi padre hasta la casa, además de comprobar las anotaciones reflejadas en el libro de cuentas del negocio. Cuando mi hermano le confirmó que la historia era cierta, ella, ni corta ni perezosa, se plantó en casa de la mujer y la amenazó de muerte. Por lo que parece, Catalina no se amedrentó y, cuando se enteró de la muerte de Trinidad, y de que yo era el principal sospechoso, envió a su hijo Blas, que le habría hablado de mi relación con él y que conocía porque la lengua se me fue demasiado la noche en que los dos nos emborrachamos, para que me denunciara ante la Guardia Civil.

La mañana siguiente transcurrió con tranquilidad. Una vez que terminó la jornada de trabajo, mi padre esperó hasta bien entrada la noche. Los barriles que tapaban el agujero del zulo se movieron, mi padre retiró el trozo de pared y oí su voz diciendo:

—¡Miguel, puedes salir!, tu madre y la abuela están aquí. Es peligroso y no voy a arriesgar tu vida ni la de los demás, así que despídete de ellas porque mañana saldremos para Adra. Desde allí zarpa un barco rumbo a Orán. Permanecerás escondido hasta que llegue el momento. La Guardia Civil puede aparecer en cualquier momento.

Y llegó la hora de la despedida. Mi abuela me abrazó, mi madre también. Lloraban desconsoladamente.

—Volveré pronto, no os preocupéis. En cuanto todo se calme regresaré para estar con la familia. Sois lo que más quiero —les dije, creyendo a ciencia cierta mis palabras.

Mi madre, entre sollozos, dijo:

—Hijo mío, procura no meterte en problemas. Vive tu vida como tú quieras y sientas, pero no te busques líos. Te he colocado en la maleta alguna ropa de la que te gusta. No cabía toda, como supondrás. Cuídate y escríbenos en cuanto llegues a Buenos Aires.

La Ma'Dolores, con lágrimas en sus ojos, añadió:

—Miguelico, recuerda lo que te he dicho muchas veces. Afronta los problemas y evita entrar en disputas. Te voy a echar mucho de menos. Ojalá que vuelvas pronto.

Conminadas por mi padre, se marcharon inmediatamente. Regresé al escondite. Creí que todos se habían ido porque se hizo un sombrío y triste silencio. De pronto, oí un ruido, algo así como un animal arañando la pared, quizás un ratón, pero cesó pronto. Pensé que tal vez fuera mi conciencia que me roía por dentro. Alguien cerró el portón. Mi padre y Julio se habían marchado.

No habría transcurrido más de una hora desde que mi padre y Julio llegaron al taller a la mañana siguiente cuando oí el motor de un vehículo en la calle, después, algunas voces. Varios guardias civiles entraron en la barrilería. Registraban el inmueble. Alguien giraba la cigüeña de la amoladora en ese momento, por lo que no se escuchaba más que el continuo chirrido de la tortuosa máquina. De pronto, paró y pude oír una conversación, la voz de mi padre destacaba sobre las demás diciendo:

—Ya les dije la última vez que no sabemos nada del paradero de mi hijo, desapareció hace tres días, sin decir nada, llevándose una maleta con algo de ropa que falta de su armario.

Contuve el aliento, expectante, hasta que el zumbido de mis oídos se confundió con el silencio total. Se habían marchado.

Era antes de la media noche cuando, de nuevo, se abrió el portón completamente. A la vez se oía el motor de lo que supuse que era un pequeño camión entrando en el patio del taller. Alguien cerró el portón y el motor del vehículo se detuvo.

Acto seguido, alguien se acercó hasta el zulo, intuí que era Julio quien apartaba los barriles de la pared. Me llamó para que saliera.

Cuando levanté la cabeza, allí estaban: mi hermano, mi padre, Jacinto y, para mi sorpresa, Domingo Lastra. Me fijé en el camión, cargado con veinte jardas de serrín. Supe que era suyo porque lo había visto en algunas ocasiones portando barriles. Mi padre me ordenó que tomara la maleta, subiera al vehículo y me metiera dentro de una de las jardas, entregándome un tubo hueco, de madera, con el que, si era necesario, podría respirar durante el trayecto.

Antes de subir al camión, Jacinto se acercó diciéndome:

—Miguel, deseo que la vida te traiga cosas mejores que las que te ha dado hasta ahora. Yo también me voy de España; mañana salgo para Cartagena. Allí tomaré un barco hasta Marsella. Mucha suerte, procura tener cuidado y no hacer daño a nadie. No respondí. Me abracé a él y le di las gracias por todo lo que había hecho.

Con ayuda de Julio me metí en el saco que me indicó mi padre. Mi hermano ató las guitas, después le oí abrir el portón y, una vez que el camión salió a la calle, lo cerró y subió al vehículo.

Tardaríamos más de una hora y media en recorrer el trayecto hasta Adra. Me sentí protegido dentro de aquel saco, donde, hasta ese momento, podía respirar con normalidad. Me envolvió una sensación de abrigo y seguridad; estaba convencido de que todo el serrín que rodeaba mi cuerpo me resguardaba de cualquier peligro. Pensé en mi padre, quien, a pesar de sus tantos errores, para mí, era algo parecido a aquel serrín de corcho, protegiendo algo que era valioso para él, en este caso, a mí.

No habrían transcurrido más de cuarenta minutos cuando el camión se detuvo; una patrulla de milicianos dio el alto. Uno de ellos preguntó a Domingo Lastra sobre el destino de aquel camión, a lo que él respondió que se dirigían a la barrilería de Enciso Alcoba, en Berja, a entregar unas jardas de serrín. Hubo un momento de silencio. Uno de ellos subió a la parte trasera del camión con el fin de inspeccionar la carga. Imaginaba el temor de mi padre y de mi hermano a que me descubrieran. Sentí cómo el hombre palpaba con su mano, y con el fusil, los sacos de serrín. No hizo falta que me mantuviera inmóvil, ya lo hacía el miedo por mí. Tras medio minuto, oí la frase «todo está bien», pronunciada por el miliciano, a la vez que bajaba del vehículo. Dieron permiso para continuar y Domingo arrancó, despacio. Después de unos minutos relajé mi cuerpo y sentí cierta serenidad. Pude respirar tranquilo durante un buen rato, sin necesidad de utilizar el tubo de madera.

No estoy seguro del tiempo que tardamos en llegar. De repente, el camión giró a la izquierda, bruscamente, y se desvió por un camino pedregoso. Supuse que nos dirigíamos a la playa. Tapé mi nariz con los dedos porque, con el vaivén del camión, se introducían trozos de serrín en ella. Fue en ese momento cuando utilicé el tubo de madera que mi padre me había preparado. En no más de veinte minutos, el vehículo se detuvo y el motor se apagó. Oí el sonido del mar rompiendo en la orilla, a Julio subir y comenzar a desatar las guitas de la jarda; y, a lo lejos, unas voces que no conocía; era más de medianoche.

Pude ver, a unos ciento cincuenta metros, una embarcación de pesca no muy grande. Algunos soldados republicanos subían en ella, dos mujeres y varios niños.

Mi padre se acercó a mí. Tomó mi maleta y dijo:

—Te acompaño hasta la orilla.

Antes de irme, Domingo Lastra se acercó a mí, posó su mano derecha sobre mi hombro izquierdo. Su mirada era sincera y las palabras que salieron de su boca, también:

—Cuídate, Miguel. Te deseo mucha suerte. Todos hemos aprendido muchas cosas con esta cruenta guerra. Una de ellas es que vale más una vida que cualquier ideal. Acto seguido, me estreché la mano con fuerza.

En ese momento, Julio no tenía la cara de pasmado de siempre. Imitó a Charles Chaplin dando unos pasos y aplaudiendo a la vez que su boca desplegaba una ancha sonrisa. Dos lágrimas brotaron de sus ojos. De pronto, se abalanzó sobre mí y me abrazó como se abrazan los tontos enamorados en el cine, diciéndome un «te quiero, hermano» que me llegó al alma.

Llegamos a la orilla, mi padre me entregó la maleta. Se situó frente a mí; casi éramos de la misma altura. Me contempló como un pintor ante su obra. Primero, miró mi rostro, después, todo mi cuerpo. A continuación, extendió sus brazos por encima de mis hombros y me abrazó, como un padre abraza a un hijo, y yo lo abracé como un hijo abraza a un padre. En ese acto se contenía todo el amor que podía ofrecerse a otro ser humano. Y lo esencial de ese amor es que era entregado y recibido a cambio de nada. Entonces lo comprendí.

Puse mi mano derecha bajo su barbilla, levanté su cabeza y, mirando esos ojos azules, empañados de lágrimas, dije:

—Yo no estaría aquí sin ti.

***

Cuando Miguel ha terminado de contarme su historia, me ha venido a la memoria algo que, no sé quién, había escrito acerca de la verdad. Decía: «Estás ahí, sin darme cuenta, escondida bajo esta sabana de raso rosa, bordada con vestigios del ayer, para convertir el sinuoso camino de la vida en una playa de hojarasca con la que, por fin, cubrir mis canas».

Evidentemente, me había costado creer del todo la rocambolesca historia acerca del contrabando del oro. Su imaginación, desbordante, me había hecho dudar sobre la veracidad de aquello. No obstante, la prueba irrefutable de una verdad más real que aparente, la presentó cuando los soldados, y casi todos los civiles que nos acompañaban en la bodega, subieron a cubierta.

En ese momento, Miguel se giró y, arrodillándose ante su maleta, de manera que su cuerpo impedía ver qué tenía delante, la abrió, y, pidiéndome que me acercara, pude comprobar cómo, de entre su ropa, sacaba, de una caja de cartón blanco, una moneda de oro americana de cinco dólares.

Tras ello, me ha preguntado si le podría enviar su historia una vez que hubiera terminado de transcribirla al completo. Me ha indicado unas señas en Buenos Aires que anoté en mi libreta.

—Señor García, aún no sé su nombre de pila —ha dicho mientras subíamos a cubierta por última vez.

—Federico, mi nombre es Federico —respondí.

El cielo, teñido de un tono violáceo, ha dado paso a un incipiente sol que baña de luz la estela de este barco. A lo lejos, en el horizonte, las nubes, coloreadas de rojo y amarillo, dibujan un plácido amanecer. Desde el vértice de la proa se divisa nuestro destino y «la danza curva del agua en la orilla».

Índice